陈庆军◎著

天堂鸟

TIAN
TANG
NIAO

安徽师范大学出版社
·芜湖·

图书在版编目(CIP)数据

天堂鸟 / 陈庆军著 . —芜湖 : 安徽师范大学出版社，2018.9 (2019.9 重印)
ISBN 978-7-5676-3676-7

Ⅰ. ①天… Ⅱ. ①陈… Ⅲ. ①长篇小说 - 中国 - 现代 Ⅳ. ①I247.5

中国版本图书馆 CIP 数据核字(2018)第 139039 号

天堂鸟

TIANTANGNIAO　　陈庆军◎著

责任编辑:孔令清
装帧设计:丁奕奕
出版发行:安徽师范大学出版社
芜湖市九华南路 189 号安徽师范大学花津校区 邮政编码:241002
网　　址:http://www.ahnupress.com
发 行 部:0553-3883578 5910327 5910310(传真) E-mail:asdcbsfxb@126.com
印　　刷:安徽芜湖新华印务有限责任公司
版　　次:2018 年 9 月第 1 版
印　　次:2019 年 9 月第 2 次印刷
开　　本:700 mm × 1000 mm　1 / 16
印　　张:15.5
字　　数:227 千字
书　　号:ISBN 978-7-5676-3676-7
定　　价:39.50 元

序

所有小说的讲述，无非包括两个方面：讲什么和怎么讲。好的故事再加上好的讲述方式，那就是一部好小说。小说《天堂鸟》就是一部既有好的故事，又有好的讲述方式的好小说。

《天堂鸟》所讲述的故事很传奇，也很有趣。小说的主人公之一是眼盲的老妇人蒯嬷嬷（蒯丽丽），她一生中经历过三个男人。第一个男人是船东的儿子汪宗海。同样出身于船家的蒯丽丽，疯狂地爱上了他，并不顾父亲的反对同他私奔了。后来，她同汪宗海结合，并生下了一个活泼可爱的儿子，可是天有不测风云，儿子掉到江里淹死了，再后来汪宗海的船也倾覆并沉于江底。花好月圆般的生活说没就没了。第二个男人是县大队的队长马啸天。蒯丽丽是在逃避婆家迫害的途中，遇到这个亦兵亦匪的男人的。其实，这个马队长很有修养，为人正派，他凭着自己丰富的感情和经历打动了这个美丽的少妇。第三个男人是孤儿渔夫杨瑞招。蒯丽丽是在第二任丈夫马队长战死后，在投水殉情时遇到他的。杨瑞招的善良无私打动了蒯丽丽，于是她嫁给了他。主人公的三任丈夫都是在她听到天堂鸟的叫声之后，才发生不测的。三段传奇般的爱情，都以悲剧收场。虽然都有具体的原因，诸如货船遭遇狂风巨浪而倾覆，或者被鬼子包围而战死，或者遭遇狂风溺水而亡，但是这一切看上去似乎都是命。天堂鸟的叫声使得蒯丽丽的人生充满了宿命感。我不是学生物学的，不知道天堂鸟长什么样。但读了蒯丽丽的悲惨故事后，我对这种鸟产生了厌恶感，就如同我小时候对乌鸦的感觉一样。乌鸦在民间信仰中是一种不祥的鸟，天堂鸟也是。据我的推测，这种天堂鸟应该是江南一带的一种鸟，因为主人公蒯丽丽和她的三任丈夫，都生活在湖边的沼泽地。此地的居民大多以水为生，或在湖上打鱼或在此地跑运输，当然也包括如样板戏《沙家浜》所演绎的在此地抗日救国。这部小说的作者陈庆军先生显然对于水乡的历史文化非常了解，也有着特别的感受，对于水乡居民的生活状态有着深刻的体察。因此，他所讲述的水乡居民的故事，尤其是船上人家的故事，让我感觉特别新鲜和刺激，也为船家和渔民的生命而感到特别揪心。这是我第一次看到如此刻骨铭心地表现水上人家生活和命运的长篇小说。

小说《天堂鸟》还有一个重要的爱情故事，那就是上海下放知青宋小秋与回乡青年杨二龙之间的爱情。虽然他们的爱情也是小说的爱情故事之一，但我更愿意将其看作是“讲故事”的套路，将宋小秋和杨二龙看作是故事的讲述人。因为两代人的爱情，虽然双线并行，但不具有互文隐喻的功能。这部小说并不是传统意义上的传奇小说，但它显然吸收了传奇的讲述方式。小说一开始就是设局，先是将蒯嬷嬷设计为一个谜底；然后杨二龙、宋小秋与蒯嬷嬷有交往，慢慢地，彼此相互信任，甚至蒯嬷嬷还做了宋小秋的干娘；最后，蒯嬷嬷讲述了自己和三任丈夫的故事。蒯嬷嬷的讲述，经历了从最初不愿意讲，到最后完全控制不住要讲的过程；杨二龙和宋小秋也经历了从最初怀着好奇探究故事，到听到故事，到最后“惨不愿听”的过程。这两股相逆的力量，相互激荡，造就了讲述故事的驱动力，也形成了故事的张力。小说作者陈庆军先生虽然是长篇小说的初试者，但显然是一个讲故事的高手。他在上述两股力量的相互激荡中，就如同草原上的一个老练骑手，缰绳的松紧，掌握得恰到好处。他总是在讲述蒯嬷嬷的故事中，适时地加入第一叙述者杨二龙或宋小秋的感受，或者加入杨、宋之间若即若离的爱情，或者让蔡嬷嬷充当蒯嬷嬷故事的讲述者，让在场的主人公适当地拉开与记忆（故事）的距离，也舒缓一下故事讲述的节奏。这部小说对于描写主人公心理的语言揣摩非常到位，甚至有着语言哲学的意义，尤其是队长马啸天对于蒯丽丽的

“降服”，更是显示了语言的魅力。其实反观整个故事的讲述，也正体现了作者陈庆军先生对于语言魅力的自觉。他不但将宋小秋与杨二龙的爱情故事套进了蒯嬷嬷的故事中，也让蒯嬷嬷三段独立的爱情故事，因为叙述者杨二龙和蒯嬷嬷自己的讲述，而成为一个整体。而且，蒯丽丽的故事因为是两位阅历曲折的老人所讲述的，所以充满了民间故事的沧桑感，才使得“天堂鸟”这种充满民间意味的意象，在整个故事中显得自然贴切。试想假如这种“天堂鸟”的预警作用，由杨二龙或宋小秋讲出来，那就会非常别扭，因为受过新式教育的年轻人，压根儿就不相信这些东西。我读这部《天堂鸟》，其实就是在不经意间被拖入了故事的网络中，最后一口气读完，还意犹未尽。在这里，我道出阅读后的感受，《天堂鸟》这部小说所讲的故事以及讲故事的形式，对读者来说是有致幻作用的，这一点让我想起了严歌苓的小说《铁梨花》。

跳出这部小说的讲述“陷阱”，我想谈谈小说中的人物。小说中的蒯嬷嬷显然是一个有故事的人，而且是一个神秘的人，似乎与天堂鸟有着某种神秘的对应性。但无论是老年的蒯嬷嬷，还是年轻时的蒯丽丽，还是与她交往的汪宗海、马啸天、杨瑞招、汪家的船上帮工水手水生、现实生活中的朋友蔡嬷嬷，以及宋小秋和杨二龙，他们个个都是有故事的人，个个都是有待开启的故事篓子，虽然性格各异，脾气不同，但绝大多数人品格纯正，带有理想主义色彩。虽然小说中不乏对愚昧落后的针砭，但从整体上来说，小说赞颂了人性的善良和美好。小说中穿插了很多江南一带的自然风景、民俗文化，以及历史文化遗存，具有浓郁的乡土气息。小说前面部分的穿插与人物的行为相契合，比较自然；而在小说结尾部分显然穿插过度，有点臃肿和滞重的感觉。

总体来说，《天堂鸟》这部长篇小说讲述了一个非常好的、有趣的故事，同时小说的故事讲述方式也充满了叙述的智慧。这真的是一部非常不错的长篇小说。

戊戌年初夏，应陈庆军先生所请，拜读作品《天堂鸟》，感受良多；又因扁桃体发炎中，不能说只能写，遂写下上面的阅读感受。不准确的地方，还请方家指正。

是为序。

方维保

2018年5月13日于芜湖赭山南麓

天堂鸟，又叫招魂鸟，但从来没有听说有谁见过这种鸟。传说，天堂鸟只是晚上出来，叫声凄凉、瘆人，有点像哭泣声。无论是谁听到这种鸟的叫声，都会觉得非常晦气。生病的老人若是听到了这种鸟的叫声，就会认为自己的大限（死亡）快到了。家里几年不走运的，若听到了这种鸟叫声，要徨徨多日，天一黑就不敢出门了。迷信的人若是听到了，就更不得了了，烧香、拜佛、叩头，能想出的招数都会用尽的。即使这样，他还是生怕心不诚，灾难会降临到自己身上。

村子的东头，有一片几百亩大的水面，夏天的时候，水中长满了野藕、菱角。圆圆的荷叶，大都漂浮在水面上，也有一些粗壮的，高高地升出水面。这升出水面的荷叶，有的荷叶中心竟汪着些许的水，微风拂过，这些许的水，随着摇摆的荷叶，在其上荡来荡去，左冲右突，像一个小小的精灵，时而晶莹剔透，时而身披彩衣。不只是荷叶能够升出水面，荷花比它们升得还要高，红的、黄的、白的、粉的，竞相斗艳，就像在水上种植了一个巨大的花园。浅水处的菱角，则低调了许多，紧贴着水面，伸着小小的绿叶，开着细碎的白花，引不起路人的任何兴趣，就连小孩也不正眼瞧它们。但更浅处铺天盖地的芦苇，从刚长出来起，就成了孩子们的乐园，嚼它的笋，抽它的芯，采它的叶。秋天的芦花，更是孩子们的最爱，摘上一大束，拿在手中，既好看又暖茸茸的，吹、挠、拂，孩子们打打闹闹，嘻嘻哈哈，常忘记大人的各种叮嘱。

湖中的野藕，除了好看以外，对村民一点实惠都没有，它的茎在深水中，没人能挖得出来。倒是不起眼的菱角，真的满足了村民的口福，浅浅的水，卷起裤管就能采到。刚摘的菱角，那叫一个嫩、一个鲜。也有的村民，用小船之类的工具，到水深一些的地方专门采摘一些老的菱角。采摘的这些老菱角，回家洗净后，用大锅煮熟了，吃起来满口香喷喷，路过的人，闻着都会咽口水。那个年代，只要进了煮菱角家的门，主人都会热情地捧上一大捧菱角，让你尝个够。

可就在这荒无人烟、虫蛇出没的芦苇荡边，有一座孤零零的茅草屋，在空旷的大环境下，显得那么渺小。草屋很破旧了，从屋檐下伸出的木椽有些已经断了，虽然有些还在屋檐下，但已经明显地腐烂了。屋顶上铺的稻草，经过长时间的风吹日晒后，已板结、发黑，还有好几处留下了长长的沟壑。像这种茅草屋，下雨天，家里肯定会漏雨。

这屋里进出的只有一位婆婆，而且眼睛已经看不见了。孩子们都很好奇，难道这家就只有一位瞎眼婆婆，她家没有其他人了吗？她为什么不住在村子里，而要一个人住在这晚上有些瘆人的地方？但孩子们好奇归好奇，没有人敢靠近，只是远远地看着她进进出出。这道理很简单，村上人都说这里是不祥之地，去了容易沾上晦气。各家的大人们早已叮嘱了各家的小孩，不能到茅草屋附近玩，更不能和草屋里的人说话。若是被发现了，轻则挨骂，重则挨打。黑蛋就是在撵一只野兔子时，在那里滞留了一会儿，被他母亲发现了，拖回去一顿暴打，还饿了他一顿饭。

但也有的小孩，听大人说起过她，知道一点点她的情况。杨二龙就是在和小伙伴的嬉闹中，知道了瞎眼婆婆姓蒯，是个外乡人。他还听说了瞎眼婆婆有一种特别的本事，就是“过耳不忘”，只要你在她面前说过话，以后你的声音就被她永远地记住了。

村子中很久没有人喊过她的名字了，也许很多人都将她的真实名字给忘了，大家都叫她蒯嬷嬷。“嬷嬷”，是当地人对年老妇女的一种称呼，但在年幼无知的小孩心中，蒯嬷嬷就成了吸人声音的魔鬼了。

村上无论谁家的小孩，只要是去过她那儿，和她说讨话，并且说出过大人名字的，不管过了多久，只要小孩一张口说话，她都能说出他的名字来，还能说出他是谁家的小孩。

她好像很喜欢小孩，只要孩子们在芦苇荡里玩耍，哪怕弄出一些很小的声音，她都会走出家门，面对着有声音的地方，凝神谛听一番。若是孩子们及时发现了她，很快就会一哄而散。可是有的时候，孩子们玩得入了神，就顾不上观察她了。这时，她就会一直站在那里，直到有孩子发现了她并一哄而散后，她才慢慢地转身回家。

杨二龙就在很小的时候，误入过那里一次，蒯嬷嬷高兴得不得了，忙问他叫什么名字，是哪家的小孩。杨二龙眨巴着双眼，先是说出了自己的名字，然后哼哧了半天，才极不情愿地说出了大人的名字。说过后，杨二龙就想迅速离开。可这时，蒯嬷嬷却摸摸索索，从她的口袋中掏出了一颗糖果，要他吃了再走。

糖果对杨二龙太有诱惑力了，他立即停下了脚步，并很快地伸出了小手，等着快点接到蒯嬷嬷递过来的糖果。糖果刚一到手，他就迫不及待地剥开了糖纸。糖果已有些熔化了，或许是已有了些时日，她舍不得吃，也有可能是放在衣服口袋里，她的体温将糖果熔化了。可那时杨二龙哪管得了这些，迅速地将糖果塞进了嘴里。

还没有嚼几下，糖果就在嘴里熔化了，稍一用力，糖水连同剩下的一小块糖果，就被他吞进了肚子里。虽然糖果被吞进了肚子里，可余味还在嘴中，杨二龙咂巴着嘴，一副意犹未尽的样子。

也难怪，那个年代，农村的孩子平时哪里能吃到糖果！

“见”杨二龙咂巴着嘴，蒯嬷嬷就叫他到她家里去玩，说家里还有糖果。可杨二龙不敢，因为他突然想到了母亲的叮嘱，他站在那里没敢挪步。可他心里还是愿意去的，香甜的糖果对他来说实在有不小的诱惑。

蒯嬷嬷知道自己的处境，就不再坚持邀请杨二龙去她家玩，却反而叮嘱起他来。回家后不要跟大人说他到她这儿来过，更不能说吃了糖果。要是说了，他不但要挨打，而且她也要跟着挨骂。

杨二龙回家后，本不想把这件事告诉母亲的。可是，他路过一个小水坑时，不小心在那里跌了一跤，头发、衣服上沾了很多烂泥。当时，他就有些后怕，就用小水坑里的水，想把烂泥洗掉，可怎么洗都洗不干净，而且是越洗越脏。最后，杨二龙只得畏畏缩缩，脏得一塌糊涂地回家了。

母亲就追问他去了哪里，搞得身上这么脏。没有办法，杨二龙只得如实告诉母亲：他去湖边蒯嬷嬷那里玩了，还吃了她给的一颗糖果。

听到这里，母亲脸色突然骤变，随手就拿起身边的一把扫帚，劈头盖脸地往杨二龙头上打了下来，吓得他哇哇大哭。

母亲的暴怒，很快就引来了左邻右舍的围观，有人从母亲的手中夺下了扫帚。可是母亲的怒气还是未消，她高声快速地向来围观的人诉说打杨二龙的理由。

知道了母亲暴怒的原因，围观的人中就有几个纷纷劝说母亲，说孩子还太小，不懂事，你打他有什么用，要好好地跟他讲，以后不要去那里，再去，就打断他的腿。这样吓吓他，小孩就不敢去了，可不能真打。

有人还指着杨二龙的脸和脖子上凸起的几条红印，指责母亲下手太重了。到这时，母亲的气才消去了大半。

大家七嘴八舌的，不久就指责起蒯嬷嬷来，说她那样的人就应该自觉，不能逗人家小孩玩，更不该给糖果。她这样做的目的，就是想把她的晦气沾到别人的身上。还有的人咒骂起她来，说她活在这里害人。

其实，那个时候，蒯嬷嬷的年龄并不大，远没有到老死的时候。

骂过之后，围观的人陆续散去了。这时，母亲坐了下来，又招呼杨二龙站在她的面前，但她的脸色还是有些阴沉。

杨二龙有些紧张，怕母亲再次打他，怯怯地站在那里，大气都不敢出，就连脖子上被打疼的地方，也不敢去摸。可这次母亲并没有再打他，而是训斥起他来。

“以后，还敢不敢再去那里玩?”

“不敢了。”

“跟你说过多少次了，不要去那里玩。”

“我是不小心去的。”

“下次还吃不吃人家的糖果了?”

“不吃了。”

母亲在责罚了杨二龙后，并没有跑去骂蒯嬷嬷。

杨二龙倒是记住了这次吃打的教训，很多年都没有涉足那里。可就从那个时候起，有些问题就一直萦绕在他那小小的脑袋中。为什么蒯嬷嬷身上就有晦气，别人却没有？为什么小孩就不能到她那里玩？为什么村里的人谈起她时，总会有些愤愤然?

当然，村子里也不是一个人都不去，住在村后的孤寡老人蔡嬷嬷就经常去，据说两人的关系还很好。

一

蒯嬷嬷的真实姓名叫蒯丽丽，老家在扬州，是渔民的后代。

当杨二龙得知蒯丽丽的这些情况时，他已经高中毕业。在那个年代，农民的孩子是农民，工人的孩子是工人，干部的孩子可能就是干部了。有句俗话说得好，“龙生龙，凤生凤，老鼠的儿子会打洞”。这是民间版的子承父业的说法，话说得粗了点，但是在理。还有“老子英雄儿好汉，老子狗熊儿笨蛋。”之类的说法。但也有不信这些的，陈胜不是有“帝王将相，宁有种乎?”的说法吗？他就不想永远只当个小小的“驿长”，所以轰轰烈烈地抗争了一次。

杨二龙的父母都是农民，他也不是陈胜，没有勇气来改变自己，只好老老实实地回乡务农了。但做了农民的他，名称却不叫农民，而叫回乡青年。

他觉得这称呼实在有点好笑，他从没有离开过这里，只是在家乡的学校念了几年书，怎么就叫回乡青年呢？即使真的到了外地念书，又回到这里务农，就是一个地地道道的农民了，这和没念过书一直在队上做农活的同龄伙伴并没有什么区别。

真要说有区别的话，也是有的。就是这些人比他的农活做得好，比他的力气大，精神上比他还要麻木一点，他们早已习惯和屈从了这种生活。

杨二龙对这种生活不习惯，但屈从是必须的。只是他的身体有些弱，干农活又外行，所以常在做农活的时候，引起其他队员的讥笑。

可他偏偏又是个低调要面子的人，心里窘迫得不行，于是对自己的未来生活有点悲观。“干农活不行，挣不到工分，又没有其他出路，这如何是好？唉！不管它了，过一天算一天吧，只求父母不操心他的事就算谢天谢地了。”

李白有句诗是“天生我材必有用”，农村有一个说法是“一棵草，一滴露水”。所以杨二龙觉得自己总会有点用处，不至于会饿死的。

杨二龙回乡务农的时间，是那年农历六月初。在这个时间点上，稻子还没有成熟，正在放浆，棉花还在窜高，棉桃只有弹子那么一点点大，离吐絮还差得远。这是一段少有的农闲时光，队里没有多少重活要干，主要是给棉花喷喷药，除一除田间的稗子，都不是很累。但这个时候，太阳已经非常毒辣。这对一直在校念书的杨二龙来说，还真是个不小的考验。

十多天的农活干下来，稻子已从一片青色变成了金黄色，离开刀收割的时间不远了。这个时候，队上的农活反而更轻松了，出工出得迟，收工却收得早。男人们将放在公房屋檐下，或是库房里闲置多时的农具搬了出来，该整理的整理，该维修的维修，该购置的购置。女人们则去棉田里，给棉花打枝、除虫，将不能结桃的公枝除掉，免得它吸收了养料，影响棉桃的生长。这几天，只要是下雨，哪怕是一丁点儿小雨，队上就放假。即使不下雨，队上也要放一两天假，以使社员做好准备，投入农忙时节。

队上的农活不忙，但各家的私活却繁忙起来，男人们趁放假的空儿，铆足了劲地干。他们先将粪窖里的粪，挑到自家的菜地里，给瓜、豆之类的小菜上一遍有机肥。再就是将猪圈、鸡圈都修整结实，为的是无人过问的时候，这些家畜和家禽能安全地度过一段时间。然后是翻出稻筐，该换的换，该修的修，特别是绳索，一定要结实。这些都做好了，男人们还是闲不住，又会将菜刀、斧头拿出来，在石头上磨得锋快。磨快的斧头，很快就有了用场，给新买来的锯刀装上木柄。木柄要光滑，不宜太长，而且要前细后粗，这样用起来才方便。这是纯手工活，做的时候需要耐心。一个木柄安装得好坏，确实能看出一个男人对待农活的态度。

那个年代，农村的男人大都会一点木工活，也会一点泥瓦活。不然，事事都求别人，那是不可能的。

女人们也很忙，先是上街买一些生活必需品，如扇子、风油精、驱蚊剂等。但最最重要的是为了防止手脚溃烂，准备好足够的茶叶和明矾。这是个土方法，将茶叶和明矾两者放在一起熬制，涂在手上、脚上能起收水的作用。再就是将一些坏了的衣服，翻出来缝补一番。或者将盛有咸菜之类的坛坛罐罐挪到顺手的地方，这样女主人不在家时，家里人也能方便找到这些吃的。

放了假的杨二龙，觉得没有什么事可做，就想去钓鱼，以便改善一下伙食。他找了根不太直的细竹竿，绑上线，用中号的缝衣针，借助煤油灯的火焰，做了一个鱼钩，再挖来几条蚯蚓，就完成了钓鱼的全部准备工作。

但水面是公家的，钓鱼只能偷偷摸摸地进行。若是钓鱼时，被大队的渔管人员发现了，那可不是闹着玩的。为了避开渔管人员的视线，杨二龙选择到蒯嬷嬷那儿去。这是因为那儿偏僻，没有多少人去那里，也就不容易被渔管人员发现了。

那是个细雨蒙蒙的下午，杨二龙像幽灵一般，悄悄钻进了芦苇丛中，将钓竿伸进了湖里，不浅不深，正合适。

下了钓，杨二龙眼睛一眨不眨地盯着线上的鱼漂，耐心地在那里等着鱼儿上钩。

刚开始，杨二龙还有些紧张，生怕被渔管人员发现了，不时地用余光巡视着周围。但很快，他就将渔管人员的事儿忘得一干二净了。

细细的小雨，微微的南风，不时有鱼儿跃出水面。苇叶上集聚的水滴时不时地掉下来，“吧嗒、吧嗒”的，倒显出了芦苇荡的宁静。

这样的天气，正是钓鱼的大好时机！

不一会儿，鱼儿就咬钩了。杨二龙腕上一带劲，就将一条鱼儿拉出了水面，是一条鲫鱼，足有半斤重。

湖里的鱼儿真是多，爱吃食的鱼儿也多。于是，杨二龙不时地起钓，收鱼，换食，忙得不亦乐乎，哪里还有心思管渔管人员！

两个小时后，杨二龙脚边的草地上，已横七竖八地躺着不少死了的或喘着气的鱼儿，足有七八斤。可能是乐极生悲，就在他想继续扩大战果的时候，鱼漂急速地下沉，杨二龙心里一慌，着急用力，只听“刺啦”一声，鱼线断了。

没有了渔具，杨二龙只得将鱼捡起，起身往家走。可能是收获不小，心中一高兴，脚步也跟着兴奋了起来。在路过蒯嬷嬷的家门口时，坐在家中的她也听出了走路人的兴奋。

“哪一个？”蒯嬷嬷在屋里就问了起来。

“我。”

“是杨二龙吧。”

“是哦。”

杨二龙就诧异了：这是怎么回事？她怎么就晓得是杨二龙？距离上次到这儿来也有十多年了吧，她怎么就能记得那么清楚？

“二龙，你到这里干什么？”

“生产队不出工，我到这里偷钓了一点儿鱼。”

“是这样啊。钓到了吗？”

“今天运气还不错，钓了七八斤。”

在这个时候，杨二龙说话的口气，还是难以掩饰心中的愉快。

“唉！如今这年代，住在湖边的人也闻不到鱼腥味了。”蒯嬷嬷叹着气，轻声地说了这么一句。

听蒯嬷嬷这么一说，杨二龙心中不由得一紧。是啊！虽然村子四周都是水面，老人们还说村子叫“荷叶地”，也就是说村子是漂在水面上的。可现在水面是公家的，水里的鱼也是公家的，要吃鱼，就只能花钱买。可农民的手中，哪有多少钱啊！有体力的，有机会用各种办法偷钓一点，解解馋。可是没有体力的，像蒯嬷嬷这样的，可能真的是长年闻不到鱼腥味了。

“我拿几条给你。”杨二龙手脚麻利地从盛鱼的袋子中，捡了几条刺少肉多的花色鱼。

“这怎么好意思。”

“没事的，不是钓得多嘛。”

“那我就不客气了，我都好长时间没吃过鱼了，馋哦。”

蒯嬷嬷说后，就摸摸索索地向门外走。

杨二龙见状，赶紧说：“蒯嬷嬷，你不要出来了，还是我给你送过去吧。”

“多不好意思，老了还嘴馋。”

“没事的，下次我来钓鱼，若是钓到了，我再给你几条。”说着，杨二龙就手捧着几条鱼，向蒯嬷嬷家走去，并径直走到了她家的厨房里。

杨二龙在厨房里找了个盆，就将鱼放了进去。待他转过身来时，发现蒯嬷嬷也跟在他后面向厨房这边走来。

蒯嬷嬷刚过来，杨二龙就要往门口走，边走还边说：“我将鱼放在你的盆里了，等一会儿你自己弄了吃。”

就在杨二龙与蒯嬷嬷擦肩而过的时候，他却放慢了脚步，出于好奇，不由得打量起她来。他们可是十多年没见了，上次见的时候，被母亲狠狠地打了一顿，现在印象还深刻着呢。

现在的蒯嬷嬷，比他印象中的蒯嬷嬷，苍老了许多，可能是长年不晒太阳的缘故，她脸色苍白，略有些瘦弱。但从她脸部的轮廓来看，年轻的时候，她肯定长得很好看。

一个眼瞎的老人，身边又没有其他人，怎么生活的呢？杨二龙陷入了短暂的沉思。他的视线越过蒯嬷嬷，打量起了她的起居，屋里收拾得干干净净，或许是屋里东西不多的缘故，显得还井井有条。

这是怎样的一个人呢？她怎么做到这一点的呢？杨二龙又思忖起来。

蒯嬷嬷听到杨二龙还没有走，就转过身来，她也不去盆那儿“看”鱼了，略略迟疑了一下，然后说：“二龙，你歇一会儿，陪我说会儿话吧。”

“不行，蒯嬷嬷，我要赶着回去呢。”那说话的口气，实际上已没了多少回旋的余地。

“我这儿，人家不愿意来，说我有晦气，你就陪我少说一会儿话吧。”蒯嬷嬷小声地哀求着。

杨二龙见蒯嬷嬷哀求自己，就不好意思说走了。于是，蒯嬷嬷就在屋里摸索起来，并搬过来一个小凳子，让杨二龙坐一会儿。

“蒯嬷嬷，这凳子还是你坐吧，我再去搬一个过来。”

杨二龙搬凳子去了，蒯嬷嬷就在她搬来的凳子上坐了下来。

搬来凳子的杨二龙，就紧挨着蒯嬷嬷坐下了。或许是长时间没有人和蒯嬷嬷说话了吧，她一时不知从何说起，只是嘴上不停地说：“二龙，你真是好人。”

杨二龙也不知说点什么好，但蒯嬷嬷要他留下来说说话，总要说点儿什么吧。

“蒯嬷嬷，我问你一个问题，要是问得不好，你可不要介意哦。”

“你问，我肯定不会介意。”蒯嬷嬷立即说。

“蒯嬷嬷，村里的人大都不知道您的名字，也不知道您是哪里人？请问您有名字吗？老家是哪儿的？”

“是人，都有名字，是人，都会有老家的。”蒯嬷嬷答得非常干脆。

“那怎么村里的人都不知道呢？”

“村里的人都说我有晦气，怕沾上了，不愿意和我多说话。我姓蒯，又上了年纪，大家就叫我蒯嬷嬷，叫着叫着，就叫开了。后来，再也没有人问起过我的名字，时间一长，都不知道我的名字了。”

“那你到底有没有名字呢？”

“我当然有名字。”蒯嬷嬷有点恨恨地说。

“是不是名字起得不好，比如说叫“妹头”“丫头”“小妹”之类的乳名，而没有正式的大名？”

“我有大名，你不问，我倒要忘了，都好长时间没有人问过我的大名了。”

“那你的大名叫什么？老家又是哪里呢？”

“我的大名叫蒯丽丽，娘家是扬州人，祖上世世代代都是渔民。”

蒯嬷嬷原来是有名字的，而且还有大名，叫蒯丽丽，老家是扬州。

妇女没有名字，对杨二龙来说，并不觉得有任何奇怪。村子里的很多妇女，尤其是上了年纪的妇女，大多数只知其姓，不知其名。年老的妇女被称为嬷嬷，像徐嬷嬷、王嬷嬷等。中年的妇女就说某某的妈，像小狗子妈、小兔子妈等。年轻的妇女就叫某某“家里”，比方，找杨大龙的老婆，来人就问：“杨大龙，你‘家里’在哪里呢？”再比如，杨大龙的老婆要托人带个信给杨大龙，带信的人就会说：“杨大龙，你‘家里’找你有事呢。”

村里的男子都是有名有姓的，小的时候，都喊小名，如五九子、六斤、黑蛋等；长大了，成年了，就喊大名。有时喊小名习惯了，到了喊大名的时候，若再喊小名，常常会受到他母亲的斥骂，骂过几次后，也就改了过来。

这村里的男子，绝大部分都姓杨，只有几户是外姓，即使是外姓，也都和杨姓沾亲带故，如上门女婿、某某的外甥、某某女子的内侄等。

那个年代，由于受户口的限制，农民被束缚在土地上，村里的人几乎没有外出的，都在土地里刨食。新中国成立后，经过了各种各样的运动，特别是“破四旧”运动，废除了祖上流传下来的很多习俗，但村上还是保留了宗族的某些观念。俗话说“摇篮之子白头之孙”，说的是儿子可能还很小，还在吃奶，但族中的孙子可能已白发苍苍了。白发苍苍的老人遇到年轻的族中长辈，依辈分还是会喊一声“爷爷”“奶奶”“叔叔”“小妈”等，也有人对着年轻的长辈不好意思喊称呼，就以孩子的名义喊，如原本要喊“叔叔”或“小妈”的，以孩子的名义就喊了“小爷爷”“小奶奶”。

村里长幼有序的观念还保留着，毕竟是同姓又同宗。

杨二龙在村里的辈分不低，每每和一些年长的妇女偶遇时，只要她们手里牵着小孩，总是要小孩对着他喊“小爷爷、小爷爷”。这时的杨二龙就窘迫得不得了，脸上红一阵、白一阵。

杨二龙也有大名，瑞字辈，按辈分，父亲给他起名叫杨瑞富，杨二龙只是他的小名。可他一直不喜欢别人叫他杨瑞富，更愿意人家叫他杨二龙。原因很简单，整天面朝黄土背朝天，在队里劳作、挣工分，肚子都不容易填饱，还瑞什么富？深层次里说，叫二龙就模糊了辈分，况且他的属相就是龙。

他在读书时，名字就叫杨二龙，以后一直就没有更改。杨瑞富倒好似成了他的小名，村里没有几个人知道。

杨二龙的上面还有两个哥哥和一个姐姐，姐姐已经出嫁了。

大哥的小名叫大龙，大名叫瑞荣；二哥的小名却不叫二龙，而叫多龙，大名叫瑞华。他本是三龙的，却叫了二龙。据说，这是父亲听了一个远房亲戚的建议才这样排名的。这样的叫法，无非是一个愿望，盼望荣华富贵。

远房亲戚是个鬼头，偷偷摸摸地干些地下的勾当，换点儿酒喝。

荣华富贵倒没有盼来，父母也没有盼来一个叫“瑞贵”的儿子。多子并没有多福，多的却是生活的困苦和满头的白发。

“蒯嬷嬷，你家的男人姓杨吗?”

杨二龙这样问，蒯嬷嬷有点不好意思起来，也没有立即回答他的话。

为什么蒯嬷嬷会不好意思呢？难道她有好几个男人？也许她的第一个男人姓杨，是本村人，后来死了，她改嫁了。改嫁后的男人可能不姓杨，村里的人容不得他们，她只好和后来的男人搬出了村子，孤零零地住到了湖边的芦苇滩中。

改嫁，在过去，无论是出于何种原因，在当时的农村舆论场中，都是件不太光彩的事情，很多改嫁的女人都难以启口，仿佛比别人矮了一截。

杨二龙乱猜了一气，但他不敢将乱猜的想法，向蒯嬷嬷当面印证，毕竟年龄上的差异太大了。

在杨二龙的记忆里，从没有听人说起过蒯嬷嬷的故事。但回乡务农后，却偶尔能听到有人说起她。也可能是他原来年纪小，有人说了，并没有在意。

但涉及蒯嬷嬷的谈话，听起来总是有些怪怪的。年老的男子说起她，常有些赞美之词，对她现在的生活表示同情，末了，还总会说上一句，“她是见过世面的人”。而年老的女子说起她，话就有点刻薄，常有些鄙夷之色，末了，也会说上一句，“她是吃过香、喝过辣的人”。年纪稍轻的，说到她，已没有了愤恨之色，只是叮嘱自家的小孩，不要到她那里去玩。

想到这些，杨二龙就对坐在身边的蒯嬷嬷充满了好奇，怎么各种说法都集中到了她的身上，难道她过去是个有故事的人？可看起来也不像，慈眉善目的，她不可能干出让人难以忘怀的事情来吧？

天色渐渐暗了下来，小雨仍淅沥沥地下着，杨二龙觉得必须回家了。

“蒯嬷嬷，天快黑了，我要回家了。以后，有空再来看你，你还没做饭呢？”

“我一天只做一顿饭，现在还在锅里热着呢。”

“那我走了。”

“天黑，路上小心点。”瞎眼的蒯嬷嬷也判断出天色已晚了。

“没事，没事，我年轻嘛。”

走在黑暗的路上，杨二龙想：蒯嬷嬷是怎样的一个人呢？她的男人是谁？她有没有子女？她是怎样来到这个地方的？眼睛又是如何瞎的？男人和女人对她的看法，为什么不同？她又是如何生活的？

一系列问题出现在杨二龙的脑海中，搞得他有点儿头疼。

他无意识地回过头去，看了看蒯嬷嬷居住的那个地方，那里仍是黑黢黢的，没有点灯。杨二龙后来才想到，她是不需要点灯的。

杨二龙想知道蒯嬷嬷的故事，但他不想听别人说。因为别人说的，多多少少有猜测和杜撰的成分，真实性值得怀疑。他只想听她亲口说出来，这样故事的真实性就不用怀疑了。但要蒯嬷嬷亲口说出她自己的故事来，难度肯定是不小的。

二

队上的农活始终是干不完的，除了下大暴雨的那一阵要避雨外，几乎整天都要出工。那都是些纯体力活，如挑泥、担肥、除草、插秧、割稻、喷药等，一样接着一样。

苦，当然是相当的苦，但那时的人也确实麻木，没有多少人抱怨，也没有多少人杞人忧天。大家日出而作，日落而息，有时还得披星戴月。

那个年代，能填饱肚子已欢喜得不得了啦，要是能娶上妻生上子，恐怕是农村男子的最高追求了，因为村里的很多男子都在打光棍。大人们为了儿子能讨得一房媳妇，在那么困苦的环境下，节衣缩食，维持着最基本的生活条件。冬天冷了，老汉们在腰上系一条草绳，脚上穿的是用麻绳或草绳做的“麻鞋”或“草鞋”；女人们则在晚上收工后，在昏暗的煤油灯下做针线活，缝缝补补。衣服是补了又补，有句话说得好，“新老大，旧老二，缝缝补补又老三”。

伙食就更不要说讲究了，能吃就行，吃饱就行。有的人家，煮一锅饭，早上吃过后，中午不热，甚至晚上也不热，揭开锅盖，配着桌子上的咸菜或酱菜就将食物咽下去，根本不讲究味道。但小孩子有时还是会闹一闹的，脾气好一点的家长哄一哄，画个饼，糊弄一下过去了；脾气不好的家长，可能就是一耳刮子扇了过去，小孩哭闹归哭闹，也没有指望，又挨了打，只能过一会儿就过去了。

队上有块地，离村子较远，到那里出工，队里会准备午饭，但菜得自己带。

杨二龙家隔壁就有一个老汉，每次去那里出工，就带一点咸菜。咸菜已经是很咸了，但老汉还要在咸菜里加一点盐，说这样吃，咸菜还可以再省点。

自上次在蒯嬷嬷那里钓到过鱼，杨二龙总想找机会再去那儿钓鱼。一来可以打打牙祭，二来还可以和蒯嬷嬷聊聊天，看能不能了解到她身上的种种神秘。

但队上的活实在是太多了，又是农忙时节，即使是雨天，也没有歇工。这段时间，农村人不说“农忙”，而是称之为“双抢”，“农忙”是城里人的说法。“双抢”比“农忙”要形象，不仅忙，还要抢时间。“双抢”就是在烈日炎炎下，人们忙着抢收抢种。

天麻麻亮，队长就在村里晃荡起来，吹起了第一遍哨子，这是催人们起床的哨声。年轻人则打着哈欠，再挨上一会儿，才极不情愿地起床。而年长一点的，等不得队长的第一遍哨声，就已经起来了。他们要趁这提前的一点时间，为出工后的早饭，提早做些准备。就在这窸窸窣窣、哈欠连天的时候，队长的第二遍哨声就传了过来，村子里立即喧闹了起来，有喊人的，有高声叫唤着找东西的，有叮嘱小孩的。这一阵喧嚣过后，队长的第三遍哨声响起了，急促而短暂，这是明确的出工信号了。

一切都是朦朦胧胧的，依稀有一点惨淡的天光，人们眯着眼，走到田头，机械地下地、割稻，几十个人，却没有一个人说话，只听到镰刀割稻的一片“沙沙声”。天放亮后，人们已从田的这头割到了另一头，这叫割了一趟。放倒的稻谷，整齐划一，若是闲散之人路过这里，说不定会发出某种惊叹。若是诗人的话，就更不得了，不知会想象到何种程度。

割到田头的人，从田的另一头，再转回到这头，继续割下一趟。人们也就是在往回走的这一小段时间内，直一下腰，稍稍歇一口气。

割稻有一点技术，但主要的还是要腰好、腿好。有的人腰受过伤，一趟稻子割下来，腰已不能伸直了，弓着腰往回走，到割第二趟时，他手上的活就不太利索了。但活又不能比别人少，这是按量记分的，要减也只能减少他喘气的时间。还有的人干脆就跪倒在地上割，这样表面上腰是好受点，但两个膝盖被磨得血肉模糊，时间一长，就更加难受。

杨二龙的体力不强，况且念了多年书，对农活也有点生疏，腰是没问题的。但这样繁重的劳动，还是让他吃不消，手上乏力，腿也乏力。

田垄比较长的，割两趟回去吃早饭，短一点的，割三趟回去吃早饭。家里没老人的，火急火燎地往家赶，以便将早上没出工之前淘好的米倒入锅中，生火做饭。其余的人，则赶紧刷牙洗脸。许多人在这期间，挤不出时间搞一点新鲜蔬菜吃，就只能是餐餐吃咸菜。

可能有的人饭还在嘴里，队长的哨子又响了起来。这次只有一遍哨，听到了就要出工。这些赶不及吃饭的人，大都是中年妇女，回家后，有些家务正等着她们做，风风火火地忙了那些，就顾不上吃饭了。她们嘴中咕咕叨叨地骂着队长，但不敢懈怠，有的干脆就捧着碗饭，边吃边往地里赶。

早饭后仍是割稻，长长的田垄总感觉割不到头。这时的割稻速度已不似早上，快慢已十分明显了，割稻速度快的，姿势是弯腰撅屁股的，在前面领跑，且他们有一定的时间用来谈谈笑笑。割稻速度中等的，姿势是蹲着的，往前面紧赶，与第一梯队保持着不即不离。割稻最累的也是速度最慢的，是跪着割稻的，他们是一点讲话的工夫都没有。但这些人无论如何努力，总赶不上前面的，渐渐地就掉了队。

这些掉了队的人，也不想少挣工分，别人休息时，他们则继续在田间割稻。

“双抢”期间，午饭由队里来提供。

午后的阳光照的人眼睛都睁不开，温度有时会高达四十度，要是田间有点儿浅浅的水，就会被晒得发烫，手、脚在这种环境下，很容易溃烂。为了避暑，中午要休息一会儿，这样吃饭和休息加起来就有两个小时，有的割稻速度慢的人就利用这段时间，将落下的补起来。

队上记的工分真的不值钱，一分也就值三四分钱。像杨二龙这样的劳力，一天也就挣十分，值三四毛钱。可就是这三四毛钱，人们还是无比珍惜，假期中很多半大的小孩都在生产队里挣工分。

下午的农活是“掼稻”。将早上和上午割倒的连秆稻谷，用一种原始的工具，将稻谷从稻秆上分离下来，这就叫“掼稻”。这种脱粒的方法，可能很古老了，但很符合某些物理原理。

“掼稻”的工具称为“掼桶”，四四方方的，上大下小，呈喇叭状。四边用厚厚的木板做成，有一定的弧形，四角有四个把手，称为“四耳”。最底部连着两根长长的，两头微微上翘的结实木杆。

这两根木杆的作用非常大，笨重的“掼桶”要长距离地搬运或在田间移动，都是靠这两根上翘的木杆。

“掼稻”时，人们抓上几把已被放倒且被太阳晒得有点疲软的稻谷，拢在一起，用一根草绳束紧，然后用双手的虎口紧紧地捏住草绳的部位，高高地举过头顶，不停地在桶板上拍打。经过数次的拍打和抖动，稻谷就从稻秆上脱落下来。现在，有的农村家中还有“掼桶”，但早已是束之高阁，不再使用了。若干年后，它可能就是文物。因为现在很多农村青年见到它时，都露出惊讶之色，不知它是何物，更不知用它来干什么。

这个时候，已有了很多分工，强壮的男子，用“稻箩”将掼下来的稻谷运往稻场，他们尽可能地将“稻箩”堆的像小山头一样，以显示比别人强壮、有力。力气小点的男子，有的在稻场专门晒稻，有的和妇女们一组，帮忙移动“掼桶”。妇女们则是掼稻的掼稻，捆草的捆草。要是有风的日子，天气还足够凉爽的话，为了避免打瞌睡，妇女们就边劳动边唱“山歌”。

“山歌”的曲调甚是优美，可惜杨二龙一句歌词也没记下来。

草那时宝贝着呢，它是队里的牛过冬的主要草料，也是农家的重要燃料，更是修补草屋顶的唯一材料，不会轻易地浪费。

杨二龙先是参与“掼稻”，但技术不得要领，常将金黄的稻谷洒在了桶外，队长就叫他去了晒场。

晒场的活，相对轻松点，主要是将潮湿新鲜的稻谷均匀摊开，并不时地翻晒，以使稻谷尽快晒干入库。

场地空出后，还有许多其他的用途。

几天的收割后，耕牛就进入了田里，铁犁在牛的牵引下，将土翻了过来。

翻卷过来的泥块，还必须用耙耙碎、刮平。这时，“双抢”就进入了最艰苦的阶段。前段时间，人们经过高强度的劳作，已感觉非常疲惫了，有的人甚至连下蹲都非常困难。可这个时候，忙得晚上也要出工了。

每人分一段秧床，晚上必须将秧床上的秧苗拔起，捆好，第二天用来插秧。晚上有时有一点月光，有时漆黑一片。所以晚上拔秧，完全凭的就是感觉。夜晚蚊子多得吓人，还不时地有蚂蟥爬到腿上吸血。有时，蚂蟥会顺着小腿爬到大腿的部位，甚至会爬到老汉的睾丸上。农村的老汉大多不穿长裤，蹲在水田里，蚂蟥钻进下身是常有的事。

蚂蟥这种东西实在是可恶，你没发觉它时，它就一直在你身上吸血，直到实在吸不了了，才肚子滚圆从你身上自动滚落下来。要是没有吸饱，想将它从身上拿下来，则相当费事，它又黏又软，还不容易搞死。

队上的活，总是排得满满的，天亮前割稻，上午插秧，下午“掼稻”，晚上拔秧。人就像陀螺一样，不停地运转。田里有浅浅的水，水中有猪粪之类的有机肥，太阳一晒，水中就“吱吱”地冒泡。不出几天，很多人的手脚都溃烂了，有的还相当严重。就是这样，谁也不会休息，除非生病了。

杨二龙觉得自己快要散架了，坐、蹲已相当困难。要想坐下，就只能顺势倒下来，腿僵硬，走路觉得提不动。只要一躺下，不论是何种环境，都能呼呼地大睡，哪里还管得了太阳不太阳，蚊子不蚊子！

后来，杨二龙常回忆起这一段艰苦的时光，有时感到憋屈，有时又感到庆幸，但无论在哪种情绪状态下，都有颇多的感慨。

在那样的环境下，人是很难有理想的，也不可能玩什么诡计。那个年代，说农民纯朴，确实是纯朴。

杨二龙既不想去钓鱼，也不想去了解蒯嬷嬷的神秘。他唯一的想法就是“双抢”快点结束，让自己疲惫不堪的身体，能好好地休息一下。

二十多天过去了，时近立秋，到这个时间点上，“双抢”就接近尾声了。

稻谷晒干了，一部分要上交国家，叫交公粮；一部分要分给农民做口粮。公粮是必须确保的，队上用大船将上等的粮食先送往公社的粮站，供应城市的居民。余下的粮食再根据人头平均分配，叫基本粮。秋季收上来的粮食，则按劳力来分配，有的人家要担好几担，有的人家则用口袋就装完了。

蒯嬷嬷是五保户，眼睛瞎了，又没有体力，队上就会将分给她的口粮让人送过去。这次，队长就派杨二龙去给她送口粮。

杨二龙不愿意送，但他实在没有其他办法。谁叫他干活不如人家呢！满满的两稻箩稻子，他是挑不动的。他只能挑两个大半箩稻子，就这样走起路来，还是趔趔趄趄的。

蒯嬷嬷全年的口粮是五百斤，队上是一次性分给她的。

杨二龙趔趔趄趄地挑着百来十斤稻子，向蒯嬷嬷家送去。蒯嬷嬷好像有预感似的，知道今天有人给她送粮食，而且还知道就是杨二龙给她送粮食。

在平地上挑着稻箩走，杨二龙还不觉得太吃力，可当他进入了芦苇荡，在那条小径上行走时，就愈发显得他是干农活的外行了。他的肩膀疼不说，扁担两头的两个稻箩，被芦秆不停地阻挡，稻箩不是前后摇晃，就是左右旋转，好像有人恶作剧，拉牵两个稻箩无规律地摆动一样。这种状况，使得杨二龙跌跌撞撞，一会儿就失了力，气喘吁吁起来。

离蒯嬷嬷家很近了，杨二龙本想一鼓作气地挑进她家，可他意志再强，无奈身子骨不行，只好再次放下稻箩，坐下来休息一会儿。其实在这之前，他已经休息过一次了。

杨二龙用衣角擦着脸上的汗水，让风吹着敞开的胸怀，待身上的汗收敛了些，他就蹲下身子，准备再次将稻箩挑起来，可就在他站起来的一瞬间，刚一抬起头，就看见蒯嬷嬷站在她家门前不远的地方，正不停地“张望”，这情形好像在等人。

这就怪了，从没听说过蒯嬷嬷家有什么亲戚呀！退一步说，即使来人了，她的眼睛瞎了，也看不见啊！她的听力是好，可这“哗哗”的苇叶声，她也听不出来吧。

不管她了，先挑进去再说吧，杨二龙这时可不想分神。

离她家还有二十来步远，“张望”中的蒯嬷嬷突然喊了声：“是二龙吧?”

“是的，蒯嬷嬷。”

“二龙啊，我猜到今年一定是你帮我送口粮，还肯定是今天。”

“蒯嬷嬷，你是怎么猜到一定是我呢？又怎么猜到是今天呢?”杨二龙喘着气说。

“别人都不愿帮我送，嫌我这里晦气，即使送来了，也不愿和我说话，将粮食倒进仓中，转身就急匆匆地走了。”

“我也怕沾你的晦气啊!”

“我也是不愿送的。”杨二龙接着又说。

“二龙，我知道，你虽然不愿送，但你心地善良，求你做事，即使不愿，你也会做的。”

这倒让蒯嬷嬷说中了，杨二龙天生就同情弱者，但他也不是强者啊！他现在还在为挣不到强劳力的工分，而万分苦恼呢!

三

杨二龙将粮食挑进了蒯嬷嬷家，又顺着她的指引，将稻子倒进了她家的谷仓。这时，他已是汗流浃背，正不停地喘着粗气。

“二龙，坐一会儿，歇一歇。”蒯嬷嬷怕杨二龙累着。

蒯嬷嬷很快拿来了一把蒲扇，不停地帮他扇着汗，后又摸索着倒了碗凉开水。

杨二龙接过了碗，但没有喝，他觉得脏。他想，眼睛瞎了还能将碗洗干净?

蒯嬷嬷肯定知道杨二龙没喝，但她什么也没说。

气喘匀了，杨二龙又去挑第二趟。来来回回，共挑了五趟，杨二龙才将蒯嬷嬷今年的口粮送完，中途不知歇了多少次。这要是强劳力的话，恐怕三趟就挑完了，时间也不会这么长。

最后一趟，杨二龙觉得身上的骨头都要炸裂了，肩膀上像浇了辣椒水，红肿了一大片，有的地方还被拉破了皮，血肉模糊。待将最后的稻子倒进谷仓，不用蒯嬷嬷说，他就斜躺在她家的一把破椅子上了。

“好好地歇一歇吧，今天累坏了。”蒯嬷嬷说。

“是的，真累。”

“念书的人娇气着呢，哪能吃这么大的苦。”

“我现在不念书了，是一个地地道道的农民，今后还不知怎么办。力气太小了，做田可真是个力气活。”

“人怎么活都是一辈子，不要太丧气。”蒯嬷嬷安慰地说。

“我倒没有多丧气，只是做不过人家，工分比别人少，还受气。为这，我才有点难受。”

“人上一百，形形色色，管不得那么多。”蒯嬷嬷再一次安慰他说。

“依我看，你不可能一辈子当农民的，念书的人总是有出头之日的。”蒯嬷嬷这样说，与其是安慰，还不与说是给杨二龙画了一个饼。

“这怎么可能呢？人家城里人还下放当农民呢。”

这话让蒯嬷嬷歇了嘴。真的，附近有好几个村子里，都来了下放知青，有男有女，有外地的，也有本地的。

蒯嬷嬷可能一时找不出什么话来安慰杨二龙，而杨二龙呢，由于累得够呛，也懒得再说话，两人都沉默了下来。

歇的时间差不多了，身上的汗也干了，气也匀了，杨二龙就站起来，准备动身回稻场。

见杨二龙要走，蒯嬷嬷急忙拦住他，要他再歇一会儿。

“再歇一会儿，老太婆还想和你说说话呢。”

杨二龙的好奇心，又被她的这句话勾了出来，就重新坐下来，眼光不由得又向她看去。

她皮肤还算白皙，只是有些暗淡，略瘦，脸上的皱纹并不多，头发仍是乌黑，牙齿白白的，看上去很坚固。身上穿的衣服打了好几个补丁，但还是很清爽。

一个眼睛瞎了的人，怎么做到这一切的呢？队上除了分她点口粮、菜油和柴草外，其他的什么都没有。她总要吃点菜吧，身上的补丁又是谁给她补的呢？

“蒯嬷嬷，你今年多大年纪了？”杨二龙好奇地问。

“我今年已六十多岁，快要死的人了。”

这话确实没错，在那个年代，生活条件艰苦，偌大的一个村子中，能活到七十岁的人，屈指可数。活到了六十的人死了，就算是喜丧，村上的孩子都争着去戴孝绳。虽然蒯嬷嬷六十多岁了，可她的身体摆在这里，哪里会死！

“不会的，我看你身体蛮硬朗的，头发、牙齿都好着呢，不像一个六十多岁的人，哪里会死？”

“怎么不会死，我那死鬼老头子，都催我好多次了，要我早点去呢。”

“你是做梦的吧，梦是相反的呢。”

“你不知道，这几天，天堂鸟总是在我的屋前屋后，不停地叫，这是老头子带信要我去呢。”

“天堂鸟？我怎么没听说过这种鸟。”杨二龙疑惑地望着蒯嬷嬷说。

“天堂鸟，没听说过吧，它又叫招魂鸟，叫声凄凉，像啼哭声。说真的，还真没听说过有人见过这种鸟。它总是很晚才出来，人们就只能听到它的叫声。”蒯嬷嬷面无表情，自顾自地说。

“还有这样的鸟？”杨二龙急切地想搞明白天堂鸟到底是怎样的一种鸟。

“我老头子死的那晚，天堂鸟就在我的屋前屋后叫了三天。多好的水性啊，还不是死在了水中。”说这话时，蒯嬷嬷的脸上露出了痛苦的表情。

“你男人是干什么的，怎么会死在水中呢？”

“他是放鱼鹰的，几十年都在水里谋生，水性多好啊！可他还是死在了水中。”这时的蒯嬷嬷，眼角似乎有泪流了出来。

“那你眼睛什么时候瞎的呢？”

“我男人死后，哭瞎的。”

“你男人死了有多少年了？”

“死了整整十六年了。”

“也就是说，你男人死时你才四十多岁，五十岁还不到呢。”

“是的。”

“你男人死了，眼睛又瞎了，这么多年，你是怎么生活的呢？”

“我男人死了后，我整日整夜地想他、骂他，以泪洗面。哭着哭着，眼睛就看不太清了。那时，我也想到了死，但我死不了，我还有个儿子需要照顾。”

“那你的儿子呢？”

“两年后，天堂鸟又在我的屋前屋后叫个不停。这叫声，让我的心紧张得不得了，很怕我的儿子会出事。可担心来担心去，噩运还是降临到了他的头上。那天，天还没有完全黑，但起了雾，灰蒙蒙的一片。这个时候，儿子却要到湖里去担水。我劝他晚上就不要去了，明天早晨再担吧。可他不听劝，非要去担水。这一去，就再也没有回来，他也死在了水中。”

“那你儿子怎么就死在了水中呢？”

“我哪里知道原因，他的水性和他爸一样，好着呢，从小就跟着他爸爸在水里捉鱼摸虾，扎猛子，仰游，踩水，样样做得都比别人好，他怎么就会死在了水中呢？”

还没等杨二龙回答，蒯嬷嬷接着又往下说，也许她根本就没有想要杨二龙回答，她已经沉浸在痛苦的回忆之中了。

“那晚，风特别大，雨也下得特别大。可儿子迟迟没有回来，我害怕得心都快跳到嗓子眼了。我心想着不能再等了，就只身冲入了风雨中，往湖边摸去。待摸到了湖边的水跳旁，我高声地喊着儿子。可无论怎么喊，就是没有儿子的回应。这下，我更加恐慌了，又沿着湖岸向前摸去，哭着，喊着，却始终没有儿子的消息。

“这时，一个不祥的念头袭上了心头。这不祥的念头几乎要将我击到，儿子是不是出事了？不然怎么会不理我呢？肯定是出事了，怪不得这几天，天堂鸟会叫个不停呢！这让人诅咒的天堂鸟，为什么在我家门前叫呢？

“我跌跌撞撞的，又朝前摸去，即使儿子出事了，我也要找到他。可找遍了整个芦苇荡，喊破了嗓子，仍没有儿子的任何踪迹。这个时候，已经是后半夜了，我的心却突然缓了下来，也许儿子早已回家了呢？

“这突然出现的、救命稻草似的念头，使我从地上一跃而起，向家中一路狂奔，脸、手、脚，凡是裸露在外的地方，都被锋利的苇叶划破了，我全然不顾。还没进家门，我又扯起嗓子喊了起来，还是没有回应。我冲开门，扑到了儿子的房间，房里空无一人，摸摸床上，还是没人，我绝望地一下子瘫倒在儿子的床上，身子一点都动不了了。可脑子却停不下来，眼泪顺着眼角，往下直掉。

“儿子到底怎么了？他到哪儿去了？明天会不会回来？就在我为儿子的安危想得头疼欲裂的时候，那讨厌的天堂鸟又在门前叫了起来。我强撑着爬了起来，摸到了门外，在地上捡起块碎砖，向树上扔去，天堂鸟被赶跑了。可一会儿它又回来了，还是在门前叫。我又去赶，它又走了，但时间不长，又听到了天堂鸟啼哭般的叫声。

“儿子肯定出事了，不然天堂鸟不会反复地来此啼叫。这下完了，儿子没了，我今后怎么活？想到了这点，我身子一软，就躺坐到门前，任凭雨水往身上打。

“第二天，我还抱着一丝侥幸的心理，盼望着儿子能够回来。可两天过去了，儿子仍是杳无音信，我绝望极了。到了第三天早晨，儿子被人发现，但已经是死人了。有人在湖中捞水草时，发现了他的尸体。尸体就隐在一处水草下面，被水浸得已面目全非了。可他的手中，还紧紧地握着担水的扁担，两只水桶在湖的另一边，也被人发现了。”

蒯嬷嬷自顾自地一句接一句地说，说到伤心处，眼泪就顺着脸颊往下直流。她不去擦，任其往下流，衣服湿了一大片。

杨二龙根本接不上茬，又不知如何劝慰，他只能是惊讶地、呆呆地听着，太多的同情慢慢地集聚在了他的心中。

可能是蒯嬷嬷说多了，也可能是说累了，她喘息了会儿。可就是这短短的喘息，却使她平静了许多，自己拿起毛巾快速地擦去了脸上的眼泪。

随着眼泪的擦干，蒯嬷嬷似乎也擦去了自己内心的许多痛苦，她的心情又缓和了许多。这个时候，说什么都是多余的，沉默，沉默，唯有沉默，才能理顺心中的惆怅和痛苦。

也不知沉默了多久，杨二龙只觉得心里难受，像是被什么东西给绊住了，心中有一种灰色的苦痛。悲惨的事，怎么能连续发生两次，这事搁到哪个人的身上，都会受不了的。

率先打破沉默的还是蒯嬷嬷，她见杨二龙不作声，怕吓着他了，就对杨二龙说："二龙，没有吓着你吧。"

"没有，没有，你说出来，只要心中好受一点就行。"

"唉，真不该告诉你这些事。"

"你儿子死时多大年龄了？"杨二龙心中突然冒出了这个问题。

"我儿子死时才15岁啊！多么年轻的生命！"蒯嬷嬷说这话时，脸上又明显地现出了痛苦的表情。

"也就是说，要是你儿子不死，比我还大。"

"要是他还在，今年已有29岁了，可能早就娶了妻生了子，一大家人在一起热热闹闹的，多好啊！可惜，这一切都不会存在了。"

蒯嬷嬷的声音有些哽咽，不自觉地又拿起毛巾擦拭着眼睛。

她哪有什么眼泪！早已经哭干了，这可能是她痛苦时的一个习惯性动作罢了。

面对情绪低落的蒯嬷嬷，杨二龙还能说些什么？唯一能做的，就是当个忠实的听众，任她往下说。

"儿子死后，我躺在床上五天没吃没喝，以为这样，就会很快去见我那老头子和儿子了。这五天中，我的眼睛真真地哭瞎了。

“我倒是希望天堂鸟叫起来，好把我引到天堂里去。不，即使不把我引到天堂里去，引我到地狱也行，只要能见到老头子和儿子就行。但天堂鸟就是不叫，我真的好失望。

“五天后，我想还是自己爬到湖里自杀好了，老头子和儿子都是在湖里死的。可爬到半路，昏了过去，村上一个路过的老头将我抱回了家，并喂了点水，不久，我就醒了过来。

“我知道，这次死不了，说明我在阳世的罪还没受够。

“没有了儿子，我的眼睛又瞎了，一开始，生活很是艰难。不是跌倒，就是被什么撞了，身上好多地方是青一块紫一块的。好在那时，村上的人大都同情我，送我点小菜，帮我买点生活必需品，我感受到了些许的温暖。但我是个要强的人，心里不愿意麻烦人，就摸索着干这干那，渐渐地适应了眼瞎后的生活。

“那时，我还经常摸到村子里去玩，或是到代销店买点什么，遇到我的人就会给我指路。有时，还有人上来搀扶我一把，这些事，我都记在了心里。”

“那以后，发生了什么事，让人们不再同情你，而说你这里晦气呢?”

“这要从救我的那个老头说起，一年后，那个老头不声不响地离奇死了。就在那个老头死的那晚，我仿佛听到了天堂鸟的叫声。不久，村子中就传出了我是个晦气的人的说法，说我克夫、克子，还克别人，说只要沾上我，肯定倒霉。当这话传到我耳中时，我是有些生气，但后来自己一想，就释怀了，说的也是。

“这话传出来了，也不是所有的人都信，但后来事情变得更加糟糕。常言道：寡妇门前是非多。由于我孤零零地住在村外，村上的一些光棍就想占我的便宜。我是心死了的人，怎么会有这样的想法，我就诅咒他们，弄得他们灰头土脸。还有更不知羞耻的男人，他们是有老婆的人，也深更半夜地来敲我家的门，说些不三不四的话。这样的人，我更不能宽恕他，有老婆还做出这种不知羞耻的事，我的诅咒就更加强烈。要是他们还赖着不走，我就说明天把这丑事告诉他们的老婆，这些人才悻悻地离去。

“时间长了，这些来过的男人，知道了我的态度，渐渐地也不来敲我家的门了，在我的面前，也不说不三不四的话了。但由于我的诅咒和不从，这些男人中可能有个别的人恨死了我，在谣言上又添油加醋，说得有鼻子有眼的，渐渐的，村子中的人也就都信了。

“我想，要不是个别人的加工和传播，原先的谣言会随着时间的推移慢慢消散。但有人在里面搅，情况就不一样了。当时，我真是恨死他们了，但现在我不恨了。我真是个晦气的人，不然，老头子和儿子怎么就相继而去了呢！

“从这以后，村上就很少有人到我这儿来了，连小孩误到了这里，也会讨他们家大人的骂，甚至还捎带上骂我。”

蒯嬷嬷话匣子一打开，一口气说了这么多。语气中既有愤恨，也流露出了无奈。

“从那以后没人帮你了，你又是怎么熬过来的呢？”杨二龙关心地问。

蒯嬷嬷咽了一下口水，又接着说：“村后的蔡嬷嬷也是孤身一人，她倒是经常来玩的，帮了我很多忙。我有些办不到的事，就请她帮忙，她不怕沾了我的晦气。”

“蔡嬷嬷也老了，她肯定是不怕的。”杨二龙说。

“真是奇怪，我眼睛瞎了后，耳朵却出奇地好用。”

“这还真的应了那句老话，‘有失必有得’。”杨二龙说。

知道了蒯嬷嬷眼瞎的原因和她不幸的生活，杨二龙心中有股说不出的难受，鼻子竟莫名地酸起来。现在的人，为什么就那么迷信呢？

天堂鸟，这名字听起来蛮响亮的，怎么它的叫声就那么晦气，让人毛骨悚然呢？那能一辈子都不要遇到这种鸟，也不要听到它的叫声，平平安安地活着吗？

待的时间确实不短了，太阳已西沉得厉害，稻场上的稻子要收场了，要是天气不好的话，还要用稻草盖好，杨二龙必须要赶快走了。

“蒯嬷嬷，我在这里待的时间太长了，再不走，怕队长要骂了。以后有什么难办的事，我来帮你。”说着，杨二龙就飞快地挑起空稻箩，狂奔了出去。

出了芦苇荡，杨二龙迎面碰上了蔡嬷嬷，她肯定是到这里来玩的。

四

杨二龙在队里务农一年后，也不知烧中了哪根香，大队要他去小学当代课教师，也就是后来通常所说的民办教师。

民办教师不能完全脱离农活，农闲时，在学校教书，农忙时，特别是“双抢”期间，必须要参加队里的劳动。全年的工分由队里给，而且还是一个标准男劳力的工分。

上课比整天在田间劳动，体力上要轻松多了。关键是还给全劳力的工分，很多回乡知青都愿意去，但更愿去的还是公社办的企业。

学校就在村前，三排房子和一面围墙，组成了一个四合院。靠东的一排是教师办公室，另两排是教室；西边的一排是新建不久的砖瓦房；北边是老式的瓦房，是从村上的地主家没收来的。学校有五个年级，但只有四个教学班，因五年级和三年级人数较少，合成一个复式班。学校有八名教师，和杨二龙 道来代课的，还有一个上海女知青，她叫宋小秋。

教师中只有两位公办教师，年龄有些大了，是过去私塾的弟子，教过杨二龙。

两人中，一人是校长，一人是教导主任。余下的都是代课教师，只是比杨二龙早了几年来学校代课。

这两位老先生，由于是私塾的弟子，拼音之类的一窍不通，更由于是在家乡教书，满口的土话，像“全心全意”，先生就念“sui 心 sui 意”，“解放军”，先生就念成了“gai 放军”，其余的就不一一说了。就凭这一点，让杨二龙在今后漂泊的生活中，尝尽了苦头。杨二龙也不会拼音，更不会讲普通话，在和别人的交流中，被别人嗤笑了许多次，很有些自卑。

巧合的是，宋小秋和他，两人被安排合教四年级一个班。宋小秋教语文，杨二龙教数学。两人还兼了其他的课，宋小秋带音乐课，杨二龙则带体育课。

虽然和宋小秋同带一个班，但杨二龙几乎不怎么和她说话，至多也就是在无法回避的时候，机械地笑上一笑。

杨二龙不善言辞，尤其是和女孩子，更不愿多说。他把这种缺点，归结为是他小时候所受的心灵创伤。

农村穷嘛，况且又重男轻女，造成很多男子都娶不上媳妇，打了光棍。于是乎，很多人家，为了避免孩子长大后娶不到媳妇，就早早地订上了娃娃亲。

杨二龙是订过娃娃亲的，而且订得很早，十岁就订了。为此，他感到非常烦恼，也感到非常羞愧难当。小女孩倒显得好一些，不知她是出于自愿，还是迫于她父母的权威，常来他家玩。可每每见她一来，杨二龙就早早地溜了出去，连饭都不回家吃。

这下，杨二龙就受罪了，漫无目的地到处游荡，生怕碰到人，尤其是怕碰到好开玩笑的妇女。真要是没办法回避，遇上了，他恨不得找个地洞钻进去。还有的妇女，知道他怕羞，就哪壶不开提哪壶，恶作剧般地想看看他的窘境，一见面就说："杨二龙，今天你老婆来了，怎么不在家里陪她玩，而跑到外面来了？"

这话，让杨二龙的脸腾地一下红到脖子根，眼睛里冒的全是红光，好像想找什么东西咬上一口似的，同时头一歪，粗话随口就喷了出来。

"滚，她是你爸爸的老婆。"这话，让想看笑话的妇女先是一愣，接着红了脸，然后低着头，退到了一旁。但也有不省事的，说："有媳妇的人了，还骂人，亏你还是念书的呢！"

这下，轮到杨二龙不作声了，但他梗着脖子怒视着那人。那人看这情形，也就不再作声了，毕竟是成年人，哪能和小孩一般见识。

暮霭沉沉，杨二龙心事重重地往家走。他知道，这个时分，小姑娘肯定回家了。但一路上，在他的心中，对母亲生出无限的恨来，怪她多事，娶不上媳妇，又有多大的事呢？

小姑娘倒是每个节日都来，当然，母亲也要求杨二龙回拜，可无论如何，他都不愿意去。为此，他还和母亲发生过一次严重的冲突。

那次，杨二龙的母亲将礼物拿在手中，押着他去小姑娘家回拜。等临近了小姑娘家，母亲不便去了，更不想让她家知道杨二龙是被押着来的，就丢下了他，让他自己去。

但母亲万万没想到，杨二龙接下来会这样做。他没有去小姑娘家，而是等母亲走远了，将礼物拆开，自己先享用了一点，享用不完的，直接扔进了湖中。

这样做，他觉得有些荒唐，也有些后怕，一旦败露了，被责骂一顿是免不了的。现在肯定是不能回家的，就独自在田野里玩了会，觉得实在是无趣，又爬到了田边的一棵柳树上，折下了几根柳枝，做了三个粗细不同的柳树哨子。一路走，一路换不同的哨子吹。就这样，他走走停停，停停走走，来到了一座小石桥上。这里很僻静，杨二龙索性就不走了，一屁股坐在桥头上。

小石桥很小，桥墩由石块堆砌而成。石块和石块间有很多的缝隙，一些小鱼儿就在这些缝隙里不停地转悠。这引起了杨二龙的极大兴趣，他卷起裤脚，挽起袖子，就去石缝里摸鱼抓虾了，将丢礼物的事抛到了脑后。

鱼没摸到几条，都很小，但衣服却被搞湿了，有些地方还沾了泥。他怕事情败露，先是用水洗污泥，却越洗越脏，后来干脆就将外面的衣服脱了，只穿了一件小裤衩，将脏衣服浸在水里，才将污泥洗去。

穿着湿衣服，可不能回家，必须将衣服晒干了。杨二龙将湿衣服铺在石头上晒，自己则在一旁等。待衣服晒得差不多了，太阳也已经西沉了，这时候，他确定能回家了。

到家后，杨二龙谎称去了小姑娘家，礼物送到了，还在那里吃了中午饭。在这个时间点上，对他的谎话，母亲确实是深信不疑的。

只记得小姑娘名叫金花，模样儿实在不是很清楚。杨二龙只是远远地看见过她，从没有和她单独在一起待过，哪怕一分钟的时间也没有。

可纸终究包不住火，时日不多，这拜节的事，就被金花的父亲戳穿了。这也就是个把月后的事，那天，金花的父亲有事，路过杨二龙家所住的村子，顺腿就踅了进来。还没等他喝上一口水，杨二龙的母亲就急着问："过节的那天，我家二龙到你家去了，他怕羞，没闹出什么笑话吧？"

金花的父亲被问得一脸疑惑，在头上挠了好几次才说："没有啊，那天我在家里，二龙没去啊。"

"不可能的，是我送他去的，要到你家门口了，我才回的，我还让他带了礼物。那天你是不是不在家？"二龙的母亲不相信他的说法，又赶忙问。

"肯定在家，即使不在家，二龙头一回上我家，我没见到，金花的母亲也会告诉我的。"金花的父亲肯定地说。

母亲还是有点不信，二龙没去？那二龙手中的礼物呢？没看见他带回来啊。母亲赶紧找来了他，当着金花父亲的面，就询问他那天有没有去金花家。

杨二龙起先还说去了，只是底气不足，说话有点拖泥带水。这情形，不用再问了，母亲知道他在此事上说了谎。

"你没去，那你带的礼物呢？"母亲责备起杨二龙来。

"我吃了点，剩下的扔了。"见赖不掉，杨二龙就说了实话。

这话一出口，母亲就来了火。

"这孩子这么不懂事，不想去不去就是了，怎么还将礼物扔了。"母亲说这话的意思，不是太责怪杨二龙没去，而是心疼起那扔掉的礼物来。

这也难怪，这些礼品，虽然很微薄，但谁家要不是有事，哪个会舍得买来吃！

母亲被气得要命，但碍于金花父亲的面子，不好立即发作，但脸上是红一块白一块，倒是金花的父亲好生劝慰了一番，她的气才稍稍下去了些。

这事看起来是坏事，但对杨二龙来说，确是好事。此后好多年，母亲都没再要求他去金花家拜节。母亲可能想，等他再长大点，想老婆了，自然会去的。关键是金花家也不怎么怪罪杨二龙，知道他怕羞。

两家的父亲是发小，两人是在无人区放牛时认识的，从小谈得来，又是同年。于是就结了干亲，一直往来不断。出于和父亲的友情，金花的父亲才决定把金花许给杨二龙。

但这样的友情，却坑了杨二龙，使他过早地有了心理负担，以致他至今都不怎么和女子来往。

杨二龙听父亲说过，金花的父亲讲义气，脾气却是相当暴躁。即使金花不愿意，她也不敢违抗她父亲的意愿。

这一点，杨二龙是相信的，金花的父亲很喜欢他，要不是订娃娃亲这档子事，他可能真的很敬重金花的父亲。可是，有了这档子事，杨二龙就无论如何也不愿尊重他了。

父亲体弱多病，这与奶奶死得早有关。父亲很小的时候，奶奶就去了，爷爷又当爹又当妈，照顾不过来，父亲就落下了哮喘的毛病。

杨二龙的父亲虽然体力不强，却识得不少字，还会打算盘。这在绝大多数不识字的乡村人里，他也算是个有文化的人了。父亲的人品好，辈分又高，村里的人都很敬重他。

其实，杨二龙的父亲只念过一年的私塾，按理说，八九岁念过一年私塾，应该不认得几个字，即使当时认得了，也早该忘了。但杨二龙父亲不但没忘，而且识的字越来越多，这种情况应该得益于他父亲喜欢看书的缘故。他有好几本藏书，也找别人借过一些书。当然这些书都是老书，例如《济公传》《西游记》《水浒传》《三侠五义》，他都不知看了多少遍，早已是记得滚瓜烂熟。农闲时，他还在家里摆龙门阵，说上那么几段。

那时，农村的文化生活几乎是空白，一年中只有那么两三场由公社放映队放的露天电影，这还是不定期的。每当得到附近几个大队有电影放映的消息时，青年人都翘首以盼，望眼欲穿。但有了家室的人，一般是没有空去看的。这些人，在空闲时，就聚在一起，摆摆龙门阵，说说“山海经”。

这当中，父亲就成了主角，负责讲故事。他既没有鼓，也不会快板，更不会声色动人，只是缓缓地讲，平静地说。可在座的人，还是听得津津有味。父亲最喜欢讲的是济公和尚，可能是济公和尚疾恶如仇、为民申冤的做法合乎民众的心理。

杨二龙能去当代课教师，说不定就是因为父亲会说故事。

但这里的“山海经”，却不是真正意义上的“山海经”。真正的《山海经》里面有许多玄幻的故事，例如“精卫填海”“女娲补天”“后羿射日”，还有不少脍炙人口的远古神话、传说和寓言故事。村民嘴里的“山海经”，就是海阔天空、道听途说出来的东西，你要相信就相信，不相信就不相信，这只是人们聚在一起的一种休闲方式。

杨二龙的父亲有一本字典，翻得已很破旧，很多页都翻卷了。他不会拼音，也没处可问，但他有自己独特的认字方法。字典中同音的字排在一起，这些字中，总有认得的，那列在同一栏中的字他就认得了。发音可能不太准，但在农村已经足够了。

父亲是靠强记认得许多字的。或许是受了父亲的影响，杨二龙也喜欢看《水浒传》之类的书，记忆力也相当可以。

说到那个年代的礼品，简直是让人心酸。逢年过节，村民们虽然贫穷，但礼节还是要的。节日还未到，主妇们就早早地筹划起来，该买哪些，不该买哪些，要到哪几家去，精打细算。假如必须要到五六家去拜节，她只会买两份礼物。这两份礼物就像个引子，先去一家，人家总要回拜的。然后将人家回拜的礼物换一样，又去第二家，第二家回拜了，再用同样的方法，去第三家，家家如此。礼物不是用来吃的，而只是一种礼数，一种象征。

拿现在的眼光来看，礼物实在是拿不出手的，所谓精打细算的礼物，无非就是点糕点、白糖。小孩子可不管这些，嚷着要吃，大人们哪里舍得，除非小孩实在是撒泼，大人没辙，才掰下一小块，给小孩吃，还反复叮嘱：

"就这点，吃了就没了。"

节日一过，为了防止小孩偷吃，或防老鼠撕咬，有的人家将存下的礼物吊在房梁上，等下一个节日来临后，再重新包装，又作为礼品带着去人家拜节。好在那时的包装实在是简陋，不是用荷叶包的，就是用黄裱纸包的。外面的包装越来越大，已有了好几层，里面的食品却越来越小，甚至发生了霉变。大家都心照不宣，最后，实在是不能再包了，拆开一看，不是粉末，就是黢黑成一团，人早已不能食用，拿去喂了猪，也不知猪吃不吃。

杨二龙从小对糕点就不感兴趣，所以对礼品中的这点学问，他是一点不知晓的。礼品的故事，还是他当了教师后，听一位年龄稍大一点的教师说的。不知他是听说的，还是他做过，已无从考证，可能多多少少，还是有些真实的成分。

高中毕业后，杨二龙在家务农，是个真正的农民了，按理说，他应该去金花家拜节了。可能是小时候，受的委屈深深地在他心中扎了根，也可能是人们常说的有缘无分吧，他死活都不愿意去，母亲拿他真没有了办法。

金花已出落的是个大姑娘了，她还是一样来，可杨二龙听母亲说，金花已没了过去的热情，显得很忧郁。来了，就躲在母亲的房里不出来，一点儿笑脸都没有。童年的这段经历，使得杨二龙一生中对女子都有些敬而远之。

后来，在杨二龙的生命里，也出现过好几位女子，都对他倾心过。但都由于他的漫不经心，而失之交臂。为此，杨二龙后悔过，但时间都不长，就从他心头抹去了。就这一点上，他可能有些没心没肺。

杨二龙内心倒是真心爱过一个女子，他还敢断定，那女子对他也有意。可还是他的迟疑，使得他和那位女子失之交臂。多年后，有时在夜晚，他独自一人时，还会想起那女子清纯的模样来。那略带哀怨的目光，有些若即若离，刺得他心慌意乱，心中泛滥起五味杂陈来。

这时，杨二龙就想，若是当初自己主动一点，是不是自己的境况和现在就不一样了呢？可有些事来不得假设，过去了就永远过去了，纠缠过去已没了任何意义。其实，这个道理，杨二龙是懂的，可人有时候就是跳不出来。

五

杨二龙在家是老幺，又做了代课教师，家务事他是不用问的，星期天又不需要参加队上的劳动。大片的空闲时间，总得找点事来消磨。村里不可能有闲人，能参加劳动的都下地干活去了。剩下的老人和小孩，他不可能和他们在一起玩。他唯一能做的，就是去钓鱼。

钓鱼的目的就是消磨时间，不在于钓多少鱼。钓鱼的最佳地点，仍是蒯嬷嬷所在的那片芦苇荡，安静、不碍眼，风险也小。

钓到钓不到鱼全靠运气，不追求结果。钓得少，就全给了蒯嬷嬷，钓得多了，拿几条送给她。但无论钓到钓不到，他都会去蒯嬷嬷那儿待上一会儿。

他待在那儿，哪怕是很小的一会儿，蒯嬷嬷都高兴得不得了，脸上不多的褶皱立即就舒展开来，显得很生动，步子也似乎跟着灵便起来，倒水，搬凳子，忙得不亦乐乎。

杨二龙要她不要这样客气，他可能只待一会儿。有时，他刚一坐下，蒯嬷嬷就迫不及待地搬个凳子，挨着他坐下来。她常会伸出她的手，抓抓二龙的手，摸摸他的脸，一副母爱十足的样子。

这种情况，杨二龙通常是一句话不说。他怕说得不妥，又引出她痛苦的回忆来。只要蒯嬷嬷不提她过去的事，他肯定也不会提起。

可以说，此时的他，绝对是打消了向蒯嬷嬷当面求证她过去故事的想法。但过后，心中还是隐隐地想知道她过去的故事。她肯定还有很多故事，不然，人们不会说她是见过世面的人的。

有时杨二龙去钓鱼，蔡嬷嬷也在那里。两个老人，分坐在门的两边，说说笑笑，你一句，我一句，或是有一问，没一答的。他是听不到她们谈话的，但两个孤寡老人坐在一起，说说笑笑，就不再寂寞，这不是好事吗？

钓的鱼多了，杨二龙也会送给蔡嬷嬷几条。

蔡嬷嬷就千恩万谢起来，仿佛杨二龙给了她多大的恩惠一样。

教了一个多月的书，但在杨二龙的眼中，宋小秋和陌生人没什么两样。

其实，宋小秋还是蛮漂亮的，长得白白净净，留着当时流行的运动短发，精神着呢。一双又大又黑的眼睛，不仅有韵，还水灵灵的。上身是白色的确良衬衣。衬衣的腰部，稍稍往里收了一下，穿在身上，曲线分明。下身是黑色的长裤，脚上穿着白色凉鞋，特别惹眼的是那双肉色短丝袜，村民们不要说穿过，可能连见都没见到过。

这样的装束，加上上海人特有的气质，宋小秋确实有些鹤立鸡群，清新、可爱，特别招人喜欢。

杨二龙，十八岁的年龄，正是青春勃发的年龄，更是对异性充满好奇的年龄。但奇怪的是，杨二龙对宋小秋本人，没有多少兴趣，但对她衬衣里面那若隐若现的乳罩，特别有兴趣，也感到特别好奇。

可以这么说，他和宋小秋后来成了好朋友，这乳罩确实功不可没。这倒不是说他要流氓，也不是他想入非非，而是当时农村的女孩，谁也没有这样的物品。

本地的姑娘，穿的贴身的小褂，都是由本地裁缝做的，有些松松垮垮，外面还必须严严实实地罩上件宽松的外衣，不能也不准显示出女性的曲线美来。

宋小秋的这身装束，就将女性的美完完全全地展示出来了。当然，这不能怪罪本地的姑娘们，这是当地的风气使然。像宋小秋这样的衣服，姑娘们肯定羡慕得要死，做梦都想穿上一回。可真要在大庭广众之下，要她们穿上，不羞死她们才怪呢。所以说打死她们，她们也不敢穿。

杨二龙当时还不知道宋小秋穿在衬衣里面的小褂叫什么，只觉得那小褂太精致了。这精致的小褂，对懵懂中的杨二龙来说，觉得既神秘又向往。一旦有了机会，总要窥视一下。可要是被她发现了，他就羞愧得不知如何是好。但几天一过去，他又忍不住好奇，找个机会又偷窥了一下。

他发现，宋小秋有好几种颜色的小褂，粉红色的，黄色的，淡青色的，蓝色的，颜色都很鲜艳，在半透明的衬衫映衬下，很是显眼。

宋小秋肯定知道，杨二龙常偷窥她。奇怪的是，她一次都没有斥骂过他，一次也没有让他下不了台，甚至连应有的愤怒都没有表现出来。只是察觉到他偷窥时，她微微一笑，绯红着脸默默地走开了。

杨二龙想，她心中肯定恨死他了，不知暗地里骂过他多少次了，这个臭流氓！

可时间一长，不要宋小秋骂，杨二龙就对那小褂失去了兴趣。这倒不是他看到过真实的小褂，而是司空见惯了，不就是件贴身小褂吗？值得偷窥吗？男子汉的脸面还要不要？这样一想，他就没有偷窥的欲望了。

即使他还想偷窥，也没了可能。天气一凉，宋小秋在衬衣的外面，又罩上了件外套，小褂不可能再让杨二龙看到了。

两个人事实上是包了一个班的教学任务，上午，宋小秋有两节语文课，外加一节早读，杨二龙虽然只有一节课，但他还有另外一个班的体育课。下午，杨二龙有两节数学课，宋小秋虽然只有一节课，可她还有另外一个班的音乐课。两人的办公桌面对面，但两人照面的机会实在不多。

他们每天四节课，再加上一些杂务，还是挺忙的。名义上，杨二龙上午、下午各有一节空堂，但这不是真的空堂，这段时间，他要用来改作业、备课。稍有点空闲，他会从抽屉里拿出那本很破旧的《水浒传》来看看，偶尔也看会《三国演义》，这些都是父亲的藏书。他和宋小秋基本上见不得面，偶尔在课间休息时遇上，都微微地笑一下，算是打过招呼了。

杨二龙初二那年就看过《水浒传》了，到现在已不知看过了多少遍，可他就是百看不厌。这样的情况，杨二龙把它归结为自已身体的孱弱，在现实生活中，受了些苦头。

虽然他身体孱弱，但是他内心中早已存了英雄情结，爱打抱不平。小说中的英雄，恰好迎合了那时他心中的这个情结，他们杀贪官，杀恶霸，看了实在是解气。

《三国演义》中的各路英豪，要么是武艺高强，要么是智慧的化身，或者是两者兼备。杨二龙特别推崇诸葛亮，未出茅庐便知天下三分，更有那借东风，简直神了。稍后的日子里，随着人生阅历的增长，杨二龙对诸葛亮就很不以为然了，他认为这是作家的神侃。

再往后，杨二龙对《水浒传》中的那些英雄，也有些嗤之以鼻了。

有一天，宋小秋调了课，就直接回办公室了。正好，杨二龙那节是空堂，正津津有味地看《水浒传》。

见杨二龙在看书，宋小秋没有立即回到自己的办公桌，而是绕了过来，径直走到了他身边，轻轻地说了句：“在看书呢。”然后就随手轻轻地翻了翻书的封面，见是《水浒传》。

“怎么男人都喜欢看打打杀杀的书。”

杨二龙抬了抬头，但眼光还盯着书，随口答了一句：“那女人喜欢看什么书?”

宋小秋倒也回答得爽快：“我不看打打杀杀的这类书，没事时，我喜欢看《红楼梦》。”

“看来男女真是有区别的。”

“那是肯定的，而且是有根本的区别”。宋小秋边说边回到了自己的座位上。

宋小秋坐下后，就从抽屉里拿出了《红楼梦》，翻了几页，又放下了。

“杨老师，我俩同教一个班，且办公桌面对面，却很难照上面。”可能是她那天情绪不高，想找人说说话。

“是的，刚来上班时，倒经常看到你。现在，却很难看到你了。”说着，杨二龙又将目光移到了书上。

“杨老师，我俩一同到这个学校有三个多月了吧，又教同一个班，话都没说上几句。”宋小秋搭讪着说。

“是的。”杨二龙附和了一下，又去看书。

“杨老师，今天不看书好吗？我俩说说话。”

“说说话，说什么?”

“随便说点什么呗。”宋小秋说。

“你是大城市来的，见得多，你起个头吧。”

“我也不知道说什么？还是你先说吧。”宋小秋轻声地说。

“那就说说你吧。”杨二龙说。

“我有什么好说的。”

“听说你是大上海来的，是不是啊？”

“是的，我是上海知青。”

“还听人家说，上海有好多高楼，马路宽的不得了，好几辆汽车能并排开，是不是？”杨二龙好奇地问。

“上海有很多高楼，可也有不少平房，有宽广的马路，也有很窄的里弄。”

“听说上海的马路天天有人扫，这是真的吗？”

“是真的，天没亮就有人在打扫了。”

“马路也要打扫，我们这里的路从来没人扫，上海人多娇气。”

“你们这里的路和上海的路不一样，这里是土路，走的人少，又没有车子。上海的路宽，走的人也多，各式各样的车在跑，不扫，几天垃圾就堆成了山，还怎么走。”

“听说上海有个外滩，住的都是外国人，是吗？”杨二龙问。

“外滩有很多外国人的建筑，原来住了很多外国人，但也住了不少中国人，现在住的外国人很少了。”

“听人家说，外国的女人在外滩不穿衣服，是真的吗？”

“怎么会不穿衣服呢？人都会穿衣服的。”说到这里，宋小秋笑了起来。

杨二龙看到宋小秋笑，就有点不好意思，心想：我问的话肯定是太幼稚了，不然她怎么会笑呢？

宋小秋还在那里笑，杨二龙就有点窘了，再一次将目光转回到了书上。

看到杨二龙又要看书，宋小秋笑着说：“杨老师，你怎么不问了呢？你怎么有这么多听说呢？”

“我还问什么？问得你都笑弯了腰，问的问题肯定太小儿科了。”

“没事的，好奇嘛，当然就要问。”

“说句实在话，我都高中毕业了，不要说上海，就是我们县城，都没有去过。”杨二龙有些不好意思地说。

“啊！不可能吧，一个高中生，连县城都没去过，太不可思议了。”这句话让宋小秋感到惊讶不已。

“外面的世界很精彩，但对于我们农村人来说，是很无奈的。”说这话时，杨二龙还真无奈地摇了摇头。

以前，农村人对外面的了解，多数是从走江湖人的口中知晓一二的。这些走江湖的人，游走于四方，很多消息都是道听途说的。况且这些人，很会揣摩别人的心思，见人说人话，见鬼说鬼话，他们的话，没有多少是可信的。

这里说的“走江湖”，不是城市里说的“走江湖”。城市中“走江湖”的，大都会干出一些轰轰烈烈的事来。像黄金荣、杜月笙、张啸林这些人，在上海滩是何等得威风。农村就简单多了，那些被说成“走江湖”的，无非是在农村走动的货郎担子，或各种匠人。他们走村串巷，将道听途说的，再加上自己的加工，在做买卖中，或做手艺中，传了开来。

他们这样做的目的很明确，一是可以证明他们见多识广，是见过世面的。二是通过说笑，可以拉近和村民们的关系。凡是能说会道的江湖人，村民们都比较喜欢，生意自然做得要风生水起一些。

村民们可不管他们消息的真假，越是离奇古怪的，越是听得津津有味。然后呢？这些村民，又将听到的这些不知来自何地的消息，再进行一点点加工，在茶前饭后，作为谈资，扩散了出去。

从没人将这些茶前饭后的消息当真，也没人将这些消息说成是假的，都是一副信不信由你的姿态。

确实，当时的交通不便，农村人要出远门，艰难可想而知了，要自带干粮，还要走上十几里路，甚至几十里路，才可能有汽车，或者是轮船。但村民兜里没钱，百十来里的路，就是有车，他们还是会选择甩腿跑。村上到过县城的村民，都是甩腿去，甩腿来，半夜去，半夜回。要是再远，一天不能赶回来，就更难了，吃饭要粮票，住宿要介绍信。这些，农村人哪有？

交通越是闭塞，就越是渴望了解外面是什么样子的。这就像中医给人治病一样，缺什么就补什么。

到过县城或更远地方的人，一定是手中有粮票的公家人。

“丁零零、丁零零……”下课的铃声响了。下一堂，两人都有课，几乎是同时夹着书本，走出了办公室。

这次和宋小秋的谈话，杨二龙虽然觉得有点丢人现眼，更有点像刘姥姥进了大观园，什么都不懂，问得似乎有些横冲直撞，还可能闹了些笑话。但有一点，杨二龙还是很欣慰的，至少宋小秋没将他当成臭流氓。

这是到学校以来，两人说话最多的一次。以后的数日，两人又回到了原来的状态，见上面，笑一下，就算打招呼了，各干各的事，没有了任何交集。

学校是个很清纯的地方，人事关系也不复杂，几乎没有任何的利害冲突，简直就是个世外桃源。杨二龙很喜欢这样的环境，可惜他不是公办教师，只是个代课教师。

六

学校里有个很小的食堂，有一位老工友，大家都喊他老喜。他负责烧水做饭，同时还兼管晚上看护学校。学校有一块小菜地，是村里特意划给学校的，每天下午，老喜都会到菜地里忙碌一番。

年轻的时候，老喜当过兵，不过不是解放军的兵，而是国民党的兵。他参加过淮海战役，被抓，做了俘虏，最后回了家。

他之所以不愿再当兵，是因为战争太残酷了，他是躲在死人堆里，才捡回了一条命。想想那几个月的情景，奔来奔去，饥饿、恐惧，随时都面临着死亡。子弹在头顶嗖嗖地飞，一颗炮弹落下来，不是他缺了胳膊，就是你少了腿，或者是没了命。

老喜是个伙头兵，也是他命大，几次炮弹落下来，伙房的屋顶都掀翻了，就是没伤到他。但其他的伙头兵就没有他幸运了，有几个当场就被炸死了。战争期间，减了人员，不可能立即有人来补充，剩下的没死的，就只能增加工作的时间。

他是去战壕中送饭时被俘的。那天，战事很激烈，饭菜根本就送不上去，好不容易挨到了天黑，趁着夜色送了上去。刚卸下了担子，解放军就发起了冲锋，哪里还有人顾得上吃，操起枪拼命地去抵抗。有一位长官模样的人，给他发了支枪，命令他去前线。

炮弹像长了眼睛似的，在战壕里炸开了花，解放军像潮水般冲了过来。还没等他拉开枪栓，解放军战士就冲进了战壕。他只好扔了枪，躲在了一具尸体下面，想趁解放军冲过去后，溜出战壕。

还真让他溜了出来，趁着夜色，慌慌张张的一路逃窜。可是他并没有走出多远，就被解放军拦了下来，做了俘虏。

正是有了这段不一样的经历，老喜很乐观，喜欢开一些不大不小的玩笑。

食堂只供应中餐，而且只供应菜，菜都是学校菜园子里的蔬菜，有什么吃什么。煮饭用的米，必须有人带来，属于搭伙的性质，多吃则多带，少吃则少带。

杨二龙由于离家近，就不在学校里搭伙，而是回家吃饭。

有一天，杨二龙正在吃午饭，村里有个人找了过来，请他帮忙写一封回信。信是他在外地当兵的儿子写来的，他不识字，不清楚信上写了什么。这下，杨二龙不仅要帮他写回信，还要帮他读一读信上写了什么。

帮人读信，或是帮人回信，这在当时的农村是非常普遍的现象。回的信写好了，要当面念给他听，以确定是不是他的意思。要是不是，就按他的意思再重写一遍，再念给他听，直到他满意了为止。

杨二龙抓紧吃完了饭，先帮这个人搞清了信上的意思，无非是说儿子在哪里当兵，现在挺好，要父母不要挂念等。接着就是写回信了，先倾听了这个人的意思，可着手写的时候，发现既没有笔，也没有纸。

母亲是个热心人，就催杨二龙赶快去学校拿纸和笔。可即使拿来了纸和笔，待写好了，队上也要上工了。

杨二龙就吩咐那人晚上再来，那时自己肯定写好了，再念给他听。

杨二龙急匆匆地赶去学校，轻轻地推开办公室的门，发现宋小秋正伏在办公桌上休息。他轻轻地拉开抽屉，发出的声音并不大，可还是吵醒了她。

宋小秋睡眼惺忪地抬起了头，一看是杨二龙，就随口问了句："杨老师，你现在来干什么？"

"对不起，对不起，把你吵醒了。"杨二龙立即道了歉。

"哪里啊，我只是闭闭眼，怎么就是你把我吵醒了？"说着，宋小秋还白了他一眼。

"真的不是我吵醒的？"

"真的不是。"

"那我就没有内疚感了。"

见杨二龙拿了东西就要走，宋小秋连忙说："杨老师，还要回家啊？"

"是的，离上课不是还有段时间嘛。"

"回家有事啊？"

"没事。"

"既然你没事，那你现在能不能陪我出去转转？"

"这农村有什么好转的，不像你们大上海，高楼大厦，车水马龙，热热闹闹的。"

"杨老师，陪我出去转转嘛，我现在一点瞌睡都没有。"

"不要再喊我杨老师了，听了挺别扭，你要是喊杨二龙，也许我还有可能陪你出去转转。"

"真的？"

“那还有假?”

“杨老师，不，杨二龙，可不许反悔。”

“男子汉说话肯定算数。”

“杨二龙，那现在就走吧。”看起来，宋小秋有些满心欢喜。

于是，杨二龙又放下了纸和笔，两人轻悄悄地一道出了校门。

待出了校门，杨二龙就有些后悔了。带着个女的，还是个漂亮的上海女知青，他脸上感到火辣辣的，低着头，像做错了事，默默地往前走。宋小秋则跟在他后面，也没有说话。

杨二龙就想，这要是让村子里的人看到了，该多丢人啊!

村子里是不能去了，田野也不能去，能往哪儿去呢？杨二龙心里很纠结，四处张望了一下，最后决定到蒯嬷嬷那里去。那里不可能有人去，即使蔡嬷嬷在那里，也不太要紧。

对，就带宋小秋到蒯嬷嬷那里玩一会儿。主意拿定了，杨二龙就带着她，从村子的前面绕了过去。

村子的前面，原是祖坟所在地，现在已经荒芜，几乎看不到坟头了。但那块地面积有些大，可能有近二十亩的面积。那里杂草丛生，有许多参天大树，村子中几乎没人到那里去，那儿也就显得有些阴森可怕。孩子们更是被禁止到那里去，按迷信的说法，这里也是块凶险之地。这是因为早年间，村子里出现过一次大的变故，很多意外死亡的人，都埋在了这块地下面。

走在这阴森的祖坟地里，宋小秋感到有些紧张，就紧紧地跟着杨二龙，生怕跟丢了。看到宋小秋这胆怯的样子，杨二龙心里还真是有一点点兴奋，城里人也会有怕的时候。

其实，到蒯嬷嬷那里，不需要穿过整个祖坟地，只是从它的边缘绕一下，不用走多长的路。当走出了祖坟地，一大片芦苇呈现在眼前时，宋小秋就像换了一个人似的，兴奋得不得了。

那一大片芦苇地，看上去无边无际，芦花正在盛开，在风的作用下，不停地摆来摆去，“哗哗”声响，很是动听。

宋小秋抢先一步，走进了芦苇荡，她可能还没见过这样的场面，高兴得手舞足蹈，一改先前的文静。只见她，想用手直接去掐芦花。可芦苇有些高，她摘不到，于是就跳起来，还是摘不到，气得直跺脚。

杨二龙是不会摘芦花的，因为他小时候摘得太多了。他见宋小秋摘芦花摘不到，激动一番后还有些丧气，就主动地帮了她一把。

他抓住芦秆，将芦秆弄弯，让宋小秋的手能够摸得着芦花，并告诉她，捏住芦花下部的茎，用力往上提就行了。没操作几下，宋小秋就熟练了，很快就摘了两大束芦花拿在了手中。

见宋小秋芦花摘的不少了，杨二龙起身往蒯嬷嬷那里走，宋小秋跟在后面，一边走还一边不停地用鼻子嗅。芦花哪里有什么香气，只是白的好看，还有就是柔软，握在手心里，就是感到舒服。

离蒯嬷嬷家不远了，这时，不知是什么原因，蒯嬷嬷从屋里摸了出来，就站在她家的门前。这是巧合呢，还是她听出有人来了？要是她真的听出有人来了，那她的耳朵岂止是“千里耳”，简直就是灵敏的声音探测器了。

杨二龙故意停止了脚步，又暗示宋小秋也不要走，他想考察一下，蒯嬷嬷的耳朵是不是那么灵？

宋不秋不明就里，一脸的疑惑。杨二龙指了指站在那里的蒯嬷嬷，她才有所明白，先是放慢了脚步，一会儿后才完全地停了下来。

蒯嬷嬷侧耳听了听，好像也犯起了疑惑，刚才明明听到了脚步声，怎么突然就没了呢？杨二龙屏住气，看看她下一步怎么做？

她没有立即回家，而是往前走了走，又侧耳听了听，然后才无奈地摇了摇头。

杨二龙实在是忍不住，就笑了起来，边笑还边说：“蒯嬷嬷，你耳朵也有失灵的时候吧。”

“杨二龙，是你哦，刚才我明明听到了脚步声，怎么突然就没了呢？原来是你在作怪。”

“我哪里在作怪，只是试试你的耳力嘛。”

“怎么现在来了，不是又来钓鱼吧。”

“你看你说的，这又不是星期天，哪有空来钓鱼。”

“那你怎么走到这里来了？”

杨二龙不好回答，就没再作声。

杨二龙没作声，蒯嬷嬷侧了侧耳，似乎发现哪儿有点不对劲，她像是又听到了什么声音。迟疑了一下后，开口就说：“杨二龙，不是你一个人来的，你还带着一个人来了。要是没说错的话，这个人肯定还是个女的。”

杨二龙听人说过，眼睛有穿透力，难道蒯嬷嬷的耳朵也有穿透力？

“你怎么知道来的是个女的？就不是男的？”杨二龙脱口而出。

“我听出来的，肯定是个女的，不会错的。”蒯嬷嬷居然肯定自己不会说错。

“蒯嬷嬷，你的耳朵怎么这么灵呢？”

“我自从眼睛瞎了后，耳朵就出奇地好了起来。”

“蒯嬷嬷，你的耳朵真是太神奇了。”杨二龙附和了一句。

“二龙，这个女子是谁啊！是不是你的对象？”蒯嬷嬷又问了一遍。

这话，让杨二龙的脸腾地一下就红了。

“蒯嬷嬷，你不要瞎讲，人家是上海知青，我可是地道的农民，不在一个档次。以后不要瞎说了。”杨二龙一着急，就说了实话。

“啊？还是个上海姑娘。”

蒯嬷嬷也好奇，就转过了身去，不再问杨二龙，而是问宋小秋了。

“听说上海的姑娘，个个都长得水灵灵的。姑娘，是不是啊？”

“姑娘，你叫什么名字？”

“今年多大了？”

蒯嬷嬷一口气问了宋小秋好几个问题。

宋小秋不知如何是好，脸上也是红红的，她一时还不能回答出蒯嬷嬷问的这几个问题，就呆呆地站在那里发愣。

“她叫宋小秋，是后面村上知青点的，也在我们这里的小学教书，多大年龄了，我也不知道。”杨二龙替宋小秋回答了，算是替她解了围。

也不知宋小秋愿意不愿意，蒯嬷嬷摸摸索索的，想抓起宋小秋的手。宋小秋就有些害怕，直往杨二龙的后面躲。

“蒯嬷嬷，人家是初次来，你就不要客气了，我们在这里玩一玩就走。”杨二龙劝住了蒯嬷嬷。

“我真是老糊涂了，二龙，快搬个凳子，请姑娘坐坐。”

杨二龙搬来了凳子，三人都坐了下来，刚才那尴尬的一幕，算是过去了。可能是过意不去，蒯嬷嬷又客气地说：“姑娘，不好意思了，没有什么东西能招待你。”

“蒯嬷嬷，没事的，你不用客气，谁不知道农民穷啊。”杨二龙抢着说了。

坐下后的宋小秋，仍是默不作声，但她的眼睛一刻不停地打量着蒯嬷嬷。

见宋小秋这样，杨二龙就做起了介绍：“宋老师，这是蒯嬷嬷，村里的人都这么喊她。她是个孤寡老人。”

宋小秋疑惑地望着杨二龙，还是不说话。

“听说上海离这儿很远，一个姑娘家，从城里到乡下，遭罪啊！”蒯嬷嬷说话的那神情，既像是自言自语，又像是问宋小秋。

“毛主席说：农村是个广阔的天地，知识青年接受贫下中农再教育，大有可为。”本以为宋小秋不会回答，想不到她却小声地来了这么一句。

“我可不懂这些个道理，让这么水灵灵的姑娘在太阳下暴晒，造孽哦。”

“不能这样说，蒯嬷嬷，这样说要犯错误的。”杨二龙赶紧站起来，想要阻止她继续往下说。

“二龙，我一个孤老婆子，都快要死了，还怕什么！”

“你不怕，我还怕呢。”杨二龙不想她说得太多。

“姑娘，从上海到这里要跑好多天吧？”蒯嬷嬷不理杨二龙，又问宋小秋。

“到这里来不是跑的，跑，恐怕一个月也跑不到，要先坐火车，再坐汽车，最后坐小火轮到公社，从公社才跑到这里。”宋小秋笑着说。

“我们乡里人，见得少，只是听别人说过火车，村里人恐怕谁都没见过。听说火车跑得飞快，车子很长很长。是不是?”蒯嬷嬷像个小孩，问个不停。

“是的，蒯嬷嬷，火车很长，跑得也很快。”宋小秋说了这句，就站了起来，还顺手抬腕看了一下手表。

可宋小秋看过表后，并没有说要走。杨二龙就察觉到，离上课可能还有一会儿。

手表，对那时候的农村人来说，是个大大的奢侈品。手上戴了表，上衣口袋里再插上两只金灿灿的钢笔，那就是一副有文化、体面的形象。

有的男青年，一个字可能都不识，手表的时间也可能读不准，但只要条件好一点，总会想方设法地，将这两样东西弄到手。

一旦到手了，他们就开始显摆，在一些公众场合，如上街和看电影时，穿着崭新的的确良白衬衫，胸口的兜里就别着钢笔，有的人头上可能还抹了些头油，亮闪闪的，时不时地撸起袖子，露出亮烂烂的手表来。这样做的目的，就是为了引起别人的注意，特别是引起大姑娘们的注意。

杨二龙还是在当了正式教师后，花了三个月的工资才拥有了一块手表。

坐下来时间不长，宋小秋又站了起来，一副局促不安的样子。她又抬腕看了下手表，然后焦急地说：“杨二龙，要上课了，快点走吧。”

杨二龙紧张了起来，拉起宋小秋拔腿就跑，他顾不上和蒯嬷嬷打招呼了。走出没多远，杨二龙依稀听到了蒯嬷嬷的喊声：“杨二龙，有空带小秋过来玩。”

晚上时分，托杨二龙写信的那人，早早地就来了，问他写好没有，念给他听听。可他不仅没写，还连去学校讨的信纸和笔都忘了带回家。为此，他被母亲责骂了一番。

七

自从在蒯嬷嬷那里玩过以后，宋小秋和杨二龙的关系熟悉多了，似乎见面的次数也多了起来。这其实是心理作用，两人见面的次数和平常没有什么两样。碰上了，宋小秋还是和原来一样，微微一笑，并不说什么。但杨二龙觉得两个人的关系，早没了先前生分。

天气越来越冷了，日头也短了，学校就决定，让教师在下午放学后护送学生回家。

学校将教师分成了三个小组，宋小秋和杨二龙是一组，他们是往学校的北边护送学生。其实，这种分法，对宋小秋来说倒没有什么，护送的终点就是她的知青点所在的自然村。

有次，杨二龙对宋小秋开起了玩笑："宋老师，我每天都将你送回家，我再回去，你好像一点儿感谢的意思都没有，你太没有人情味吧。"

"我又没有要你送，你可以不送啊！"宋小秋俏皮地笑着说。

宋小秋那种俏皮的笑模样，那时就在杨二龙的心中打下了坚实的桩。

"杨二龙，你虽然不是送我，但念你每天跑来跑去，间接送了我，为了表示我的谢意，我请你参观我们的知青点，好吗？"

"这不行，宋小秋，你这是害我。"杨二龙立即拒绝了。

"我怎么就害你了，我是真心邀你参观我们的知青点。"宋小秋有点不快地说。

"你们知青，尤其是女知青，是稀有物种，是国家重点保护的对象，哪个男子敢到你们女知青点玩！这是带电的高压线，你不是害我，是什么？"杨二龙还是坚持自己的观点。

"杨二龙，你思想太不健康了，自己想歪了，还说我害你！"宋小秋更加地不快。

杨二龙想缓和一下气氛，接着说："我不是胆小吗，又不是怪你。"

“你的想法本身就不对，知青难道就不能和人交往吗！知青下放到农村干什么？不就是要和当地的农民打成一片吗？像你这样，我们怎么能接受贫下中农再教育。”宋小秋似乎气消了点，但心中还是有些不平。

“我们知青点是有规定，男子晚上八点以前必须要离开，但又没有规定男子不能到女知青点。杨二龙，你不是胆小，而是不愿去！”宋小秋说这句话时，又有些愤愤然了。

“我不是不愿去，还非常想去，你们下放知青，对我们来说有些神秘，只是我还是有点不敢。”杨二龙小声地说。

“杨二龙，去还是不去？表个态吧”。宋小秋不想再纠缠这个问题了，要杨二龙明确地表态。

“我……我……”杨二龙嗫嚅着。

“我什么！胆小鬼。”宋小秋说后，就径直地走了，不管杨二龙是什么态度了。

杨二龙杵在那儿，但没一会儿，不假思索地就跟在宋小秋后面向知青点走去。

到了知青点，宋小秋就像变了一个人似的，笑脸立刻替代了原先的愠怒。

所谓知青点，就是队里临时搭起的几间平房，供下放知青集体居住。知青要像农民一样参加集体劳动，记分。但由于知青从小生长在城里，不懂农活，也吃不了这个苦，就是本地的农民也觉得这事有点过分。有的老农民说：“这么粉嫩的姑娘，掐一下都能掐出水来，在这烈日下劳作，真难为她们了。”

但事情有时会走到反面，有的知青，特别是男知青，不愿劳动，干起了偷鸡摸狗的勾当，有的还聚众斗殴，搞得乌烟瘴气。这对当地路不拾遗、夜不闭户的纯朴民风来说，造成了不好的影响。这里面有农民憨厚宽容的原因，也有国家政策保护的原因，更是由于知青离开了原来的生活环境，彷徨无措。

宋小秋所在的知青点有四个女知青，三个是上海的，一个是芜湖的。她们有两个是前年来的，另两个是今年来的，宋小秋就是前年来的。今年来的，还在接受贫下中农再教育，宋小秋和另一个女孩则是接受过了的，一个做了民办教师，一个做了赤脚医生。

知青点有两排房子，可能因为是女知青点，围了围墙，由于知青不多，住的倒也宽敞，院子打扫得还比较干净。

这里原来是一块空地，称为凤凰地，原先上面是一座大佛殿。破四旧的时候，正殿被作为四旧拆除了，剩下了一个偏殿。现在，偏殿成了大队副业队所在地，生产豆制品，管理大队水面的渔管人员，就在这里进进出出。

听老人们说，这大佛殿叫禅林寺，里面的菩萨大都是当地人捐的。一旦家里有了什么灾祸，又无法消灾，按迷信的说法，往寺中捐个菩萨，就可以消灾。

杨二龙家的祖上，就向这座禅林寺捐过一个菩萨。但他不知是什么原因捐的，可能也是遇到了无法克服的灾害，迫不得已才捐的吧。

禅，本身的意思就是静虑，讲究的是悟，特别是顿悟。所谓“放下屠刀，立地成佛”就是这意思。听老一辈人说，禅林寺中的和尚，很多都是贩夫走卒，在尘世中出了事，或是干了些伤天害理的事，或是杀了人。但只要脱去了尘世间的衣裳，换上了和尚穿的袈裟，他们就成了佛门弟子。

其实这些人，根本不是来修行的，都是避难躲到这里的。因为只有这样做，他们才能免去在尘世间的各种罪责。

在这个地方造寺庙，实在是让人难以想象。这里交通不便，又没有名川大山，寺庙怎么就造在这里呢？

先人们还是有想象力的，为这座寺庙附会了许多东西。说这块地，没造佛殿之前，有一口水井，叫凤凰井。井中的水清冽、甘甜，这里是块难得的风水宝地。每天清晨，太阳刚刚升起的时候，就会从井中飞出五只凤凰，并直冲云霄。太阳下山的时候，五只凤凰又飞了回来，一眨眼，它们在井口就不见了。

井口的上方，更是祥瑞，常年是紫气燎绕，懂风水的人说这里有帝王之气。还说，就是井中的水，人喝了，也能包治百病。

可就是这么个祥瑞的地方，据说让刘伯温给毁了。

朱元璋打下了江山，在应天（今南京）登了基。他本是钟情于在大公圩建都的，可由于大臣们的强烈反对，就放弃了这个想法，可他还是念念不忘大公圩，在应天建都时，就下了道圣旨，应天城有多少城门，大公圩就得造多少个陡门，而且城门和陡门的方位也要大致相同。

军师刘伯温亲自监工，他就不停地在两地转悠。可刘伯温除了监工外，还负有一项重要的使命，那就是要查清京畿附近的风水宝地，或者说龙兴之地。只要他查出了，就要彻底地加以破坏，以确保朱家的江山能够千秋万代传递下去。

某一天，刘伯温转悠到了此地，猛然间发现了这口水井。他见井口的上方紫气飘飘，云端中似有天籁之音，实为惊讶。

他绕着井口转了一圈又一圈，确定这就是块风水宝地，要立即破坏掉。他立马派出了随从，赶往了知府，令知府立即发动民工，将凤凰井填埋。

就是这样做了，刘伯温还不放心，怕凤凰没有被压住。后来又要求知府，在井口的上方，造起了一座雄伟的大佛殿，他想一劳永逸地将这五只凤凰压住。

这就是这座禅林寺的来历，是不是“山海经”，谁都不会考证。

这块地与村子中其他的地方相比，确实有些特别，就是地基也要高出许多。佛殿拆除后，这块地就一直空着，没一户村民在上面建房。在杨二龙看来，这简直有些不可思议。要知道，那时的宅基地是何等金贵！很多人家都等着地皮建房，娶媳妇用呢。

杨二龙家做梦都想有块宅基地，他的二哥为婚房都愁死了。

据说以前，是有一户村民，不信这个邪，在原来井口的地方建过一次房。可是一到了深更半夜，他的老婆总能隐隐地听到鸟的叫声。这叫声以及原先的传说，加重了她的疑心，不久人就生了病，日见消瘦。

丈夫见此情形，就暗中去问了“鬼头”。“鬼头”说，他家的房子建在了凤凰地上，得罪了仙家，要赶紧地拆房搬家。

可搬家并不是件容易的事，不能说搬就搬。地方要有吧，钞票要有吧，这两样，他那时一样都不具备。要不是原先宅基地难弄到，他也不会冒险在此建房。没办法，他只能是一拖再拖，最后，他的老婆被拖没了。

老婆没了，他已经是痛不欲生了，可屋漏偏逢连阴雨，他的一个孩子，突然也说出了和他老婆一样的话，说夜里听到了鸟叫声。这一下，他真的彻底没辙了，没和大队商量，就强行将家人搬至了偏殿中居住。

以后，这块地就一直空着，直到知青来了，才在上面盖了房，供知青居住。因为共产党人不信神、不信佛，公家的很多房子都造在通常人们所说的凶险之地上，比如公社的中学那里原先就是一片乱坟岗。所以知青点建在这里，也就不奇怪了。

农村中有许多的鬼怪故事，都说的有鼻子有眼，很多人都将信将疑，因为不是所有的人都能“见”到鬼怪。能“见”到鬼怪的，人们都说他们的“邪光”低，“邪光”高的就“见”不到。可为什么有的人“邪光”高，而有的人“邪光”就低，没有一个人能说得清楚，就是“鬼头”也不会和你讨论这个事。

木匠是不怕鬼的，因为他们手中有一根五尺长的木尺，称为五尺，既可以用来丈量，也能当扁担使用。鬼见了五尺，就会吓得屏声敛气，极力避让。鬼怕被五尺击中了，要了它的鬼“命”，魂飞魄散了，它就再也不能投胎了。

鬼怪的故事，也属于“山海经”一类，说到哪算哪，相信就相信，不信就不信，不可以抬杠。就是你有心抬杠，抬了也没用，这本来就是真假难分。

杨二龙在宋小秋房间坐下后，眼睛却闲不住，四处巡视。他不是好奇嘛，就是想看看上海知青的房间是怎么布置的，也没别的意思。

宋小秋则忙着倒水，还从一个小包中拿出了几颗糖果，放在了桌上，要杨二龙吃。

糖果对杨二龙确实有诱惑力，况且这是上海的大白兔奶糖，他只是听说过，还没有吃过。于是，他毫不客气地剥开了一颗，迅速地塞进了嘴里。

糖果有些软，有一股浓烈的奶香味，没嚼上几下，他就将整个糖果吞了下去。这样的吃法，使杨二龙想起了小时候，蒯嬷嬷给他吃糖果的情形。他想把这个故事告诉宋小秋，可还没等他想好怎么说，宋小秋却先说了。

“杨二龙，女孩子的房子不可以乱看，老老实实地坐在这里，听我问你的话。”

“你问吧，我听着呢。”杨二龙应着。

“我问你，上次我要你带我出去转转，你为什么带我到蒯嬷嬷那里去？是不是有什么目的？这话我早就想问你了。”

“没有什么目的，不是随便转的嘛。”

“不对，肯定有目的。你好像跟蒯嬷嬷很熟。”宋小秋又说。

“是很熟，我还经常到那里去钓鱼呢。”

“到底什么目的，快说。”

“你真要说有什么目的，容我想一想。”杨二龙装模作样地摸了摸脑袋，然后才煞有介事地说：“还真有。”

“什么目的？”宋小秋急切地问。

“说出来不怕你笑，我是捡人少的地方走，这是怕村里人看见了，有误会。”

“有什么误会，总不会像蒯嬷嬷说的那样，说我是你的对象吧。”宋小秋说这话时，脸微微泛起了红。

“是的，我确实怕有这样的误会。”

“真有你的，还误会！”

城市里的女子真是够胆大，这样直白的话，那时农村的女子是说不出口的。

两人都沉默了一会儿，还是杨二龙先打破了沉默，他把小时候在蒯嬷嬷那里吃糖果的故事，说给了宋小秋听。

故事说完后，杨二龙还补充了句："我不仅怕被误会，还想让你认识认识她。我总觉得，她是个有故事的人，她的过去很神秘。"

"蒯嬷嬷有故事？不会吧。她这样一个普通慈祥的老太太，不可能有故事！"宋小秋斩钉截铁地说。

"我不这样认为，我总觉得她有些神秘。她是扬州人，怎么流落到此地？现在孤零零的一人，眼又瞎了，如何生活？就凭这两点，我断定她就是有故事的人。"

"这样说，蒯嬷嬷是有故事。但这些故事，也就是一些平常人的故事，普通人的故事，不会多神秘吧。"

"宋小秋，你这样想，可能就大错特错了。"

"杨二龙，你说说看，我怎么就错了？"

杨二龙忍不住，简要地向宋小秋介绍了村里人对她的种种议论。

"据我猜测，蒯嬷嬷一生中，可能不止一个男人，不然村子中不会有这么多议论。"杨二龙接着又补充了这么一句。

这样的猜测，引起了宋小秋的极大兴趣，嚷着让杨二龙再带她到蒯嬷嬷那儿玩。

杨二龙还是有所保留，他没有说出蒯嬷嬷丧夫和丧子的悲惨故事，他怕讲了，宋小秋忍不住要不断地追问。

天下的事，常讲究缘分，真要是机缘巧合，蒯嬷嬷自然会流露出来，那是求之不得的。杨二龙也不能一味地强求，毕竟蒯嬷嬷心中的痛楚，已尘封了多年。不但杨二龙不能强求，就连宋小秋也不能强求，要是这样做了，杨二龙觉得有些过于残忍。

天色暗淡了下来，太阳早已不见了踪影。

杨二龙从知青点出来时，西边只留下了一抹淡淡的晚霞。

八

宋小秋说要再次到蒯嬷嬷那里去玩，这让他有些为难，总不能无缘无故地就带她去那里玩吧。去，总要有个理由吧！为了满足她的好奇心，杨二龙想了种种的理由，但都被他一一否定了，最后，他想到了钓鱼。

对，就到那里去钓鱼。这样既满足了宋小秋的好奇心，也能名正言顺地到那里玩了。

向宋小秋说出了钓鱼的计划后，她一听很兴奋，嚷嚷着这个星期天就要去。杨二龙点了点头，算是答应了，但要她星期天早上自己来。宋小秋不同意，坚持要杨二龙星期天到知青点去喊她。

拗不过宋小秋，杨二龙只得答应了她的要求。

到了星期天，杨二龙起了个大早，他还要为宋小秋准备一副钓竿，鱼钩要现做。他先在母亲的针线篮中，找出了两根棉针，点上煤油灯，将棉针在火焰上加热后，用钳子扳弯，做成了两个鱼钩，最不好办的是钓线，必须要尼龙线，其他的线不是不结实，就是太硬。杨二龙就跑东家、走西家的去求，那天的运气实在是太好了，不仅搞到了两根钓线，还意外地弄到了两个新买的鱼钩。

他一早在煤油灯下做的两个鱼钩就派不上用场了，只能留到下次再用了。

那个年代，鱼钩和鱼线是分离的，不像现在，什么样的钓鱼装备买不到啊！

早饭一过，杨二龙就去了知青点，找宋小秋一同去钓鱼。

天空湛蓝湛蓝的，温暖的阳光照在身上，杨二龙感到非常惬意。微风拂过水面，波光粼粼。但枝头的树叶，就没那么幸运了，一阵风掠过后，就会有枯叶打着卷儿飘落下来。

杨二龙还没敏感到悲秋的程度，他是一路小声哼着杂七杂八的歌去的。

其实，他是个五音不全的人，唱什么歌都会跑调。可他心情好的时候，就是喜欢哼歌，革命歌曲他哼，乡间的山歌他也哼。可哼着哼着，他就串了歌词，从这一首哼到了另一首上。

到了知青点，杨二龙站在院子的门口，他不好意思扯着嗓子喊，就声音闷在喉咙中，低声地喊："宋小秋，宋小秋。"

可喊了两声后，竟没有人回应，杨二龙急出了一身汗。这个宋小秋，是不是故意不应，在捉弄他？还是她睡着了？要是睡着了，那就太不应该了。

在院子的门前徘徊了几次，杨二龙仍不见宋小秋出来，就大喊了声"宋小秋"。

"杨二龙，有你这样喊人的吗？"这声音可不是从院子中传来的，而是从他的身后传来的，这使杨二龙感到有些吃惊。

猛地一转身，发现宋小秋就站在他的后面，脸上笑嘻嘻的。可杨二龙心情就不太好了，明明知道他来了，还躲在后面捉弄他，想想就气不打一处来。

"还笑，喊你不作声，还从后面冒了出来。"

"这不是给你一个惊喜嘛，怎么会生这么大的气。"宋小秋有些小心地说。

"有这样让人惊喜的吗？搞得我窘得不得了。"

"好了，好了，不要生气了，小女子给你赔不是了。"宋小秋说着，还真的抱了抱拳，弯了弯腰。

见宋小秋这怪样，杨二龙的脸色缓和了许多。

"走吧，我们现在就去钓鱼。"说着，杨二龙就迈开了步子，向前走去。而跟在后面的宋小秋，不由得又解释起来。

"我很早就起来了，在门口看了你好几次，可始终不见你人影，还怕你不来了呢！后来实在是无聊，就想到了这个恶作剧，谁知竟惹得你不高兴了，早知会这样，我还不如不这样呢。"

"我是窘得不行，不过不是对你这事不高兴。"杨二龙回头说了这么一句。后来，两人就一路无语，杨二龙在前面走，宋小秋隔了一点距离，跟在后面。

宋小秋走快一点，杨二龙就走快一点，要是她走慢一点，他也会放慢脚步，这一段间隔，杨二龙要始终保持着。

凭心来说，杨二龙生气了吗？肯定没有。这种情况在当地、当时是相当普遍的。确定了对象关系的青年男女，走在路上，遇到熟人，也是早早分开走的。即使刚结了婚的青年男女，开始的时候也是分开走的。“性”在当时是不可能挂在嘴边的，谈“性”是非常可耻的事，是要受人指斥的。男女之间的偷情，更是人们所不能容的，谁要是“偷”了人，不但要受到人们在背后的指指点点，他的尊严、他的体面，甚至连他交际的权力，都会被剥夺殆尽。

“偷”过情的人，是不敢和别人争吵的，要是发生了争吵，人们就会骂他或她“不知羞耻、偷人”，甚至还有比这更要难听的土话。尤其是女子，争吵时，常有妇女朝她们脸上吐口水，她们一般都不敢回话，默默地避开到其他的地方，免得遭来更多的羞辱。

这种事情，杨二龙就遇见过，那还是他念初中的时候。

那天，杨二龙放了学回家，可他还没走到村子口，就听到了村子中人声鼎沸。出于好奇，他没有立即回家，而是循着声音，一路追了过去。他是想去看看到底发生了什么事，怎么会闹出这么大的动静来。

那时，农村的生活就像一潭死水，只要一有点点的风吹草动，立马就会围上来不少人，他们的目的很简单，就是来看看热闹。

声音来自村子的中央，那里有一块空地，已经围了许多人。杨二龙从人墙的缝隙中，看见一个男子正挥着拳头拼命地打另一个男子。

被打的男子，躺在地上，抱着头，蜷缩着身体，任其击打，没有任何的反抗。离躺在地上的男子不远的地方，还有一名女子，披散着头发，捂着脸，在嘤嘤地哭泣。

那女子，哭着哭着，就从地上挣扎着爬起来，冲过去，抱住打人男子的手，哀求他不要打了。可打人的男子，竟恶狠狠地将她推倒在地，踢上一脚后，咬牙切齿地骂道：“臭婊子，不知羞耻，等会儿再收拾你。”

到了这个时候，杨二龙终于明白了，这是一对偷情的男女。虽然躺在地上的男子，打不还手，骂不还口，可舆论还是不偏向他，说他就不该“偷”人家的老婆，打死了活该。

被击打的男子，头上早已是血肉模糊，耳朵似乎也被人咬下了一块，正躺在地上痛苦地呻吟着。那披散着头发的女子，又从地上艰难地爬了起来，将膝盖当腿用，一边移动，一边向着围观的人群，不停地叩头。她哀求大家行行好，劝劝他，不能再打了，再打就会出人命了。

围观的人群中，早就有几个人在拉架、劝和，但效果不大。一是打人的男子太激动了，几个人控制不了他。还有，人的内心深处有点幸灾乐祸，想看看热闹，并不是太认真劝架。但看到被打的男子脸上血肉模糊，再加上女子的苦苦哀求，人们还是动了恻隐之心，拉架的力度就大了，毕竟谁也不想事情闹大。

打人的男子，由于太激动，已经筋疲力尽了。几个人一同上前，就很容易地将他拉到了一旁。另外几个人，就将躺在地下的男子合力架着，立即送回了家。

被拉到一旁的打人男子，这时却瘫软了下来，坐在那里呜呜大哭。毕竟在那个环境中，对男人来说，老婆“偷”人是件顶伤自尊的事情，他也会好长时间抬不起头来。

那女子也在哭，不知她内心深处，是在哭丈夫的屈辱，还是心疼被打伤了的情人。几位妇女见状，就跑了过来，将哭着的女子送回了家。

打人的男子和被打的男子，杨二龙都认识，都是一个村上的。不知什么时候，打人男子的老婆和被打的男子好上了。两人频频地幽会，可纸终归包不住火，偷情时还是被她的丈夫发现了，这才发生了上述的一幕。

被打的男子，耳朵上确实少了一块，那只残破的耳朵使他破了相，也确实让他接受了教训。以后，他再也没和那女子来往，断绝了关系，但他一生都没有结婚。

那女子后来在村上一直抬不起头，每每和人发生点矛盾，就有人骂她“不知羞耻，脸皮厚，偷人”。没过几年，女子实在受不了这种羞辱，就远走他乡了。

而打人的男子呢，也好过不到哪里去，老婆走了，丢下了四个孩子，最大的才十三岁。这样，他既当爹又当妈，一人拉扯四个孩子，也够他受的了。

这三个人当中，没有一个人是赢家。

按说偷情这事儿，应该会越来越少了，不要说绝迹，但至少做得会更加隐蔽。其实不然，这事还会常常发生。

小的时候，杨二龙搞不清这其中的原因，大一些后，还真砸摸出一些道理来。婚姻大事，父母之命，媒妁之言，就是说姑娘嫁到谁家，嫁给谁，完全听命于父母，自己丝毫做不了主。即使现在，也只是订婚后，过年过节，见了几次面，就嫁了过去。

人是嫁了，但两人能不能合得来，就只有听天由命了。大多数女子，就抱了“嫁鸡随鸡，嫁狗随狗”的想法，隐去了心中的委曲，做了相夫教子的贤妻良母。但也有不甘心的，离开了父母的约束，就随心所欲起来，要追求心中那份渴望已久的爱情。这就为今后的偷情埋下了祸根。

但这些人，下场都有些可悲，舆论是一边倒地谴责她们。人们可不管她们的丈夫是怎样的一个人，好吃懒做也好，无能也罢，都不会说他们一个“不”字。

终于将宋小秋带到了蒯嬷嬷那里，还是和先前的情形一样，蒯嬷嬷那灵敏的耳朵，早就听到了两人的脚步声。她站在门前，没等两人走近，远远地就喊：“二龙，是不是带小秋姑娘来钓鱼？”

“蒯嬷嬷，您老真是神仙了，我们没有说话，你怎知道来的就是宋小秋和我呢？还能判断出，我们就是来钓鱼的？”杨二龙大惑不解地问了一句。

“早上起床后，我听到树上喜鹊叫，一猜就知道今天肯定会有人到这里来。”

“蒯嬷嬷，越说越神了，哪有这样灵异的事。”

“有些事，是说不清的，你们有好些时间没来了，想你们嘛。”

“蒯嬷嬷，今天还真让你说中了，我是带宋小秋到你这儿来钓鱼的。先让她在你这里坐一会儿，我回家去拿钓竿，一会儿就来。”

杨二龙又朝跟在他后面的宋小秋说：“宋小秋，你先在蒯嬷嬷这里坐一会儿，我回家去拿钓竿。”

宋小秋开始不愿意，她可能有些害怕，要跟杨二龙一道去拿钓竿。这哪行呢？好说歹说，她总算点了点头，表示同意了。

杨二龙飞快地朝家里走去，他要早点儿回来，免得宋小秋一人在那里觉得尴尬，毕竟她和蒯嬷嬷还不太熟，才第二次见。

可能是宋小秋一直站在那里看着杨二龙离去。蒯嬷嬷仿佛用耳朵听到了这种情形，就安慰起了她。

“小秋姑娘，你快坐，二龙一会儿就回来了。”

拿回了两副钓竿，杨二龙没有立即去蒯嬷嬷那里，而是先去了芦苇荡。他要去打“凼子”，以便引诱更多的鱼儿过来吃食。

他在打过的“凼子”旁，做了记号，还用钓竿试了试水深。待他做好这一切后，才去了蒯嬷嬷那里。

那里的情况可不太妙，两人坐在那里都不说话，宋小秋呆呆地望着杨二龙离去的那个方向，可能是盼着他早点儿回来。

可杨二龙是从芦苇荡里来的，走的已不是原先的那条路，宋小秋在那里痴痴地盼，是盼不来他的。

为了给宋小秋一个惊喜，杨二龙轻手轻脚地向她那里移动，趁其不意，在她的背后大喊一声：“宋小秋，在这发什么愣！”这样一来，他就报了早上宋小秋在背后给他惊吓的“仇”，两人就扯平了。

蒯嬷嬷的耳朵实在是好使，杨二龙这样的轻手轻脚，几乎没一点声音，但她还是有所察觉，竖起耳朵，仿佛在倾听。可能杨二龙的脚步声实在是微弱，她终归没能察觉出来。可当杨二龙快临近她俩时，她那灵异的耳朵还是捕捉到了这极轻的脚步声。

一旦让她捕捉到了，她立即就开了口，还是急急地说：“杨二龙，你怎么到现在才来，小秋都在这里急死了。”

这话，破坏了杨二龙的计划，他好不懊恼。宋小秋听这一说，就立即转过了身，一眼瞥见他两手空空，就有些恼火地说：“杨二龙，你搞了半天，钓竿呢？”

“钓竿？没找到。”杨二龙嘻嘻哈哈地说。

“没钓竿，那怎么钓鱼？”宋小秋有些不悦。

“那你钓过鱼吗？”杨二龙一本正经地问。

“没有。”宋小秋就更没好气了。

“没钓过，就是钓竿拿来了，你也不会钓呀。”

“你就不能教我？”宋小秋一脸的不高兴，那情形好像真的生气了。

“逗你玩的，钓竿早拿来了，放在了芦苇荡，现在就是来接你去钓鱼的。”见宋小秋生气了，杨二龙赶紧说了实话。

“那你先教教我，怎么钓。”听了这话，宋小秋转怒为喜。

杨二龙只得将钓鱼的要领简单地介绍了一下，特别是根据鱼漂的运动情况，判断水下可能是什么鱼在吃食，什么时候起钓。宋小秋听得是云里雾里，哪能得要领，就不停地问，杨二龙就不停地答。

这样不是个办法，宋小秋没钓过鱼，在这里说，终归是纸上谈兵，学不会的。要想学会，就必须到钓鱼的现场，亲身实践。

放下的“诱饵”，杨二龙估计时间差不多了，偷食的鱼儿，该聚在“凼子”的周围了。

告辞了蒯嬷嬷，杨二龙就领着宋小秋去了他事先安排好的钓鱼的位置。

九

杨二龙帮宋小秋选好了位置，又将鱼钩放到了水中，做起了示范动作。这还不够，他边做示范动作，还边向她讲解起钓鱼的要领。余下的事，就只能靠她慢慢去体会了。

这是一处理想的钓鱼场所，附近没有什么障碍物，视野好，特别是起钩时，不容易被东西绊住，水深又合适。杨二龙将这块最好的地方让给了宋小秋，要是别人，他肯定是不会让的。

安排好了宋小秋，杨二龙就起身往自己的“凼子”那儿去。临行前，他还没忘了告诉她，鱼食放在什么地方，并嘱咐她要经常地换食。特别是钓鱼时尽量地不要说话，因为一旦有声音，水中的鱼儿就被吓跑了。

宋小秋一开始很兴奋，鱼钩放下去没多久，就嚷嚷开了，一会儿说：“杨二龙，鱼咬钩了。”一会儿又说：“杨二龙，怎么鱼儿不吃食？”早把他的嘱咐忘得一干二净。

杨二龙虽然在另一个地方钓，但离她并不远，开始还不停地应着。可时间一长，他就烦了。要是这样下去，今天能钓到鱼吗？后来他就装聋作哑，任凭宋小秋如何说，他就是不应。

看到杨二龙钓上了好几条鱼，宋小秋有些急了，就喊：“杨二龙，你是不是故意的，把一个钓不到鱼的地方让给我了？”

这话，杨二龙不得不回答了。

“我叮嘱过你，钓鱼时不要作声，你偏要说个不停。水中的鱼能听到岸上的声音，你不停地说话，鱼儿早就被你吓跑了，你哪能钓到鱼？”

“宋小秋，你现在不说话，或许还能钓到。”杨二龙接下来又说。

果然，宋小秋有一段时间，不再说话了。她可能还没学会钓鱼的要领，起钩不是提前了，就是滞后了，不要说鱼儿，就是鱼鳞也没见到。这下，她泄了气，没了耐心，就放下了钓竿，直接跑到杨二龙这边来了。

“我不钓了，钓到现在，连鱼是什么样儿都没看到。”宋小秋气呼呼地将鱼食往地上一扔。

“你不钓就不钓吧，现在就看着我怎么钓，学一学，下次不就会了嘛。”

接二连三的，杨二龙将鱼儿从水中拉上了岸，宋小秋高兴得不得了，一会儿要帮他将鱼儿从钩上拿下来。可鱼儿太滑，她抓不住，也就不可能将鱼儿从钩上拿下来，最后还是杨二龙拿下了鱼；一会儿她又要帮他往钩上安蚯蚓，但蚯蚓也是很滑的，还不停地扭动，不可能老老实实的。她一样都做不来，唯一能做的就是将杨二龙拿下来的鱼，非常艰难地放到水桶里，有几次还将欢蹦乱跳的鱼儿，滑到了湖中。

临近中午，鱼儿不怎么吃食了。钓鱼到这份儿上，就必须收钩了。打扫好战场，杨二龙拎着鱼桶，宋小秋拿着两副钓竿，有说有笑地朝蒯嬷嬷家走去。

蒯嬷嬷早就在门前等候了，还有一大截路，她就等不及地问了：

“二龙，今天钓得不少吧。”

“是钓了不少，你又是听到的?”杨二龙明知故问。

“这还要问，听走路的声音，说话的欢快声，就知道了。”

“蒯嬷嬷，还没有吃吧，拿几条鱼给你蒸蒸。”

“我就等着你给我送鱼呢，我都被鱼馋死了。”蒯嬷嬷也不避宋小秋，直接地就说了。

“唉！这日子过得，靠在水边，却吃不上鱼。”杨二龙听了这话，心中有点难受，感叹地说。

可能是她想多留宋小秋待一会儿，也可能有其他的原因，蒯嬷嬷提了一个让杨二龙想都没想过的建议。

“二龙、小秋，你们要是不嫌弃我这个老婆子，今天就在我这儿吃饭吧。”

“蒯嬷嬷，这不行，我们怎么能在你这儿吃饭呢！你眼睛又看不见，这不折煞我们。”杨二龙连连摇头。

“二龙，今天你来做饭，这么多年，还没人给我做过饭呢。”

听蒯嬷嬷这么一说，杨二龙就不好意思说不行了。转而一想，都这么迟了，他回家吃不上饭了，宋小秋回去肯定也吃不上饭了，还不如依了她的意思，在这儿烧着吃。

杨二龙是这样想的，但宋小秋怎么想呢？她要是不同意，这饭还是烧不成。他不能立即表态，就转过身，用目光和她进行交流，征求起她的意见来。

宋小秋不说话，只是默默地点点头，算是同意了。她可能是出于好奇，想知道农村人是如何做饭吧！

见她答应得如此爽快，杨二龙感到有些惊讶，连忙就问：“宋小秋，你答应了，自己会烧饭吗？”

“我不会，但你会呀。”宋小秋很快就将烧饭这个事情推给了杨二龙。

做饭，杨二龙十岁就开始学了，农家的菜他还是会烧的。不仅是烧菜、做饭，他还经常帮母亲洗衣服，这事确实难不倒他。

正是小时候的这一段生活经历，杨二龙长大后，一直不大喜欢在外吃饭，不管外面的菜多丰富，味道有多好，他就喜欢去菜市场买上几个菜，自己烧着吃，这跟有钱没钱真没多大的关系。

接受了做饭的任务，杨二龙就去蒯嬷嬷的菜地里，找了些蔬菜，又问了她家的油、盐、酱和辣椒放在什么地方，就着手准备了。

农村当时做饭用的是土灶，有高高的烟囱直伸到屋顶，这一来可以使灶火更旺，二来还可以减少烟气。杨二龙先去灶台上，将锅洗净，然后找了几条大一点的鱼，到湖边刮鳞、剖肚、洗净。又用筲箕盛上米，再用竹篮装上刚摘的蔬菜，一并到湖里洗净。最后一次，是到湖中打来两桶洁净的水。到了这时，一切的准备工作就做好了。

宋小秋也跑来跑去，一直跟在杨二龙后面打下手。

蒯嬷嬷只有一口锅，杨二龙只能先将菜烧好，最后再煮饭。

农村的土灶，烧出来的菜的味道，确实要比现在的煤气灶烧得香。特别是土灶做饭，留下的锅底，也就是俗称的锅巴，吃起来真是满口留香。

用柴草生上了火，让宋小秋在灶下往灶膛里添柴，并教她用烧火棍，不停地拨弄灶膛里的柴草，以便火更旺，更重要的是减少了烟气。

宋小秋开始不得要领，被烟呛得一把鼻涕一把泪。好在那天她心情不错，即使呛成那样，她还是坚持烧火。

在灶台上，杨二龙也是忙的手忙脚乱。先用油将鱼煎了，加上水，放上盐，再加上家中自己腌制的酱和辣椒，然后盖上锅盖，一锅儿煮。时间不长，锅中就响起了“咕嘟、咕嘟”的声音，锅盖的上方，弥漫着热热的雾气。鱼的香味也随着这雾气溢了出来，而且这香味越来越浓，不久，就弥漫了整个屋子。

鱼烧好了，洗尽锅，炒蔬菜，煨鱼汤，最后才煮饭。

忙了近两个小时，终于大功告成，将几份亲手做的菜，一一端上了饭桌。一碗红烧鱼，一碗鲜鱼汤，两碗蔬菜。三个人立即就围着饭桌吃了起来，到了这个时间点上，肚子确实是相当饿了。

鱼的味道确实好极了，米饭煮得也够劲道。杨二龙吃饭快，没扒拉几下，一碗饭就下了肚。盛上第二碗，很快也吃完了，宋小秋和蒯嬷嬷就不一样了，她俩吃得很慢，饭吃得很少，主要是吃鱼。

看着她俩吃得那么津津有味，杨二龙的心中陡然间就升腾起一股男子汉的自豪感来。

宋小秋吃得很小心，她怕鱼刺卡了喉咙。可鱼的美味，还是使她放不下筷子。她吃饭的时候很奇怪，吃着吃着就歪过头来，看一眼杨二龙，似乎有什么话要对他说，但她始终都没说。可能是实在憋不住了，她又一次看杨二龙时，突然就开了口：“杨二龙，你怎么把鱼烧得这样好吃，我好像还没有吃过这么好吃的鱼。”

“我们这里的鱼就是好吃，就是用湖水煮湖鱼，只放点盐，其他什么都不放，也是很好吃的。”杨二龙抑制住了内心的兴奋，平静地说。

“二龙，你这鱼烧到了味，要是再放点生姜，那就更好吃了。可惜，我这里没有生姜。”蒯嬷嬷趁这当儿，也表扬了他。杨二龙很是受用，毕竟人都喜欢被别人夸。

蒯嬷嬷是渔家出身，对各种各样的鱼以及各种鱼的烧法如数家珍。这不，见宋小秋开了口，她的话匣子就打开了。

红烧黑鱼，放一点咸菜，味道就更鲜。无鳞鱼清蒸，就比红烧的好吃。小杂鱼，冬天烧好了，结成冻状，那才叫一个鲜美。胖头鱼和大鲫鱼，最适合煨汤。呆子鱼或清蒸，或腌制晒干，都是极品。

宋小秋听得是云里雾里，她不认识这么多鱼。杨二龙就结合今天钓到的鱼，教她认起来。三人你一言，我一语，就在饭桌上一边吃，一边说。她俩之间的关系，就在这边吃边说中渐渐地融洽起来。

就在这时，蔡嬷嬷跑过来串门。

蒯嬷嬷就邀她一道吃，蔡嬷嬷也不客气，拿起碗，就去灶台盛了半碗饭。一尝鱼，就直夸这鱼烧得好吃。

可能是乐极生悲，收拾桌子时，蒯嬷嬷却伤感起来。她可能是触景生情，想起了死去的老头子和儿子，也可能是这么多年来，自己一个人孤苦伶仃地过日子。今天一下子有这么多人，热热闹闹地在一起吃饭，情绪就容易起变化。

蒯嬷嬷有些坚持不住了，抹着泪，向卧室走去。蔡嬷嬷不放心，跟着她进了卧室。堂屋中就留下了宋小秋和杨二龙两个人。

杨二龙想走，但这个时候，村民们都在家里，还没有出工，拎着这么多鱼，有些扎眼，他想再等一等，等到村民们出工后再走。

宋小秋打起了哈欠，她中午有眯一小会儿的习惯，但杨二龙没有。

“宋小秋，你趴在桌子上眯会儿吧。”杨二龙关切地对她说。

“好的，我眯一会儿。你呢？”

“我没有这个习惯，你眯吧。”

宋小秋趴在桌子上，杨二龙却想看看村民们是不是出工了。

不一会儿，宋小秋抬起了头，她没有睡着。难道蒯嬷嬷的伤感影响到了她，进而将她的瞌睡虫赶跑了？

果不其然，抬起头来的宋小秋，眼睛有些红，脸上还带有悲泣的表情。蒯嬷嬷的伤感真的感染到了她。可这时的杨二龙却不这样想了，她不会那么脆弱吧，可能是哪里不舒服？

“宋小秋，你是不是哪里不舒服？”杨二龙关切地问。

“我没有不舒服，只是心里有点难过。”

“你为什么难过呢？是不是想家了？”

杨二龙这一问，宋小秋的眼泪顺着脸颊瞬间就流了下来。

看到宋小秋流泪，杨二龙就有点心慌，不知如何是好了。但劝慰劝慰她，他还是要做的。

“想家是正常的事，好在离寒假时间不长了，放了假，再向队上请个假，就可以回去了。”杨二龙安慰她说道。

“嗯呐。”宋小秋哽咽着说。

宋小秋努力控制着不发出哭声，可她控制不住眼泪一个劲地往下流。由于是极力地控制，她的两个肩膀就不断地起伏和扭动着。

她好端端的为什么要哭呢？而且哭得这样伤心，是不是家里出事了？杨二龙突然想到了这点，忙说：“宋小秋，是不是家里出事了？”

“家里倒没出事，只是我突然想到，家中只有妈妈一个人，就像蒯嬷嬷一样，也是孤孤单单的。我触景生情，心中一难受，眼泪就情不自禁地流下来了。”

“宋小秋，那你家里还有些什么人呢？你父亲呢？”杨二龙小心地问。

“不告诉你。”宋小秋一口拒绝了，回答得相当干脆。

“这有什么不好说的，比如我家，父母都在，我上有两个哥哥，还有一个姐姐。姐姐出嫁了，大哥正准备结婚，二哥也订下了对象，只是穷，盖不起房子。即使盖得起，也没有地皮给你盖，为此，父母急白了头。为了父母少操点心，我是不准备结婚了。”

“我家的情况比你家特别多了，讲了你也不懂。”宋小秋不愿说，就用这话来搪塞他。

“特别？我还不懂？我们这里家庭特别的有的是，这样的家庭大都是重新组合的家庭。”

杨二龙没心没肺地自顾自地往下说，全然没有考虑宋小秋当时的心情。

“这样的家庭有时真的很特别，有的还有姑娘和儿子结了婚。又是爸，又是妈，又是丈人，又是丈母娘，真不好喊。但有一点，倒是亲上加亲。”

杨二龙接着又唐突地问宋小秋：“你家情况特别，不会是这种情况吧？”

“我家才不是这种情况呢！净是瞎说，再这样说我就不理你了。”宋小秋脸上有了愠色。

“那你家怎么特别了，你不说，我又喜欢乱猜，不是更会惹你生气吗？”

“你就不能不猜，让我安静一会儿吗？”宋小秋真的被杨二龙说哭了。

这一哭，将两位嬷嬷齐齐地引了出来，先是安慰宋小秋，然后就指责起杨二龙来。

杨二龙觉得好冤，又没说什么错话，倒受了一番抱怨。好在这时，队长的哨音响了，村民们要出工了，他也要回家了。

抓几条鱼给蒯嬷嬷，又送几条给蔡嬷嬷，杨二龙拉起宋小秋，就跑出了蒯嬷嬷的家门。他本来也要送宋小秋几条鱼的，但她不要，说回去了，没地方烧。

宋小秋是杨二龙送回去的，做事要善始善终，他接出来了，就要送回去。

十

一回生，两回熟，一来二去，宋小秋和蒯嬷嬷就相当熟悉了。

宋小秋很喜欢那片芦苇荡，常独自一个人去那里转一转。每次去，芦苇荡都会给她带来惊喜，青蛙跳了，水蛇游了，乌龟爬了，都会引起她的兴趣。有时，她转着转着，就转到了蒯嬷嬷那里，和她说上几句话。

时间长了，到蒯嬷嬷那里坐坐，已成了她的一种习惯。可能是寂寞无聊吧，宋小秋常去那里玩。

受宋小秋的影响，蔡嬷嬷到那里的次数，也多了起来。

蔡嬷嬷是个心直口快的人，说话也有些口无遮拦。蒯嬷嬷却慢条斯理，说话要稳重、得当的多。两个人在一起时，似乎只能听到蔡嬷嬷一个人在说话，蒯嬷嬷只是偶尔插上几句嘴。这样两个性格迥异的人，不知道怎么就能在一起，还成了无话不谈的好姊妹。

这也许就是同病相怜的缘故吧。

杨二龙平常很少到那儿去，除非到那儿钓鱼，才会到蒯嬷嬷那里去。母亲还是反复地叮嘱他，少到那个晦气的地方玩。

宋小秋去干什么？夹在两位嬷嬷之间，如何接话？是一言不发，呆呆地坐在那里当听众？还是不时地插话，想套出蒯嬷嬷神秘的故事来？

再没有其他的理由，能说明宋小秋去那里的原因了。这样的疑惑，杨二龙想从宋小秋那里找到答案。

他等着宋小秋说，可她就是只字不提，仍一如既往地独自往那儿跑。

既然宋小秋不说，杨二龙渐渐就打消了这个念头，她有什么想法，与他实在是没有多少关系。但有的时候，他的心中还是会犯嘀咕，这个宋小秋肯定是冲着蒯嬷嬷的神秘故事去的，还不告诉我。

一个星期天，蒯嬷嬷病了，发着烧，躺在床上。说来也巧，宋小秋那天来找杨二龙，没找到，就去了蒯嬷嬷那里。她想在那里待上一会儿，然后再回头来找杨二龙。

可宋小秋到了那里，屋子里却空无一人，也是寂静无声，这人去哪了？突然，她感到有些害怕，就随口喊了一声“蒯嬷嬷”。

“是小秋吗？”声音有些微弱，是从卧室里传来的。

这声音让宋小秋有些紧张，后背上直冒冷汗。她努力地镇静了一下，壮着胆子，轻轻地挪动步子，向蒯嬷嬷的卧室走去。

卧室的光线有些暗，但宋小秋还是一眼看到了躺在床上的蒯嬷嬷，正向她招手呢？她奔了过去，试着摸了摸蒯嬷嬷的头，有些烫手，肯定是发烧了。这下宋小秋倒是没有再惊慌，先是给她倒了杯开水，再叮嘱她好好躺着，然后，宋小秋就直奔大队的卫生室。

卫生室里有三名医生，真实的名称叫赤脚医生，负责本大队的基本卫生服务。除了接珍，还要到农家巡诊，特别是对一些行走不便的老人，基本上是随喊随到。

杨二龙就在大队部，他在帮大队抄写一些宣传材料，正好抄完了，准备回家。他双脚刚踏出大队部的门，就看到宋小秋急急地领着一名医生往前跑。

杨二龙赶了上去，问宋小秋是怎么回事？

宋小秋就简要地向他说了经过，最后说蒯嬷嬷病了，请医生去看看，并要求杨二龙和她一道去。

赤脚医生给蒯嬷嬷量了体温，39度，属高烧。医生又看了看她的舌苔，说是感冒了，多喝点水，留了几粒药，给她打了一针。

将医生送出了门口，宋小秋回过头来，打了盆洗脸水，先给蒯嬷嬷洗了脸。然后又倒了杯温水，让她将药服下去。

这水还是宋小秋昨天中午烧的，在那个年代，星期六还上半天班，实行的是五天半工作制。

蒯嬷嬷服过药后继续躺着，不久，她就昏昏地睡着了。

两人走出了卧室，来到了堂屋。不知是什么原因，宋小秋的情绪不高，她不开口，杨二龙也只好保持了沉默。

杨二龙有点爱幻想，这一点，到现在也没有改掉。爱幻想的杨二龙，坐在那里，脑子中天马行空起来。

宋小秋的情绪不高，是不是蒯嬷嬷病了，觉得她很可怜，心里很难过。但他又觉得这种情况不太可能，无亲无故的，帮着照顾和找医生，做得相当不错了，没必要情绪这样低落。不是这种可能，那又是怎么一回事呢？是不是又触景生情，看到蒯嬷嬷生病了，想到了家中的情形，心中莫名地悲哀起来？

肯定是这种情况，她不是说过她家特别吗？上次询问她家情况的情形，仿佛又回到了他眼前。何不趁此机会，再问她一次，兴许她今天就说了呢。

一想到这里，杨二龙立即就问了起来。

“宋小秋，上次你说你家挺特别。现在，你能不能告诉我，你家到底有多么特别？”

“不是说了吗，不告诉你，就是告诉你了，你也不懂。”

“说说看嘛，也许我懂呢。”

“不行！”宋小秋还是和上次一样，回答得那么斩钉截铁。

“好，好，你不说，你不说。”杨二龙怕再次惹得宋小秋不高兴就不再追问。

就在这个时候，里间的蒯嬷嬷咳嗽了起来。这声咳嗽来得太好了，来得太及时了，以至于杨二龙就差没喊“太好了”。

宋小秋急急去了里间，照顾蒯嬷嬷去了。

杨二龙呢？他避开了面对宋小秋下不了台的尴尬，如释重负。

好一会儿，蒯嬷嬷不咳了，宋小秋又倒了杯开水，让她喝下去润过喉咙后，这才从里间走了出来。

出来后的宋小秋，仍不和杨二龙说话，默默地坐在那里，低着头，似乎有心事。这可急坏了杨二龙，总不能干坐在这里，一点事儿都不做，一句话儿也不说吧。

杨二龙想到了走，但又觉得不妥。再一想，还是找宋小秋说说话吧。

“宋小秋，我讲一个很特别的家庭故事给你听听。”

“我现在心情很烦，不想听。”宋小秋立即将这个提议顶了回来，杨二龙仍不死心，还是接着往下说。

“这个家庭真的很特别，你听了后，肯定说是我编的，觉得是天方夜谭。”

“我看你也不会编。”

“那你听听看，判断一下是真的还是编的？”

这下，宋小秋却没有反对了，而是点了点头，表示愿意听。

杨二龙心想，这个故事，宋小秋要是能听下去，或许她就会很自然地说出她家庭的特别之处了。

“那我讲了。”杨二龙望着宋小秋说。

“讲吧，又没拦你，要是我中途发现你骗我，看我不修理你。”宋小秋说着，狠狠地用眼睛瞟了一下杨二龙。

“我先说个简单的，再说一个最特别的。”

“说吧，说吧，你真有点啰唆。”宋小秋不耐烦起来。

见宋小秋这样的态度，杨二龙本想不讲了，但转念一想，话已出了口，还是讲吧。于是，他就缓缓地讲起了故事：

“农村里有很多男子，都打了光棍，有的家长为了让自己的儿子能娶上媳妇，续上香火，家里有女儿的，就托媒人找另一家难说上媳妇的人家，但前提是那家必须有年龄相当的女儿，采用“换亲”的方式，解决两家儿子打光棍的问题。这样，两家同时嫁女儿，同时娶儿媳妇。省了彩礼等很多繁琐的事。有的女孩儿心里确实不乐意，但为了哥哥或弟弟不打光棍，也为了娘家能传宗接代，只得勉为其难，放弃了自己的幸福，同意了这样的亲事。

“一边是娘家，一边是婆家，这家一出事，另一家也准出事，两家常闹得鸡犬不宁。”

“还有这样的事？我不信！”宋小秋听得直摇头。

“这你都不信？还有比这更不可思议的换亲方式呢。”杨二龙感到有些憋屈，怎么说的她就不信呢。

“你说说看，我听过了，看你是不是在瞎编。”宋小秋要杨二龙继续往下说。

“有一户人家，哥哥还没有结婚，但已到了谈婚娶嫁的年龄，他的下面还有三个弟弟，好在他有一个妹妹，排行是老二。父母的想法很简单，也最经济可行，把老大的婚姻解决了，下面的几个就顺其自然了。反正老大结了婚，传宗接代的任务也算完成了。

“另一户人家呢，家里有两个儿子，还有一个女儿，但女儿比这两个弟弟大很多，且早已出嫁了。女儿生的女儿，比这两个舅舅小不了多少。父亲已经死了好多年，老娘急得不得了，两个儿子都打了光棍，她怎么能对得起死去的老头子。可家里穷，儿子长得又不怎么样，又苦于没有可交换的资源，整天唉声叹气，不知如何是好。

“可能是急中生智，她竟将主意打到了外孙女的身上。这主意一现，她哪能再睡得着，天麻麻亮，就起了床，一口气跑到几十里外的女儿家。憋了半天，才说出了去女儿家的用意。女儿起先怎么也不同意，但架不住娘的眼泪和苦苦哀求，又想想娘家的两个弟弟，要是全打了光棍，娘家不就无后了嘛。

“无后在农村实在是个大事，女儿想都不敢想下去，只得牙一咬，心一硬，答应了这事。老娘欢天喜地地回了家，焦急地等着女儿给她带来好消息。老娘心里实在是没底，女儿同意了，外孙女不同意，那还是抓瞎。

“女儿做起了外孙女的工作，外孙女开始死活都不同意，但涉世不深的小姑娘，哪里能经得住亲娘的软磨硬泡，威逼利诱，外孙女终于松了口，答应了替舅舅换亲。

“老娘又找媒人一说合，两家都同意。于是，三家人坐在了一起，当着媒人的面，谈起了婚嫁事宜。要命的是，这三家人坐在了一起，一时不知如何称呼，女儿和老娘竟成了亲家。

“再后来，情况就更遭了，辈分乱了，两家新出生的小孩，就只能各喊各的了。外孙女这边的小孩，喊舅爷爷的老婆为姑妈；另一边的小孩，喊表姐的老公为舅舅。

“这样地乱喊一气，真的难为了这三家人。要是再加上小孩的爷爷和奶奶，这三家人聚到一起，孩子们只能是大眼瞪小眼，不敢喊人了。”

故事说完了，宋小秋看了看杨二龙，不像是说谎，但还是将信将疑。

“真有这种事，不是你编的吧？”

“怎么可能呢，绝对是真的。”

杨二龙回答时的口气非常坚决，这才打消了宋小秋的疑惑。

“宋小秋，你家的情况再特别，总不会比这还特别吧。这么特别的家庭关系，我都能懂，还能完整地说出来。你家的特别，说出来，我还能不懂?”

“杨二龙，你真坏，说这个故事，就是想把我套住。”

“还是说说你家的情况吧，我只是有点好奇，没有其他目的。我能说出这么特别的家庭关系，也能瞎猜出更特别的家庭关系来哦。”

宋小秋被逼得受不了了，而且情绪也比听故事前好多了。她略沉思了一下，就非常痛快地说出了她家的情况。

她的家庭成员很简单，父母、姐姐、她，一共四口人。父亲在一所大学里教书，是一个教授。妈妈在同一所大学里工作，是一个图书管理员。

家庭成员很简单，一点儿也不复杂，但要命的是，她家的政治关系有点复杂。父亲的弟弟在海外，是个资本家。父亲在工作中，不知得罪了什么人，也可能什么人都没有得罪，便被打成了反动学术权威，强行下放到江西的一所五七干校，去参加劳动改造。她的姐姐，作为知青，下放到了黑龙江生产建设兵团。宋小秋本人，高中毕业后，下放到了安徽来接受贫下中农再教育。妈妈目前还好，还在图书馆工作。一家四口人，却分布在四个不同的省份，只春节时一家人才能短暂的相聚。

说到这里，宋小秋泪眼婆娑，忍不住地抽泣了起来。

“二龙，你欺负小秋了。”不知什么时候，蒯嬷嬷从卧室里已摸了出来。

“没有啊，小秋想家了，就哭了出来。”杨二龙立即答道。

“小秋，是不是二龙欺负你了。要是他欺负你了，老太婆饶不了他。”

蒯嬷嬷说这话时，还举了举手中的棍子。这哪跟哪啊，怎么一转眼，她到护起宋小秋来了，全忘了杨二龙平时对她的体谅。

“蒯嬷嬷，二龙真没有欺负我，我是看到您生病躺在床上，想到了我的妈妈，心中难过了起来。我的妈妈也是孤零零地一个人待在家里，她若是生病了，谁来照顾她呢?”宋小秋慌忙地说。

“小秋真是个孝顺的好姑娘。”说这话的蒯嬷嬷，脸上呈现的那份慈祥，看见的人都会动容。

宋小秋停止了抽泣，抹着泪，但还是一脸的愁容。

“小秋，不要难过了，人有时也是没法子的，你妈妈有你这份孝心就行了。”蒯嬷嬷安慰起她来。

宋小秋还在那里抹眼泪，这样的情况，杨二龙最头疼了，站在那里，一时竟手足无措起来。

“小秋，好姑娘，不要哭了，要是不嫌弃我这个瞎老婆子，想娘了，就到我这里来，我俩说说话。”

“还有我呢，我陪宋小秋来。”杨二龙脱口而出。

哭过了，再擦干眼泪，宋小秋的心情明朗了许多。

“蒯嬷嬷，我有空会常来玩的。”宋小秋对着蒯嬷嬷说。

宋小秋情绪好了，杨二龙觉得没他什么事了，就想着回家了。

“蒯嬷嬷，我要回去了。宋小秋，你呢?”

宋小秋看了看蒯嬷嬷，觉得吃过药的她，好多了。也接着杨二龙后面说:“蒯嬷嬷，我现在也要回去了。”

“你们都要走了啊!”蒯嬷嬷十分不舍地说。

“是的。”杨二龙简短地说。

告别了蒯嬷嬷，两人走出了芦苇荡。明媚的阳光下，宋小秋立刻像换了个人似的，刚才的悲愁好像被太阳一照，消失的没了踪影。看来，宋小秋不仅善良，还是个多愁善感的人。

将宋小秋送出了村口，看着她渐渐远去，直到从视线中消失了，杨二龙才转过身来。这个时候，他的心中竟莫名地恍惚起来。

生活像溪水，不紧不慢地缓缓流淌着，谁也不能左右自己的生活。作为个体，有很多不顺心的事；作为家庭，家家都有一本难念的经。漂亮温柔的宋小秋也有烦心的事，而且她的烦心事，还只能深藏在心中。

这个时候，杨二龙才真正感受到了生活是相当残酷的。原先的他，没心没肺的，想法很简单，认为能吃饱穿暖就行。

十一

了解了宋小秋的家庭情况后，杨二龙的心理有了些微妙的变化，仿佛突然成熟了许多。他脑子中常会萦绕着这样一个问题：宋小秋是不是有点可怜？

宋小秋的心理变化似乎更大些，还有一些明显的外在表现。比如，原来在课间碰上杨二龙，她都是笑一笑，现在却不笑了。有时，杨二龙和她打招呼，她也不搭理。可有时，只有他们两人在场时，她又有点热情过度。

她的这些古怪行为，搞得杨二龙有些莫名其妙。

老喜像是看出了点端倪，背着宋小秋，就和杨二龙开起了玩笑。

“杨二龙，小秋是不是看上你了，我看她对你有意思。”

杨二龙已不是从前的杨二龙了，听了这样的玩笑，他不会立即红了脸，跟人急。现在，他只是微微一笑，既像是回应了老喜的话，也像是这事就是个玩笑，说过就行了。

见杨二龙只是笑，并没有什么态度，老喜又说：“小秋确实是个好姑娘，不但人长得漂亮，还是个上海姑娘，你要好好把握。”

这是哪里跟哪里呀，老喜怎么会这样说呢，好像真有这事似的，杨二龙自己知道自己几斤几两。他把老喜的这话，纯粹当成了开玩笑。

老喜在学校里人缘好，他对年轻的老师都直呼其名，但老师们都不会在意。他虽然喜欢开玩笑，但玩笑开得很有分寸，不然，他也不会背着宋小秋来和杨二龙说了。

后来，老喜还单独和杨二龙说过这事，他好像就认定了这事。有次，他还善意地对二龙说：“家里从小订的那个金花，你要处理好了，不要把事情搞得太僵了，女方家也要面子。”

可每次老喜说这事时，杨二龙总是笑笑，不置可否。几次下来，老喜可能觉得无趣，以后就没有再说过。

他绝对是好心，这点，杨二龙心中是明白的。但他说的那件事，在杨二龙看来，绝对是子虚乌有的。

天气越来越冷了，树枝上残存的树叶真的不多了。三三两两的褐色枯叶，卷曲着，在风的戏弄下，瑟瑟发抖，随时都有掉下来的可能。

清晨的霜，给户外的一切抹上了一层薄薄的白色。若不是看天气，还以为夜里下了场小雪。一些在公家做事的人，已经戴着手套上下班了。农民大都没有手套，即使有，现在还舍不得用，得等到天气最冷时，才舍得拿出来用一下。

杨二龙那时就没有手套，帽子也没有，尽管什么都没有，他却不生冻疮。有的人，一到了冬天，手、脚、脸上，都有冻疮，严重的还开了裂。

这个光景，宋小秋突然想到要给两位嬷嬷织御寒用的帽子和手套，她还想着给杨二龙织一条围巾。但这些都需要毛线，宋小秋想到县城去买。其实，小镇上就有毛线，不知为什么，她一定要到县城去买。

宋小秋已在口头上认了蒯嬷嬷为干娘。这事，杨二龙一点都不知晓。就是织帽子和围巾这样的计划，宋小秋事先也没有告诉他。

有一个星期六，太阳高照，中午放了学，在给学生整队的时候，宋小秋突然笑眯眯地对他说："杨二龙，明天陪我到县城玩去吧。"

那说话的口气、神情，一点儿商量的余地都没有，杨二龙就必须陪她去。但这样的要求，对杨二龙来说，确实有些为难。

他在这之前，还没有去过县城，只是听人说起过，到县城要先走二十里路，再到邻近的镇上坐小火轮。小火轮一天只有一班，稍有耽搁，就只能第二天回了。他可是兜里没有粮票之人，当天不能回来，岂不是要挨饿。

"我没有到过县城，不知道怎么去。还听人家说，到县城很远，不通车，只能坐小火轮。即使坐上了小火轮，当天还不能回来。住宿要工作证，吃饭要粮票，这些我都没有。"杨二龙有些为难地对宋小秋说。

"我就是要你陪我去!"宋小秋有点霸道地说，全没了平时的温柔。

看着宋小秋那生气的样子，杨二龙只得让了步。

“宋小秋，这样吧，咱这儿的县城离我们太远了。而我们这里是两省交界处，邻省也有一个县城，离这儿比较近。我明天陪你去邻省的县城，好吗？”

“也行，只要你明天陪我去就行，不管是哪个县城。”

“听人家说，到那里只有三十里路，步行，能当天去，还能当天回，不知你能否跑得动。”

“谁说我跑不动？就这样说定了，明天你先去接我，我不认得路。”宋小秋说这话时，露出了笑容。

“其实，那里我也没去过，只是听人家说，顺着大路跑，中间有一个渡口。晚上我再问问我的父母，好吗？”

“行，就这样说定了。”宋小秋立即很干脆地回答了。

杨二龙家的位置，在两省四县交界处，夸张一点说，四县是鸡犬声相闻。但长到这么大的杨二龙，还真没走出过本乡的地界，更不要说去邻省、邻县了。一个大湖在这里拐了个弯，和另一个大湖在这里交汇，这两个湖就成了两省四县的分界湖。

小时候，杨二龙见得最多的外地人，就是邻省那个县的人。由于地域的关系，杨二龙很难听懂他们说的话。据说那里很穷，农闲时节，大批的人蜂拥而出，有的做点小生意，有的帮人家织布，有的帮人家弹棉花，挣点儿粮食回去，度过青黄不接的时候。有的会来事的人，干脆就和这边的人结了干亲，方便来往。

当时就有首民谣，大致能说明邻县的生活情况，也可以说是他们当时真实生活的写照。

“淳县佬，吃蒿草，吃一饱，胀一饱，胀得像个木沙包。”

“沙”是民间土话，杨二龙到现在都一直认为，土话有时就是比普通话形象、传神、精准。就以这个“沙”字来说吧，瓜熟透了，当地人就说“这瓜沙了”。熟透且熟过了的瓜，吃起来就有点沙化的感觉。又如，若是有人吹牛吹过了头，当地人就称他为“沙泡”。

“沙泡”是吹牛者的最高荣誉，一旦某个人得到了这个头衔，那他说的话，就没有多少人会信了。

蒿草是一种野菜，这里遍地都是，饿急了的人就用它来充饥。吃多了，肚子鼓胀，用手一敲，砰砰作响。

第二天，天刚蒙蒙亮，杨二龙就赶紧起了床，简单洗漱后，立即去了知青点。

到了那儿，宋小秋早已在院门外等着了。这次，她没有搞恶作剧。

杨二龙接上了宋小秋，就顺着当时所说的大路，向淳县县城进发。

杨二龙除了兜里有五元钱外，其他的什么票和证都没有。反正今天能回来，即使吃不上，也只会饿上一餐。

刚开始，还算顺利，宋小秋精神头足，跑得还算快。但走着走着，宋小秋就慢了下来，时不时地还要休息一下。杨二龙倒没有多少困难，读中学时，他每天就要走二十里路。可一旦休息时，宋小秋就喊渴，好在那个时代，农村的地表水还没有被污染，可以直接饮用。没有饮具，杨二龙迫不得已，就用手捧给她喝。

三十里路，是掐头去尾计算的。真正的路程要比三十里长，而且要过两次渡，不是人们所说的过一次渡，第二次渡在掐头去尾中被除去了。

挪到了淳县县城，已经是十二点多了。饥肠辘辘的杨二龙，掏出那张五元的票子，想在路边买点吃的。他没有粮票，不能进饭店吃饭。

宋小秋将杨二龙一拉，直接进了一家饭店。她有粮票，而且是全国粮票。

在杨二龙看来，这时的宋小秋比他老练多了，明显的城乡差别。她去服务员那里，点了两份小笼包子，要了两份稀饭。

食物一上桌子，杨二龙就狼吞虎咽起来，那个速度可以说是风卷残云。可宋小秋却吃得很慢，斯文得很，还从她的那一份中，分了几个包子给杨二龙。

吃饱喝足后，杨二龙站起来就要去结账。

宋小秋笑了起来，说："你去结账，你有粮票吗？现在饭店里，是先交钱，再给吃的，钱，我早已交了。"

杨二龙哪懂这些，在这之前他都没有进过饭店。

那时候，粮票真是个好东西，分为全国粮票和地方粮票，地方粮票只能在本地使用，比方说，安徽的粮票只能在安徽省使用，出了安徽省就不管用了。全国粮票就不受这限制，在全国哪个地方都能用。

休息了一会儿，缓过了劲，宋小秋就领着杨二龙去找百货商店。在城里走，杨二龙就那点出息，没有了方向感，只得跟在宋小秋后面跑。

进了百货商店，宋小秋先买了毛钱，后买了点糕点。她把这些东西交给了杨二龙，要他到商店的门口等她，并说她还要买点女人的东西。

这个时候，杨二龙倒成了宋小秋的跟班，她买来的东西，都要杨二龙拿着。

出了商店，宋小秋又在路边买了些水果，有苹果、橘子和梨子。这些东西是不要票的，杨二龙要付钱，宋小秋却不让。

宋小秋带了两个包，她将所买的东西，分放在两个包中，仍要杨二龙拿着。

在城里转来转去，已到了下午两点多了，不能再在街上逛了。冬天的日头短，五点钟天就黑了，还有三十多里路要赶呢。最要命的还是渡船，要是天黑了不渡，这如何是好？

杨二龙这时担心起渡船来，并立即说出了心中的担忧。宋小秋听了，也着了慌，急急地领着杨二龙出了城。

出了城，走在路上，两人的位置又调了个，这时宋小秋成了跟班。杨二龙在前面走，她在后面跟，杨二龙还不时地停下来等等她。走了大约十里路，宋小秋说脚疼，走不了了，杨二龙只得搀着她走。可搀着没走多少路，宋小秋又要求休息。

找个地方坐下来，不一会儿身上就冰凉，不得不往前走。杨二龙拉起宋小秋，可她走起来却是一瘸一拐的，杨二龙只好再次搀着她，但行走的速度却慢了下来。这时，杨二龙心里那个急啊，晚了，过不了渡怎么办？夜里要冻死人的，那里可是前不着村，后不着店。越是着急，宋小秋就越是掉链子，走得就越慢了。

杨二龙就催，宋小秋开始还配合，后来干脆就破罐子破摔了，又要休息。杨二龙不允，宋小秋就说："杨二龙，你不让我休息，那么你就背着我。"

"背你，我背得动吗？我手中还拿着东西。"杨二龙急了。

"你不背我，就让我休息一会儿。"

"好！好！我的姑奶奶，我来背你。"

杨二龙蹲下，将宋小秋背了起来。手上拿的东西交到了她的手中。宋小秋两手拿着东西，悬在他的胸前，倒好像杨二龙胸前挂了个花环。

累得哼哧哼哧的杨二龙，背着宋小秋走了一段，转过头来一看，见她一副很满足的样子，气就不打一处来，突然一松手，将她从背上滑了下来。

滑下来的宋小秋，先是一愣，然后就哭了起来，并赖在地上不肯站起来。

杨二龙实在是没辙，只好俯下身来，哄一哄宋小秋。

"宋小秋，我不是故意的，我实在背不动了，手一松，就将你滑了下来。对不起了，快起来，坐在地上冷。"

"你就是故意的，你就是故意的。"宋小秋在地上撒起泼来。

这是杨二龙没有料到的，只得再次俯下身子，去拉宋小秋。嘴上还一个劲地说："宋小秋，我真不是故意的，快起来吧，地上凉。"

可宋小秋就是不信。

"你不是故意的，谁信？你松手时喊一下，我不就下来了。"

"宋小秋，我真不是故意的，我真的背不动了。"说着，杨二龙无奈地耸了耸肩。

"你要是骗我是小狗。"

"我真的没有骗你，人哪能是小狗呢？"

"骗我就是小狗，到底骗没骗？"

"没有，没有。"杨二龙一副老实的样子，宋小秋还真有些相信了。

宋小秋破涕为笑，伸出一只手，让杨二龙拉她起来。

六点左右，两人赶到了第一个渡口，这时，天已完全黑了。好在渡船还在，杨二龙高兴得不得了。

上了渡船，付了船钱，艄公载着两人，顶着风过了河。

这是个无蓬的船，人要么站在船头，要么站在船舱里，热热的身子经风一吹，全身冰凉。宋小秋直喊冷，杨二龙只好让她站在他的身后，用他的身体帮她挡一挡风。可宋小秋还是喊冷，没有办法，杨二龙只得将宋小秋抱在怀中。

村里人说，到淳县县城三十里，指的是这个渡口到淳县县城的距离，不包括后面的路程。过了这个渡口，其实是从一个省进入了另一个省，这里是两省的分界线。

再从这个渡口，到达下一个渡口，有六七里路，那一大片地是个无人区。真要说有人的话，也就是不怕辛苦，晚上出来捉鱼摸虾，挣点外快的人了。

下了渡船，宋小秋还是喊冷，并说她的脚更疼了。

冷倒好解决，跑跑就行了。脚疼就没有办法了，杨二龙已失了力，不可能再背动她了。

"宋小秋，你再喊疼，也没用，我也背不动了。这样吧，你将一只手搭在我的肩上，这样可以使脚上承受的重量轻一点。还有，东西我一个人来拿。"

宋小秋一只手搭在杨二龙的肩上，与其说是搭，还不如说她半个人挂在了杨二龙身上，一步一步地往前挪。这一段路，宋小秋没有喊休息，可能是天太黑的缘故，她心中害怕，想赶紧离开这无人区。

第二个渡口，杨二龙并不怎么担心，艄公一般是不会离开的。他白天负责渡人，晚上则帮大队负责照看水闸，但有时他也会回家洗个澡，换换衣服。要是遇上了这种情况，等上一段时间就是。

好不容易在黑暗中，从无人区摸了出来，下到湖边，一看船在。

船在，就说明艄公没回家，他俩就不需要再等。有这么好的运气，杨二龙兴奋地连声说："天祐我，天祐我们。"

宋小秋爬到了船上，杨二龙就去找艄公，可喊了半天，却不见艄公回应。

杨二龙只得又将宋小秋从船上搀下来，找了个避风的地方等艄公。

明明船在，那艄公去了哪里？这么长的时间，都不见他露面。

不知等了多长时间，身上都凉透了，还不见艄公的面。杨二龙不得不再次抱住宋小秋，用身体来彼此取暖。可就在这个时候，一个黑影，趔趔趄趄地走了过来，宋小秋心里有些害怕，抱着杨二龙的手就更紧了。

黑影越来越近，嘴里还叽里咕噜的，却听不出说什么。近了，才看出那人是艄公，他嘴中喷着酒气，有些呛人。原来他人不在这里，是到别的地方喝酒去了。

喝了酒的艄公，嘴里骂骂咧咧的。但他发现杨二龙在黑暗中还抱着宋小秋时，骂得就更凶了。

杨二龙放开了宋小秋，硬着头皮去请艄公渡他们过河。

艄公眼皮都没抬，问："说什么？"虽然不能看清他的脸，但这说话的口气，脸上肯定是愤怒之色。

"请您做点好事，天这么冷，不渡我们过去，我们今晚会冻死的。"杨二龙向他说着好话，以博取他的同情。

"你还晓得天冷！这么大的风，这么黑的天，我还喝了酒，你让我送你过河，你是不是想让我死啊！"艄公大声地说着。

"这不是没办法嘛，从淳县县城紧赶慢赶地走到这里，天就这么晚了。还是请您帮个忙，送我们过去吧。"杨二龙近乎哀求地说。

艄公用眼扫了扫宋小秋，就更加地不快，鄙视地说："青年人不学好，这么黑的天，带着个女的在外面鬼混，还要我送你们过河，门儿都没有!”

原来是误会了，艄公把杨二龙当成了不务正业之人，或者说是个混混，晚上带着个女的，在无人区闲逛，有些伤风败俗。

村民对伤风败俗的事，一直是深恶痛绝的。

这下，杨二龙倒不急了，他心里迅速有了主意。

“您误会了，我不是带她来玩的，误了时，只能您老在这月黑风高的夜晚送我们过河。您看好了，她是个上海知青，早上是大队要我去接她的。你想想，一个上海知青，跑这么多路，容易吗?”

艄公将信将疑，跑到宋小秋面前看了看，借着微弱的光，确信她是个城里人。

艄公还是有些不放心，随嘴就问了句，说：“那你为什么和她搂搂抱抱，她可是个知青。”

“天太冷了，等您时间又长，她直喊冷，我只好帮她挡着风。”

这理由还算能站得住脚，艄公就走过去解了缆绳，并要杨二龙扶宋小秋上船。

他的态度发生了一百八十度的变化，或许是艄公觉得女知青跑这么多路不易，也或许是听到了杨二龙是为大队做事，不能耽搁。

过了河，离杨二龙的家就不远了，再顺着湖边走上三里路就到了。天黑路窄，杨二龙架着宋小秋，跌跌撞撞，精疲力竭地总算回到了家。

这个时候，时间已过了十二点，杨二龙的家人早已经睡下了。

十二

肚中饥肠辘辘，身上冷飕飕，杨二龙决定让母亲搞点儿吃的，让宋小秋吃饱了再送她回去。

“砰砰砰”一阵儿猛敲门，醒来的母亲起来开了门。看到杨二龙这个狼狈样，既生气，又心疼。宋小秋跟在他后面，母亲就不会有什么好脸色了，她阴沉着一张脸，没好气地说："死哪去了，到现在才回来。"

杨二龙赔着小心，求母亲搞点儿吃的，饿死了，吃饱了才有力气告诉她。

母亲对宋小秋不冷不热，这点，杨二龙是明白的。她是个上海知青，再怎么交往，也不会有什么好的结果。这事不仅老喜说过，而且连母亲都认为他喜欢宋小秋。

母亲内心对杨二龙的气，仍是因为他对金花不理不睬。

这真有点冤枉杨二龙了，他对宋小秋确实没有任何的想法，只是内心中觉得她有些可怜。其实他并不比宋小秋好到哪儿，甚至更苦。但杨二龙自从出生的那天起，就注定是在这片土地上要过苦日子的人。宋小秋则不同，出生在大上海，该过属于她的生活。

母亲得知他俩是从淳县连夜走回来时，就决定让他们先洗澡，然后再吃饭。不然，这身子一冷下来，一定会生病的。

农村可不是城市，不可能有澡堂子。他们用土方法，创造性地解决了冬天洗澡的问题。

整个村子有两个洗澡的地方，为两个生产队所有，一个生产队的老老少少都在一个地方洗澡，是排着队洗，由队上供应柴火。当然，这样的洗法，按现在的观点来看，确实有些不卫生。

洗澡的地方，是一间低矮的小屋，里面有一口大铁锅，像极了农村的土灶。这间小屋的名称，以其用途来命名，就叫浴锅屋。

在大铁锅中加满了清水，灶膛中生上火，待水加热到一定温度，人就可以脱了衣服，进入有热水的铁锅中去洗了。以后的情形，就类似于澡堂子，一批批地进，一批批地出，直到认为水太脏了，才会重新换水。

不同的是，灶膛里要时不时地添柴烧火，在场的人都能看到，而澡堂子里的情形，在场的人并看不到。

屋子由于低矮，门又小，很是暖和，再冷的天，里面也是春意盎然。

可就是这铁锅和当场加热，没洗过浴锅的外地人，甚至连本县其他地方的人，都不敢到这铁锅中。城里人就更不敢进去了，不是怕被铁锅烫了，就是怕被水煮了。

这次是为杨二龙和宋小秋烧水，不可能再用队上的柴火，母亲就叫杨二龙拖上几捆稻草，她拿着水桶和舀子，让宋小秋拿着内衣，一同去了浴锅屋。

宋小秋是来不及回去拿内衣的，母亲就将她的内衣拿了一套，让她将就着穿一下。因为换下来的衣服，不可能再穿在身上。

母亲也是刀子嘴，豆腐心。

宋小秋开始还有些兴奋，她坚持要烧火，杨二龙到湖中去拎水，母亲则帮着照看着，不时地用手去试铁锅中的水温。

铁锅中冒出了缕缕白气，还越来越浓，母亲则要宋小秋到屋外去，她自己也跟着出去了，并关上了浴锅屋的门。

杨二龙要洗澡了，母亲则和宋小秋在屋外，断断续续地叽叽咕咕。这不是母亲自私，要杨二龙先洗，而是这里的习俗，都是男人先洗，然后才是女人洗。

临到宋小秋洗了，杨二龙则退到了屋外。可她怎么也不敢到铁锅中去洗，母亲就耐心地开导她，并且还亲自做了示范，宋小秋才勉强地洗了一把。

不管怎样，这也是她生活中难忘的一次经历。

吃过饭，杨二龙将宋小秋送回了知青点，他回来后倒头就睡了。这一觉，睡得天昏地暗，第二天都日上三竿了，他还没有醒来。

杨二龙是被母亲叫醒的，他一看太阳老高了，很吃惊，早饭都没来得及吃，就急匆匆地向学校奔去。也不知宋小秋起来没有，她可是没人喊的。

刚一走进校门，杨二龙就看到了宋小秋，她正夹着书本往教室去，走路是一瘸一拐的。宋小秋比他到校还早，这出乎了杨二龙的意料，她是怎么做到的呢？

瞅准机会，杨二龙小声地开起了玩笑："宋小秋，下次还去淳县县城吗?”

“还去，下次让你多背一会儿，你不敢了吧?”

“我有什么不敢的，我又不会哭着走回来。”

宋小秋举手要打他，杨二龙笑着迅速地溜走了。

“杨二龙，中午早点来，陪我去蒯嬷嬷那里玩一会儿。”宋小秋对着杨二龙的背影喊。

“行。”杨二龙边答应边走开了。

中午，到了蒯嬷嬷那里，宋小秋从包中拿出昨天买的糕点和水果送给了蒯嬷嬷。送就送了，她还附在蒯嬷嬷耳朵上小声说了点什么，但杨二龙听不到。

虽然杨二龙听不到，但见蒯嬷嬷高兴地笑了起来，显出了少有的生气，甚至有些天真。

杨二龙看看蒯嬷嬷，又看看宋小秋，似乎有种温馨感在心中升腾。

这一定是件开心的事，不然蒯嬷嬷不会笑得那么开心。

“宋小秋，你和蒯嬷嬷说了什么？让她那么开心，说出来，让我也跟着高兴高兴。”

“不告诉你。”

以后的数天，宋小秋几乎天天都去蒯嬷嬷那里，手上的一个包，总是鼓鼓囊囊的。蔡嬷嬷更是不用说了，也是天天往那儿跑。

这事有些神神秘秘的，宋小秋不仅一点口风都不露给杨二龙，还不邀他一同前往。

杨二龙决定来个突然袭击，看看这三个年龄不同的女人在干些什么？有什么高兴的事，能引的宋小秋天天往那儿跑?

那是个星期天，杨二龙尾随着宋小秋，悄悄地跟到了蒯嬷嬷那里。

不请自到的杨二龙，有点不受欢迎，特别是宋小秋，既没有表示欢迎，也没有表示反对，自顾自地低着头，在一边织毛衣。

蒯嬷嬷则要杨二龙自已拿个凳子坐在一边，也不似原先热情。

两位嬷嬷还是和以前一样，各坐门的两边，面对着面，宋小秋坐的地方，离两位嬷嬷有点远。

冷场的时间不长，两位嬷嬷又说开了。

仍是老样子，每次都是蔡嬷嬷说得多，说的无非是一些家长里短。蒯嬷嬷听着听着，有时会突然插上一句：“还有这样的事?”

听到蒯嬷嬷这样说，蔡嬷嬷就激动起来，说话的声音也提高了不少。

“这还有假，这事是我亲自看到的，肯定是真的。”蔡嬷嬷说过这话，仍有些气上不来。

“你要不信，下次我不讲给你听了。”蔡嬷嬷接着又威胁似的说上这么一句。

这个时候，像是剧本安排好了，蒯嬷嬷微微一笑，然后轻声地说：“信哦，哪个不信，不是没听清嘛。”

蒯嬷嬷这话一说，蔡嬷嬷的气就消了。若是蒯嬷嬷还感觉到蔡嬷嬷有气，她仍有方法，就是蒯嬷嬷向她打听村上某个老人的近况。

这个办法真灵，蔡嬷嬷立马就平静了，又会用和缓的语气，一五一十地将这位老人的近况，统统地说了出来。

蒯嬷嬷并不是想打听这位老人的近况，而是在和蔡嬷嬷多年的交往中，摸索出的一个让她立马消气的办法。

蔡嬷嬷为什么会立即消气，这还不是虚荣心在作怪。她的心思是：我还是有用的，到处能跑，至少比你蒯嬷嬷要强。这个办法有点奉承的意思，蔡嬷嬷听了，心里当然是受用的。

蔡嬷嬷介绍完后，蒯嬷嬷立马会接上一句：“还是蔡嬷嬷好啊！不然我哪里知道这个老人的近况。”

这话让蔡嬷嬷听了就更受用了，咧开嘴就哈哈大笑了起来。

宋小秋始终不说话，埋着头织手套。当然，杨二龙也不会说话。难道她天天来，就是为了听两位嬷嬷的这种八卦？可能好戏还在后头。

果然不错，稍后，两位嬷嬷就不再讲身边的事了，而是讲起了老话，说起了过去的事。宋小秋肯定是为后面的话而来的，这样，她不露声色地就了解到了蒯嬷嬷的过去。不像他一样，想知道，又怕伤害了她。

宋小秋就是比他强。

上了年纪的人，常常会怀旧。女人常怀念痛苦中的那点幸福，男人倒是常怀念辛苦中的那点成就。

天突然暗了下来，还刮起了令人生畏的东北风，所到之处，有摧枯拉朽之势。转瞬之间，天空就在东北风的作用下，布满了乌云。

宋小秋今天来，是要完成这些日子的扫尾工作。星期六，她就和两位嬷嬷商量好了，要亲自将织好的手套给两位嬷嬷带上。

蔡嬷嬷早早就去了，她想早点儿戴上暖和的毛线手套。

宋小秋不冷不热的，是有原因的，她帮杨二龙织了条围巾，只在知青点织，到校后才织手套。她不想让他早知道，甚至连蒯嬷嬷都没说，她要给杨二龙一个惊喜。

开始，谁也没想到天会下雨，都认为乌云很快就会被东北风刮走。两位嬷嬷有一搭没一搭地说着，都在等着宋小秋快快地完工，好戴上暖和的毛线手套。

这一切，杨二龙哪里知道，他一直被蒙在鼓里。

突然，一声炸雷从头顶响起。接着，下起了小雨，还越下越大。

四个人都有点惊骇，临近冬天了，响起了炸雷，这可不是好兆头。

四个人都默默地坐在那里，看着门外的大雨发呆，谁都不再说话。

可能是这样的天气，触发了蒯嬷嬷的某根伤感神经。她轻轻地叹了口气，小声地像是自言自语地说："老头子死的那天，就是这样的天气。"

她说这话时，一脸的凝重，这时，她已陷入了痛苦的回忆之中。

杨二龙和宋小秋呆呆地望着她，不敢说话，生怕一说话，就增加了她的痛苦。

一直望着门外的蔡嬷嬷，没有感觉到蒯嬷嬷心情的变化，她头也没回地说了句："你说的是哪一个老头子?"

蒯嬷嬷装作没听见，仍自顾自地往下说。

“那天，老头子放鱼鹰回来，他划着小船，在经过湖中央时，突然一声炸雷，接着就下起了大雨。风很大，就像今天这个样子，小船很快被吹翻了。老头子仗着水性好，在水中，先去解船帮上系鱼鹰的绳索，他怕鱼鹰被淹死。在他解完最后一只鱼鹰的绳索时，可能是天太冷，已感到了体力不支，就拼命地向岸边游去。他在前面游，鱼鹰就跟着老头子在后面游，像是护送他。可怜啊！要到岸边了，老头子却沉了下去。鱼鹰真是有灵性，就在老头子沉下去的那地方，不停地扎猛子。果然，人们就在鱼鹰不断扎猛子的地方，将老头子捞了上来。”

说到这里，蒯嬷嬷的头无力地歪倒在扶手上。

可能是风雨声太大，也可能是蔡嬷嬷专注于看门外的雨，她没有听清蒯嬷嬷说了什么？转过头来，脱口说出一句：“你说的是哪个老头子？”

这明明白白的话，蒯嬷嬷再也不能装作没有听到了，她装不下去了。

这话刺痛了蒯嬷嬷，让她怒火中烧，腾地一下从座椅上站了起来。用手指着蔡嬷嬷说：“就你多嘴，你不说话，哪个把你当哑巴啊。”

蔡嬷嬷可能还没见过这种阵式，扫了她的面子，立马也火了起来。

“你有三个老公，我不知你说的是哪个老公，问一下都不能问啊！”

“我有几个老公，关你什么事，要你多嘴！”

“我多嘴了，怎么样！也不想想，我帮你做了多少事，还跟我发火。”

“我就跟你发火，怎么样！以后，你不要到这里来了，我不要你帮！”

两位嬷嬷都在气头上，你一句，我一句，谁都不让步，争吵越来越激烈，话也说得越来越重。

杨二龙和宋小秋赶紧站起来劝架，可怎么也劝不住。

蒯嬷嬷可能是怪蔡嬷嬷揭了她的老底，使她蒙了羞。在那个年代，女人再嫁一次，都是需要勇气的。如果不是被生活所迫，女人是不会轻易再嫁的。虽然没有人说女人不能再嫁，但再嫁后总有低人一等的感觉。

蔡嬷嬷倒好，一口气说出她有三个老公，这是蒯嬷嬷不能接受的。

蒯嬷嬷的底线，只能说出她最后一个男人的故事，其他两个，提都不要提，尤其是在宋小秋面前，绝对不能提，她不能让宋小秋看不起她。

快人快语的蔡嬷嬷，哪里知道蒯嬷嬷的心思！

外面的雨还在哗哗地下着，蔡嬷嬷几次冲到门口，由于怕淋湿，还是畏畏缩缩地退了回来。

“要走就走，退回来干什么？这里没人留你！”

这话确实说得有些过分，这么大的雨，这么冷的天，一旦出了门，淋湿了，岂不要生病。尤其是蔡嬷嬷这么大年龄了，岂不要了她的命。

蒯嬷嬷这个时候真是有点不讲理了。

蔡嬷嬷被这话激怒了，头也不回地就冲进了雨中。

这下杨二龙慌了，跟着蔡嬷嬷也冲进了雨中，他要把她拉回来。她可能是被气坏了，跑得很快，杨二龙追过墙角，却不见了她的踪影。

不可能跑得这么快吧，她难道还有梁山戴宗的本事，能日行八百里？这绝对不可能。

杨二龙沿着路就往前追，转过第三个墙角，一眼就看到了蔡嬷嬷，她正在西边的屋檐下躲雨呢。那里有房屋阻挡，东北风吹不到那里，相对暖和一些。

见此情形，杨二龙既没有走过去，也没有再喊她，就立即退了回来。时间要是长了，他身上也会淋湿的。

见杨二龙回来了，宋小秋倒是着急起来。这么大的雨，这么冷的天，蔡嬷嬷肯定要冻坏了。她开始抱怨起杨二龙来，说他无论如何都要拦下蔡嬷嬷。即使拦不下来，也要把她送回家。

杨二龙朝宋小秋摆了摆手，示意她不要说了。

宋小秋会意了，可能她猜到了蔡嬷嬷就在屋檐下躲雨，并没有走远。

三人重新陷入了沉默。杨二龙和宋小秋不知如何劝说还在生气的蒯嬷嬷，只是你望望我，我望望你，最终两人什么都没说。

雨终于停了下来，两人告辞了。蒯嬷嬷什么都没说，只是微微地点了一下头。

西边屋檐下躲雨的蔡嬷嬷已经走了，两人撵了上去，在出芦苇荡不远的地方，终于追到了她。

护送蔡嬷嬷回了家，杨二龙和宋小秋分了手，由于心情不好，彼此客气话都没说一句。

宋小秋的计划，今天也泡了汤。

十三

这一场变故，让两个多年的好友，可能从此就结束了来往。

宋小秋很是着急，也有些忧伤。她要杨二龙赶紧想想办法，重新促使两位嬷嬷和好如初。

杨二龙要她不要着急，现在两位嬷嬷都还在气头上，想什么办法也没用，过一段时间，两人气消了。她去劝蒯嬷嬷，杨二龙去劝蔡嬷嬷，两位嬷嬷和好还是有可能的。但能否和原来一样融洽，杨二龙却不敢保证。

蒯嬷嬷最在意的，仍是宋小秋对她的看法。

杨二龙要宋小秋向蒯嬷嬷表个态，不论她原来做过什么，还是有几个男人，都已经过去了，蒯嬷嬷还是她心中的那个蒯嬷嬷。

听宋小秋这样一说，蒯嬷嬷的心病立即就好了。

心病去了，蒯嬷嬷就有些后悔，觉得她那天的话有点过分，态度也有点恶劣，心想要向蔡嬷嬷赔个不是。但她现在迈不开这个步，即使能迈开这个步，也不知蔡嬷嬷能不能原谅她。

蔡嬷嬷呢？觉得那次蒯嬷嬷，太不给她面子了。那么大的雨，那么冷的天，还要赶她出门，做得太过分了，她心中有些过不去。但蔡嬷嬷心直口快，不是个记仇的人，只要蒯嬷嬷能给她一个台阶下，让她挽回些面子，她肯定还是愿意和原来一样。

毕竟俩人已有这么多年的情分，又都是孤寡老人，内心的寂寞，精神的需要，俩人还是愿意彼此靠拢的。

摸清了双方的态度，杨二龙觉得这事情好办。

听了杨二龙的分析，宋小秋也觉得大功告成了，简直乐开了花。

接下来的是，两位嬷嬷谁先迈出第一步呢？杨二龙还是觉得应该是蔡嬷嬷。虽然她受的委屈要多一些，但她的眼睛是好的，迈出这第一步是理所当然的，因为她能跑嘛。

挨过了一段时间，选择好时机，杨二龙就去劝说蔡嬷嬷。

开始，蔡嬷嬷怎么也不愿意，还气呼呼地说，我还会向她低头？她不道歉，我绝不会进她家的门。

杨二龙知道劝一次肯定不行，他早做好了心理准备，就没有强劝，只是要她再好好想一想。不久，他又去了第二次。这次，蔡嬷嬷的口气缓和多了，说只要蒯嬷嬷给人带个信来，向她赔个不是，她就会再去登门。

这事很容易解决，要宋小秋代替蒯嬷嬷，向她赔个不是，不就解决了嘛。杨二龙立即就将蔡嬷嬷的意思，告诉了宋小秋。

宋小秋一听，中午就去了蒯嬷嬷那里，向她说明了来意。蒯嬷嬷二话都没说，就要宋小秋去向蔡嬷嬷赔个不是，并立下保证说，只要蔡嬷嬷跨进了她家的门，她还要亲自道歉。

蔡嬷嬷有了这个台阶下，就欢欢喜喜地跨出了第一步。两位嬷嬷又和好如初，宋小秋心中的一块石头，终于落了地。

背地里，宋小秋还夸过杨二龙好几次，说他这事做得好。

这个问题解决了，可第二个问题又来了，宋小秋要再次到无人区看看，这么大的面积，里面有些什么呢。

无人区的面积是有些大，但现在已不是杂草丛生、一派荒芜的景象了。那里是被开发的上万亩的良田，沟渠纵横，树木成行。只是那里还没有住人，就算有人住，也只是零星的看护人员，且都是些年龄较大的老头。

这个无人区历史上可大有来头，它是古丹阳湖的一部分。著名的中江古道，就是从这里经过，直达震泽，然后从太湖入海。可以说，从这里就可以通江达海。

在古代，这里原先是一片汪洋，浊浪滔滔，被称为巨浸的丹阳湖，面积有三千多平方公里。临近太湖的数县，由于太湖的阻隔，相去甚远。

据史书记载，夏秋之季的丹阳湖，湖面宽广，水天一色，云飞浪涌，烟波浩渺，气象万千。湖水有时如驯羊，平稳而不喧，水平如镜，远山浮黛。清晨，东方一轮红日冉冉升起，朝霞满天，波光粼粼，荷花迎着朝阳绽放，蒿草仗着微风摇曳。这个时候，湖面上渐趋喧闹，沙鸥飞翔，鱼虾戏水，轻舟逐浪，片片绿茵，美不胜收。湖水有时却如烈马，奔腾咆哮，阴风怒号；湖面上洪涛涌起，浊浪排空，卷起千堆雪，惊涛拍岸，撞碎万点珠。鸥鸟惊飞，水草隐没，远山藏雾，渔舟疾归，惊天动地。

这里就是渔民的天堂。宽广的水面，为鱼类的生长和繁衍提供了得天独厚的条件。

秋冬之季，丹阳湖不见了夏天的喧嚣，湖浅水瘦，天高云淡，远山滴翠；风吹之下，莎草翻波浪，芦花舞翩跹；苍天之上，大雁排长阵，野鸭如奔云，一派恬静的草原风光。若是遇上大雪的年景，天地一色，漫天飞白。雪后太阳升起，“红装素裹，分外妖娆”，一派实足的北国风光。

这就是鸟儿的天堂了，也是附近村民的天堂。冬天水瘦时，露出的肥沃土地上，长满了青草。这是耕牛的上好饲料，也是缺柴火人家的薪火来源。浅浅的水中，野藕、芡实、菱角，应有尽有。鸟儿在青草中筑窝，水中的小鱼是雏鸟的丰富食料。

由于中江的淤塞，特别是明朝东坝的兴建，这里成了皖南山洪的汇集之区，湖水不再东流，而是改道向西注入了长江。

长江和区间洪水挟带的泥沙不断地淤积，湖泊日益萎缩，出现了较多的洼地薮泽。后来，沿湖滩地先是被零星地围垦，后发展到边片圩区。

杨二龙居住的那个圩，号称江南首圩，就是从丹阳湖中围垦出来的。临近的几个县，都从丹阳湖中围出了大片的土地。原先相去甚远的几个县，现在鸡犬声相闻。湖水丰盈时，本是连为一体的石臼湖、固城湖、南漪湖，现在已相距甚远了，成了一个个孤立的较小湖泊。

大诗人李白就游过丹阳湖，被它的气势和景色所折服，曾写下了一首诗《游丹阳湖》："湖与元气连，风波浩难止。天外贾客归，云间片帆起。龟游莲叶上，鸟宿芦花里。少女棹轻舟，歌声逐流水。"

不用说，这诗写得还真大气，一看，就能让人想象出丹阳湖烟波浩渺的气势。再看，那云中的帆影、莲叶、芦花、乌龟、鸣叫的小鸟、划桨的少女、流动的小船、动听的渔歌，人与景交相辉映，动与静结合，让人读后充满遐想和向往。

清朝时，丹阳湖中还驻有水师，县城中的一条著名的马路就是以水师提督府命名的，叫"提署路"，现在仍为县城中最为繁华的一条路。

新中国成立后，开垦丹阳湖的步伐加快了，没几年，沿湖的几个县，就将丹阳湖彻底地围垦殆尽。丹阳湖成了历史名词，只是有些地名还沿用了湖名，甚至当地出产的一种纯粮食酒，就用了丹阳湖之名。

选了个相对风和日丽的星期天，两人步行至无人区。到了渡口，杨二龙怕再次引起误会，就先向前来摆渡的艄公做了解释。说，这个女知青，就是您上次很晚冒着大风渡过的，她是学农业的，大队里要她去湖滩看看麦苗的出芽和生长情况，又要我陪同。

艄公只"哼"了一下，就再没有作声，闷着头只顾划船。鬼知道他心里想什么，也许他根本就不相信杨二龙的说辞，只是当着宋小秋的面，不想点破。

爬上了无人区的圩埂，极目远望，一眼却望不到头，满眼的绿色，连成了一片，这就是刚刚种下不久的小麦。可下到了田地里，再仔细地看，却是只见泥土，不见绿苗。这还真应了唐朝诗人韩愈写的那句诗了，"草色遥看近却无"。

渠里有浅浅的水，渠两旁的杨树早已经是光秃秃的了，很丑陋地直立在那里。宋小秋有些失望，怎么会这样？搞了大半天，就看到这光秃秃的树和几乎全是泥土的土地。

见宋小秋失望之极，杨二龙就把这无人区的来历说给她听。并说要不是围起了这个圩，夏天时，这里也是白浪滔滔，望不到边的。

宋小秋说，还有这样大的湖，那不成了海了。

“这还只是丹阳湖的小小一角，古代的丹阳湖可是有三千多平方公里的面积。你说这湖大不大，这点地方又算得了什么！”

宋小秋有些惊讶，又将信将疑，但兴致比起刚才高了许多。为了使她不虚此行，杨二龙就问她怕不怕冷，要是不怕冷的话，可以挖些野藕带回去。

听说去挖野藕，宋小秋的兴致更高了，嘴中一个劲地说，不怕冷，不怕冷，赶快带她去挖。

杨二龙就带她去找田地之间，那些没有开垦的地方。这些地方残存了一些水坑，这些水坑中就有野藕。

远远地看到了一处杂草丛生的地方，杨二龙就断定那里肯定有水坑。他带着宋小秋就直奔了那里。果然，往杂草深处走了走，就有一个不太大的水坑，坑中的荷叶已经枯黄了，有的掉进了水里，腐烂了，有的还和荷茎连着，也已是半死不活了。

下到坑中，找了几块硬一点的土垫脚，杨二龙用手扒开一层烂泥，露出了几条泥鳅，可不一会儿就不见了。杨二龙又扒，泥鳅又露了出来。

宋小秋就问，那扭来扭去很快就钻进烂泥中不见了的东西叫什么？

杨二龙就告诉她，这叫泥鳅，在这里是一种很普遍的水生动物，不是有句话叫“这人滑的就像泥鳅一样”，说的就是它。

宋小秋很惊讶，原来常说的泥鳅就是这样啊！

还有更神奇的呢。这里的人不吃它，但有的地方，却把它当成了宝。有一道菜，叫泥鳅钻豆腐，据说还是道名菜。要做这道菜，必须把抓回去的泥鳅放在一个有水的桶中，饿它几天几夜，这样泥鳅就会把肠中的脏物吐尽了。红烧时，只需清洗表面，不用剖肚了，直接和豆腐一起下锅。随着水温的升高，泥鳅受不了热，纷纷钻进了暂时温度还不高的豆腐中。泥鳅和豆腐会高度融合，人家说味道鲜美着呢。

听杨二龙这样一说，宋小秋也蹲到了坑边，自已扒拉起烂泥来。没几下，她就发现了泥中的泥鳅，她还想用手去抓，可泥鳅太滑了，刚一抓到，手一滑，泥鳅就不见了踪影。

杨二龙就再次告诉她，泥鳅是抓不住的，必须迅速地用双手将它捧上来。说着，他做起了示范动作，将扒拉出来的泥鳅，连同烂泥一起捧到了坑岸边。

泥鳅在硬地上钻不下去，只能不停地扭动身体。宋小秋看了这扭来扭去的泥鳅，哈哈大笑起来。

见宋小秋高兴，杨二龙就不停地将挖出的泥鳅捧上坑岸。后来，他找了张完整且还有些韧劲的荷叶，将这些捧上来的小东西一并收起。他想带回去，亲手做一次泥鳅钻豆腐这道菜，看看传说中的这道菜，是不是名副其实。

折腾了一番，身上就有了些燠热，又正值中午，杨二龙索性脱了鞋子，赤着脚下到了坑中，他要到坑的中间去挖野藕。

烂泥实在是软，没费多少力气，杨二龙就在烂泥中摸到了藕，再扒拉几下，烂泥松动了，他就将藕拖了出来。

野藕可不是家藕，细细的，看相不太好，做菜、生吃都不行，只有煨着吃，才有一股独特的香味。当然，它的口感也是不错的。

见杨二龙挖到了藕，宋小秋也脱了鞋，下到了泥坑中，她也要挖藕。

她哪里能挖藕，烂泥裹着腿，抬都抬不起来，很快就将身上搞得泥迹斑斑。她不仅把自己身上弄脏了，还顺带赏给了杨二龙，把他的身上搞的也到处都是泥。最后，在她坚持不懈的努力下，终于在烂泥中挖出了一节小小的藕。

两人同时看了看对方，都不由得哈哈大笑起来，都是大花脸，只是看不到自已的脸，却认为只有对方才是。

在这里的时间不短了，藕也挖到了，是该回去的时候了。

杨二龙用草捆着藕，宋小秋拿着荷叶包裹的泥鳅，在路过一个大水坑时，洗了脸，但身上的泥没法洗，只能留在身上，作为今天出来的印记。

从别的地方上了圩埂，发现那里有一个小小的窝棚。刚好，他们上圩埂的时候，从窝棚里走出来一个老头，手中拿着个布袋，估计是出来采野红豆的。

圩埂的内侧，野红豆到处都是。在这里看护的老人，除了队上给他记工分外，再就是养些鸡鸭，采一些野红豆。除了过年过节，他们都不回家，过着一种近似野人的生活。

中华民族已有五千多年的历史了，为什么能在这条历史长河中岿然不倒，这与中华民族的血性、勤劳、韧性十足不无关系。无论事情有多苦，他们都能承受。

往后，杨二龙就常常想到这个小窝棚和这个在野外采野红豆的老头，即使身在城市，他也会梦到这个情景。

回到了渡口，看着满身是泥的杨二龙，再看看他手里拎着的野藕，艄公不儿鄙视地说：“小伙子，这就是你说的去看看麦苗的出芽和生长情况?”

宋小秋脸红红的，杨二龙更是无言可答。显然，他是一个说谎还不能自圆其说的人。

十四

宋小秋原是听了杨二龙的话，出于好奇，奔着蒯嬷嬷的故事去的。可在接触的过程中，她渐渐地也打消了这个念头。和杨二龙最初的想法一样，强行这样做，实在是过于残忍。特别是两位嬷嬷的那次争吵，蒯嬷嬷极力掩藏，宋小秋就彻底地打消了这个念头。

蒯嬷嬷可能猜到了这两个年轻人的想法，但是她不能说，也不想说，更不许蔡嬷嬷说。她不想回忆那段痛苦不堪的生活，更不想让年轻的后生们知道她的故事，从而有看不起她的举动，她要将她的故事封藏起来。

可现在不同了，宋小秋不在乎她的过去，又认她做了干娘，总不能再藏着掖着了。蒯嬷嬷心想，还是说出来，让两个年轻人的好奇心得到满足吧。这样，也显得她自己光明磊落些。至于，两个年轻人知道了自己的故事后，还尊重不尊重她，那就听天由命了。

蒯嬷嬷决定将自己和她三个老公的故事，全盘地告诉这两个年轻人。但要她自己亲口说出来，她无论如何也说不出口，这事还得由蔡嬷嬷来完成。

这个时候，蔡嬷嬷说什么，她都不会很在意了。她豁出去了，毕竟蔡嬷嬷要说的，大都也是她早年讲给她听的。但要是相差太大了，她还是会纠正一下的。

宋小秋的手套、帽子、围巾都织好了。她要送给两位嬷嬷，同时又要给杨二龙一个惊喜。

说好了，这个星期六下午，四个人都到蒯嬷嬷那里去，晚上吃泥鳅钻豆腐。

泥鳅已在桶里饿了五六天，早已是肚肠空空了。豆腐也是杨二龙送学生的时候，从豆腐坊买回来的。宋小秋也要在今天，完成她上次没有完成的任务。

这段时间，天气有些反常，捉泥鳅的那天，天气还暖和，不然他们也不敢赤脚下到水中。可今天，就有点儿冷，有种滴水成冰的感觉，风吹在身上，冰冷彻骨。好在蒯嬷嬷家，有一个火桶，三个人都早早地去了，生上了火，四人就围坐着火桶边，倒也暖意融融的。

两位嬷嬷的心中，更是感到无比温暖，毛线手套戴在手上，热乎乎的。宋小秋亲手将围巾绕在了杨二龙的脖子上。

围巾一围上，杨二龙立即感觉到脖子上暖和了，也感到帅气了许多。

四个人先说了些闲话，突然，蒯嬷嬷对着蔡嬷嬷说：“你不是说我有三个老公嘛，今天，你就将我和我三个老公的故事，说给他俩听听，反正我脸皮厚了，也不怕丑了。”

不要说蔡嬷嬷感到惊讶，连杨二龙和宋小秋都感到万分惊讶。

“我不说。上次无意中，问了句‘是哪个老公’，还没说你三个老公的故事，就让你赶跑了。”蔡嬷嬷连忙直摆手，她心里还有余悸。

“上次是上次，这次是这次，既然你已说了我有三个老公，小秋也知道了。我也不想隐瞒了，索性让他们全知道吧。这样，我也解脱了。这两人，要是我没猜错的话，原先到这里来的目的，就是听到过关于我的风言风语，想从我这里打听我过去的故事。”

被蒯嬷嬷一下子说中了心思，两人都不好意思起来。

“我不说，我不说。”蔡嬷嬷还是连连摆手。

“你不说，我还是要说的，只是我张不了口，还是你帮我说吧。”蒯嬷嬷反而恳求起她来。

见蒯嬷嬷是真心要说，不像是逗她，快人快语的蔡嬷嬷就有些按捺不住了。

“真的要我说，我就真说了。”蔡嬷嬷还是望了望蒯嬷嬷，她要从她的脸上得到肯定的答案。

“真的，但不要瞎说。”

蔡嬷嬷其实心中早就想说了，只是上次说“错”了，讨了个没趣。她可不想再讨第二次没趣，因此就格外小心起来。

蒯嬷嬷既然放开了，就再没了顾虑，还一再地催促蔡嬷嬷快说。在她的一再要求下，蔡嬷嬷终于断断续续地说出了蒯嬷嬷原先要刻意隐藏的故事。

扬州的渔民逐水而居，哪里有鱼，渔船就会奔向哪里，没有固定的场所。好在那时的大江大湖都是公共的，渔民可以随意进出。说实话，那时的渔民也是一种艰难的生活职业，连种田的农民都瞧不起他们。虽然农民很苦，但感觉上就是比他们优越。

小的时候，杨二龙常见水面上停泊着许多渔船，大人们就告诉他，这是扬州佬的船。小孩啼哭时，大人们就说：“再哭，再哭送你到扬州佬的船上去，让扬州佬把你带走。”这一招还真的挺灵，小孩子一听，立马就停止了哭泣。

虽然杨二龙看到过许多渔船，但他在那个年龄，还真的没有遇见过一个扬州人，渔船上的人们整天在船上生活，跟当地人没有任何的联系。真要说有联系的话，也就是他们将捕的鱼，挑到街上或者村里去叫卖，或采取易货的方式换点口粮。

杨二龙那时小，没有参与过这种事，但扬州佬的名声，从那时就留在了他幼小的心中。

年轻的蒯嬷嬷，不，应是蒯丽丽，十六七岁时，长得非常水灵，白白的皮肤，大大的眼睛，乌黑的头发，梳着两条大辫子。

蒯丽丽不像是风吹日晒的渔民家的女儿，倒像是城里大户人家的千金小姐，很多青年后生都争着托媒人说亲。特别是在一起捕鱼的那些个青年男子，有空就往她家的渔船上跑。目的嘛，很明确，就是想和她套套近乎，抱得美人归。

可她的父母不愿意将女儿嫁给船家。他们深知船上生活的艰辛，更是为他们老了后，能到岸上有个落脚的地方。无论这些个青年后生托人如何的央求，蒯丽丽的父母就是不松口。那时的婚姻，父母之命，媒妁之言，谁要是违背了，就是伤风败俗，就会被别人指指点点。父母更是受不了，脸上无光，还觉得比别人矮了一截。有些心高气傲的父母，或许就再也不认这个女儿了。

蒯丽丽自小生活在船上，对船上的生活非常熟悉，对岸上的生活就相当的陌生和恐惧。她不想嫁到岸上，只想嫁给船家，但是，她不敢说。

她十八岁那年，这里发了大水，无人区中一片汪洋，蒯丽丽的父母就随着渔群来到了这里。俗话说：遭水的年成鱼儿多。其实，遭水的年成，不仅是鱼儿多，而且各种各样的野生作物也出奇得多。比如野藕、菱角、芡实、野茭白，长得都是相当繁茂。村民们就迷信，说这是观音老母为了不饿死人，下界点化而成的。

鱼儿多了，也就不值钱，况且遭了灾的农民也没有了购买力。蒯丽丽就和她父亲，每天都到溪镇上去卖鱼。她父亲挑着鱼担，蒯丽丽就跟着叫卖，到很晚了，还可能没卖完，她父亲就挑着剩下的鱼儿，无精打采地回到船上去。有时，卖得快一点，剩的鱼儿不多，父亲就叫蒯丽丽再卖一会儿，他自己则要赶回去理网，准备好下次下网捕鱼。

水太大，溪镇的码头上就停泊着好几条跑运输的船。这些船，必须等水退下去一些后，才能解缆前往他处。

运输船上的人常要到街上来买菜，有时也会买蒯丽丽家的鱼。说来也巧，有一天，天色晚了，蒯丽丽的鱼还没有卖完，她正准备挑着剩下的鱼回去。可就在这时，从一条运输船上走下来一位后生，径直地走到了她的面前。他看了看她的鱼筐，说买一条大一点的鱼。

蒯丽丽头没抬，就去筐中捡了一条大一点的鱼，一边拿鱼一边说："你行行好，就全买了吧，我便宜点卖给你。"

后生看了看蒯丽丽，没说什么，一下就全买了。

蒯丽丽很感激，就抬头看了一眼后生。这一看不要紧，她心中立即就像着了火似的，脸腾地一下就红了起来。这可是她生平中第一次出现这样的心跳，怎么就无缘无故的脸红心跳呢？

后生也朝蒯丽丽回看了一眼，他心中也是一激灵，跟着就莫名地紧张起来。慌忙地移开了她的视线，嘴中喃喃地说："以后，你每天卖不了的鱼，就送到我船上去吧。"

他不只是嘴上说说，那后生还指了他家船的位置，给蒯丽丽看。

一来二去，蒯丽丽和后生就熟了。不但是熟了，连后生的名字，她也知道了，那后生有一个很大气的名字，叫汪宗海。

汪宗海天天来买蒯丽丽家的鱼，这个时候，蒯丽丽却不急于将鱼卖光了，她还巴不得鱼卖得慢一点。这样，父亲等不及了，就要先回去，留下她一个人卖鱼。汪宗海也鬼精，总是很迟的时候才来买鱼，晚一点，鱼便宜，他买得又多，就更加便宜了。更重要的是，他想和蒯丽丽套套近乎，和她多说上几句话。

他对蒯丽丽天然地有种亲近感，按老话来说，这就叫一见钟情。

蒯丽丽的父亲，后来也认识了他，并觉得这个后生相当不错。只可惜他是船上的，他不想将女儿嫁给他。

汪宗海倒是托媒人去提过几次亲，都被蒯丽丽的父亲一口回绝了。原因很简单，就因为他是船上的。蒯丽丽急得不行，又说不出口，她的心中，早已暗暗地将自己许配给了他。

父亲看出了蒯丽丽的变化，对她发出了严重的警告：不准再和汪宗海来往，要是被他发现了，打断她的腿。

那个时候的父亲，在家中是绝对的权威，不光她要听，连母亲也得听父亲的话。不准再来往的话，时常在蒯丽丽的耳边响起。一边是父亲的话，一边是心中暗恋的情人，两边都割舍不得。内心中的那份煎熬，让她难以忍受，在背人处，不知哭了多少回。

一个月后，水退去了不少，船家们解缆开船，要去别的码头了。汪宗海却不急，他似乎有着某种坚定的预感，蒯丽丽一定会来和他见上一面。本来上午就可以扬帆开船了，可他偏偏坚持要等到下午才开船。

果不其然，就在船准备开动的时候，蒯丽丽急匆匆地赶了过来。她挑着两个空筐，汪宗海在船上看见了，真是喜出望外。但他真能沉得住气，躲在船上，窥视着蒯丽丽的一举一动。

蒯丽丽也躲在不远处，窥视着这条船。她心中隐隐作痛，船要走了，再也见不到汪宗海了。她的心中，就像这滔滔浊浪，一刻都安宁不了，心思就在父亲和汪宗海两人之间不停地游离。

父亲的话开始还占了上风，随他去吧，既然父亲死活不同意这门亲事，有什么办法呢？总不能不听父亲的话吧，那她岂不成了不孝女！

看看总可以吧，看不到汪宗海，那就看看这条船吧，兴许她就能看到他了。可汪宗海躲在暗处，她怎能看到他！

蒯丽丽真想走上船去，最后看上他一眼，可是她不敢。向船的方向走了几步，她感觉羞死了，又退了回来。过一会儿，又走了几步，失去了勇气，再退回来。反反复复走了多次，她还是不敢到船上去。

水手们在解缆绳了，这下蒯丽丽急了，一个大胆的念头突然滋生出来：

和汪宗海私奔。

这个念头一冒出来，让蒯丽丽吃了一惊。自己跟他走了，父母怎么办？但这个念头只要闪现了，就由不得她控制了，这真是“星星之火”，很快就成了“燎原之势”。

就在船缓缓起航的时候，蒯丽丽不顾一切地奔向了那条船。

天黑了，下起了小雨，蒯丽丽没有回去，父亲就急了，放下手中的活，到溪镇上去寻找。他去了蒯丽丽经常卖鱼的那几个地方，都没有看到她的身影。又向路人打听，有没有看到一个年轻的卖鱼的姑娘，路人有的说下午是看到了，现在就不知道了。也有的说，她的鱼早就卖完了，应该是早就回去了。

她的父亲又在镇上别的地方找了找，仍没有找到蒯丽丽。她到哪里去了呢？不可能有人打劫把她抢了去。要是真的有这事，镇上早就传得沸沸扬扬了，不需要他问就能知道。突然，某个东西像是拨动了父亲心中某根绷紧的弦，他发了疯似的向汗宗海停船的地方奔去。船不在了，父亲立即明白了，蒯丽丽和汪宗海私奔了。

蒯丽丽私奔了，这对她的父亲打击太大了。乖巧、懂事的女儿怎么能做出这么不知羞耻的事，这让他的老脸往哪儿搁啊！罢！罢！罢！就当没有过这个女儿，当她已经死了。

说是这么说了，可父亲的心里仍在滴血，跌跌撞撞地在小雨中奔回船上，心中还幻想着，也许蒯丽丽已经到船上了呢。

可这个幻想还是破灭了，他一到自家的船上，就大声地喊蒯丽丽，可哪里还有回应。他白煞了脸，往船板上一躺，就呜呜地哭了起来。蒯丽丽的母亲这下慌了，忙奔过来问他，女儿怎么了？

她的父亲哪能说的了话，只是一味地咧着嘴呜呜大哭。

见丈夫这样地痛哭，母亲虽然没问出来什么，但已感到了大事不妙，也跟着号啕大哭起来。夫妻俩这一番抱头大哭，直哭得地动山摇，肝肠寸断。最后，哭够了的丈夫，还是断断续续地向老婆说出了蒯丽丽跟人私奔了这件事。这下，蒯丽丽的母亲却不哭了，先是一阵的臭骂，再就是安慰起丈夫来。

男人说起来坚强，但内心极度脆弱，精神上一崩溃，就可能支撑不住了。不久，父亲生了一场大病，直到好久，才又活了过来。

蒯丽丽这一走，就像断了线的风筝，再也找不回了。但风筝肯定还在，只是挂在了别处。蒯丽丽离开了父母，但她肯定还在，只是栖在别的船头。父亲家是居无定所，汪宗海家也是居无定所，没有任何的通讯方式，又都不识字，若是能再次遇见，不是偶然，就是天意了。

十五

私奔了的蒯丽丽，头几天心里也好受不到哪里去，虽不是号啕大哭，但为自己的荒唐行为，还是难受得直掉眼泪。她知道，自己这一走，父母肯定是伤透了心。好在汪宗海对她不错，深深的爱很快就抹平了她心中的忧伤。

汪宗海将蒯丽丽带回了老家。婆婆见儿子带回来这么个漂亮的媳妇，心里是十二分的高兴。可稍后，她听说蒯丽丽是跟儿子私奔来的，心中就有了些许的不快。一个大姑娘，怎么能私奔呢！这肯定是个没有家教人家的姑娘，不知以后她还能不能遵守妇道，会不会给家里带来不宁？

婆婆看着儿子很是喜欢蒯丽丽，且早已生米煮成了熟饭，说多了，怕儿子不高兴，就选了个黄道吉日，为他俩办了婚礼。

婆婆很善良，蒯丽丽又勤快，婆婆就没有再为难过她，但心中的那一抹阴影，一直挥之不去。

汪宗海岸上有家，求亲时，也是和蒯丽丽的父亲说了，但她父亲就是不信。那时要是信了，蒯丽丽也不会跟汪宗海私奔。

在家待过数日后，汪宗海就要出船了，蒯丽丽也要跟着一道去。婆婆不可能同意，她就没有上过船，况且一个女人家在船上，生活也不方便。但蒯丽丽坚决要去，说她自小就在船上，过惯了船上的生活。汪宗海就去哀求母亲，让蒯丽丽和他一道上船。

婆婆爱儿子，勉强答应了蒯丽丽的这个要求。

那时水面上的船都是无动力的船，小船直接靠人力划动。大船，尤其是在江中运输的船，靠人力驱动已不太可能，船的行走主要靠风力。

大船上竖起高高的桅杆，起风时，挂起风帆，船在风的吹动下行走。有时，无风的时候，在运输又不急的情况下，船就停靠在河边，等风起的时候再扬帆。要是紧急，或者是逆水，就得请岸上的纤夫。

汪宗海从小就和父亲在水面上行走，对行走的江河，可以说是了如指掌，他知道在什么地方需要纤夫，也知道在哪里能请到纤夫。天热的时候，纤夫们大都赤裸了上身，露出黝黑、结实的胸肌。他们几人一组，双手拉着绳索紧紧地压在肩头，向前倾着身体，弓着腰，艰难地一步一步拖着船前行。

纤夫们好像并没有多少痛苦，有的只是欢乐。他们常喝着酒，唱着各样的小调，有的小调还相当的俗，简直不能入耳。他们喜欢唱歌，特别是从住了几天的地方离开的途中，有一个人唱了，大家都跟着唱。那歌声，先是唱出了豪迈，唱着唱着，慢慢就从豪迈中透出了股凄凉。

这些人，虽然过得很苦，但很讲义气，人也就很乐观。

蒯丽丽是野惯了的，对于“哥儿”“妹呀”的这些民歌，也能唱上几首，而且嗓音还不错。她对这样的生活是熟悉的，对这样的生活也是喜欢和向往的。

汪宗海家的船是条大船，雇了好几名水手，掌舵的水手是个经验丰富的水鬼，名字叫水生。他知道哪里有暗滩，哪里有暗流，其他的水手都听他的，有时，连老板也得让他三分。水手们除了负责行船外，还负责上货和卸货。虽工作辛苦，但工钱还是相当可观的。

蒯丽丽的事情就是煮饭、烧菜。一旦船靠了码头，她就到码头上去买些生活必需品，有时候，水手也托她带些东西。她跟着这条船走南闯北，到过不少码头，见过不少世面。

她见过扛枪的兵，见过烟柳巷中拉客的风尘女子，见过在街面上混世的混混，见过那些饱食终日的官员，见过在柳树下长篇大论的失意文人，见过口中含着大烟袋的女子，见过在街上奔跑的汽车，见过大码头上的热闹非凡，见过城市中的高楼大厦和宽广的马路，见过南方稍黑但小巧的女子，也见过戏台上的戏子，还看过电影。汪宗海有次还特意带她去了火车站看火车，只可惜火车的班次太少，等了好长时间，都没有等到火车来。要不然，她也不会再问宋小秋火车的事了，更不会闹出笑话了。

蒯丽丽还见到过洋人，那些蓝眼睛、黄头发的西洋女子，粗大的毛孔，瘆人的白，确实将她吓了一跳。她觉得这些洋女人，怎么看，都像妖精。

水手们在船上的日子是枯燥的，但船一旦停靠了码头，并要在那里过夜，哪怕只停泊一晚，他们就快活得要命。一挨上天黑，或者天还亮着呢，就纷纷跳上岸，找各自的相好去了。

这个晚上，待在船上的，只有蒯丽丽和汪宗海夫妻两人了。

晚上只剩下他们两人的时候，蒯丽丽就拿汪宗海开起了玩笑："宗海，你怎么不上岸去找你的相好啊。"

汪宗海立马就一本正经地说："我马上就去。"他说过后，立即就做出了要走的架势。

许是蒯丽丽看戏看得多了，马上就模仿戏中的唱白道："老爷，你看小女子怎样啊！"

"不怎么样。"汪宗海绷着脸说。

"老爷，你再看看，小女子可是年轻貌美，温柔贤惠，就留下来陪陪小女子吧。"蒯丽丽说着，就道了个万福。

"老爷看在你多情的份上，就赏你一次。"汪宗海说着，就抱起蒯丽丽，并轻轻地吻了一下。

蒯丽丽顺势就抱住了汪宗海，两人滚倒在船的甲板上。因为船上没有了其他人，两人就可以肆无忌惮地打情骂俏。这也是她在船上最开心、最快乐的时光。平时，蒯丽丽和汪宗海亲热，怕水手们听到，她只得压抑，一点儿声音都不敢发出来。

蔡嬷嬷说得时间长了，有点上气不接下气，蒯嬷嬷就叫她歇一歇。乖巧的米小秋端来杯白开水，让她润润喉咙。

她喝过水后，没停多久，还想接着往下说。蒯嬷嬷却阻止了她，自己主动起来抢着说：“让我来说说水生。”

她慢条斯理地说，不像蔡嬷嬷说时，声音又快又高。

水生并不老，只是他上船早，所以被称为老水手。一开始他是跟着老船东跑码头，练就了一身的好水性，还练就了水上的火眼金睛。他为人仗义，跑船的人，大都找他帮过忙，他在水手中有很高的威信。

那位老船东，就是汪宗海的父亲。

汪宗海也是很小的时候，就跟着父亲跑船，跑着跑着，父亲就把这条船交给了他，自己到岸上置办了一些田地，在岸上定居下来。

水生最相好的女人叫翠花，他挣的钱也大都给了翠花。

翠花的命苦，二十几岁就成了寡妇，公婆容不下她，两个孩子也不许她接近。有一天，天阴沉的有点可怕。公婆走了过来，并向她放话说：“你走吧，以后永远也不要见孩子了，你这个‘扫帚星’！”

公婆已下了逐客令，就是她不想走，也不行了。翠花哭哭啼啼地向河边奔去，心想了结了自己的生命。她觉得活在这个世上，已经没有了任何盼头，男人没了，公婆不容她，连孩子都见不上，又没有容身之处，还不如死了，一了百了。

翠花跌坐在水边，想到了自己的孩子，又有点犹豫，真要是死了，孩子岂不成了孤儿。但一想到自己生活的辛酸，还是死了好。

翠花就在河边哭哭啼啼地折腾了好长一会儿，临近傍晚，心一横，纵身跳入了河中。

合着翠花不该死，就在她在水中本能地挣扎的时候，路过的水生看到了。他当时还不知这人是男还是女，也不知这个人是要自尽的，以为是不小心掉入了河中。水生想都没想，奔跑着跳入河中，将水中挣扎的那个人拖到了河岸上。

水生将人拖上岸，按水上的规矩，顺手在那人的脸上连扇了两个耳光，这叫去除晦气，若不这样，晦气就会传给他的。

打过后，水生仔细一看，是个女的，心中就觉得出手太重了，对一个女人家，何必要下这么大的力气。但又一想，谁叫她掉入了水中呢？若不救她，她就死在水中了。想到这点，他就释怀了。

水生将女人翻过来，控了水，一会儿，女人就醒了。

可醒来后的女子，“哇”的一声哭了出来，然后就大声地说：“我怎么没死啊！这叫我怎么办？”

哭着哭着，翠花坐了起来，却发现身边还站着一个男人，她心中突然明白了。

“是不是你救了我？”

“是的，你怎么那样不小心，掉到了水里，要不是我救你，恐怕你已经死了，连尸体都不知漂到哪儿去了。”

“哪个要你救我！我是想死的人，你把我救上来了，我今后怎么办？”

“我总不能见死不救吧，有什么大不了的事，一定要寻死。俗话说，好死不如赖活着，你年纪轻轻的，为什么要寻绝路？”

“哪个不想活着，只是没办法了，才会寻死。你救了我，是造孽，不是做好事！”

救了她的命，不但不感激，还说是造孽，水生心中就有点不太受用。

“你这个女人，我救了你，你不感谢，还说我造孽，真有点让人受不了。”水生愤愤地说。

“大哥，我不是怪你，我只是觉得，你救了我，让我多活一天，就是造孽。”

“大姐，你到底有什么事，一定要寻死。说说看，看看我能不能帮你。”水生的火气消了点。

“说了也没用，你帮不了我的。”翠花干脆地说。

水生是个热心肠的人，看到翠花这样的悲痛欲绝，不忍心立即走开。

“大姐，你说说看，也许我能帮助你呢?”

翠花又看了眼水生，感觉他不是个坏人。况且人一旦离开了死亡境地，求生的本能就会一点一点地滋生出来。

“大哥，我说了我的身世，你听完了，我再去跳河，你就不要救我了，行吗?”

“大姐，你先说说，没有过不去的坎。”

翠花就在哭哭啼啼中，叙述了自己的身世。水生听完，心是冰凉冰凉的，不由得感慨起来：“世间还有这样苦命的女子。”

说出了心中的苦难，似乎像卸掉了一个包袱，翠花的心情也好了点。

“大哥，你说，像我这样的，是不是还不如死了好。即使今天不死，明天还不是要饿死、冻死。”

“大姐。你不能死，我可以帮你，况且你还有两个孩子，孩子不能没有娘。”水生急切地说。

两个孩子击中了翠花的心，她慌忙地爬起来，跪在了水生的面前。

“大哥，你要是能帮我，就是我的恩人，我愿做牛做马报答你。”

水生忙搀起翠花，连忙说：“大姐，你不要这样，不要这样，我一定帮你。”

这话让跪着的翠花急忙中向水生磕了三个响头。

“大哥，你是个好人，即使你不帮我，我也不怪你，这年头，苦人还是多啊!”

多么善良的女人啊！自己都这样了，还同情别人。水生的心快被眼前的这个女子揉碎了。

“大姐，我一定帮你。现在我就带你到街上去，找一家小旅社先住下来。我身上还有点钱，都给你。我是跑水路的，过一段时间还要过来，到时候再看看怎么办?”

说着，水生就搀起了翠花，捡起她丢在岸边的包袱，又将自己的外套，裹在了她湿漉漉的身上。大悲大喜过后的翠花，浑身无力，几乎是水生架着走到了街上。

到了街上，水生找了家小旅社，安顿好翠花，又催她赶紧换衣服，自己则去了街上。他要去买点食物，让饥肠辘辘的翠花吃个饱。

翠花的无助，翠花的可怜，冥冥中的缘分，水生注定今世放不下她了。

“你叫什么名字？”买了食物回来的水生，立刻问起了翠花。

“我叫翠花。”翠花怯生生地说。

“我叫水生，是个水手，就是跑船的，经常在这条河上跑。你暂时先住在这里，我下次来再来找你，你不要乱跑，就在这里等我。不然的话，我即使来了，也找不到你了。”

水生说着，就将身上的钱全掏了出来，交给了翠花。

水生还是有点不放心，又叮嘱起翠花来：“我至多二十天就要回来，到时，船家付了薪水，我再看怎么帮你。”

“恩人，我听你的，我在这里等你。”翠花情意深深地说。

“就这样说定了，我现在必须要到船上去，迟了，船家要着急的。记住，不要乱跑。”水生说着，就迈开了步子。

翠花倚着门框看着水生，直到不见了踪影，才恋恋不舍地回了屋去。

水生躺在船上，想到翠花的不幸，想到翠花的无助，就有种欲罢不能的感觉。

接下来的日子，水生觉得非常漫长和煎熬，总希望船能快点，好早点回来见到翠花。然而，事总有不巧，船行到一窄水处，由于水流湍急，两条反向行驶的船撞在了一起。好在没有人员伤亡，水生所在的船头被撞瘪了，需要立即修补。

这可急坏了水生，老船东不在，少船东明显的经验不足，他就要多操心。修船可是个技术活，得找有经验的师傅。

水生上岸去找师傅，其他的水手就卸货，以便船能上岸修补。

这是个慢活，木工师傅要用凿子将撞坏的部分，一凿一凿地凿下，再将边沿修光整，然后用木板一块一块地拼接。拼好了，还得用泥灰将缝隙处填满，以防漏水。

最后的工序是上桐油。这更急不得，需要一次一次地上，待第一次的油干了，再上第二次，再就是第三次。

船维修好了，再装上货，已过了二十天。再将货物送到下游、装上新货，这一折腾，三十几天过去了。

这三十多天里，水生一直牵挂着翠花。特别是后十来天，整天的焦躁不安，嘴上都急起了泡。没有了钱，翠花吃什么？是不是被店家赶了出来？若是这样，她何处安身？我这不是又害了她吗？

水生恨不得立即就飞到翠花身边去。

可是，对水生更大的打击还在后面。他千辛万苦地找到翠花时，她已迫于生计，已做起了水手的生意。

翠花面对着水生，眼泪哗哗地流。水生则生着闷气，一言不发。

这也怪不得翠花，水生走后，他给的钱无论怎么省吃俭用，也维持不到一个月。人活着，就要吃喝，要吃喝就得花钱。况且水生又一去不回，是不是还会回来找她，她心里没底。

二十天过去了，翠花真是望眼欲穿，天天盼着水生回来，可每天都使她失望。她陷入了绝望之中，旅社的老板又不断地向她催着要钱。

这样的状况，她真是走投无路，水生是不会再来了，旅社的老板天天赶她走，不得已，她才做起了水手的生意。

她没有走远，心中还想着水生，期盼着有一天他来找她。但在她的心中，已不求任何结果了，只要能看一下恩人就行了。

水生那个懊恼，那个气愤，这又让翠花痛不欲生。而翠花的号啕大哭，也让水生的心隐隐作痛。

水生病倒了，他心中的隐痛，别人是无法理解的。

即使翠花做起了水手的生意，可水生的心里还是忘不了她。

水生也是个孤儿，十三岁就流落到船上。他很感谢老船东收留了他，并使他活了下来。他是个重情义的人，对东家的生意尽心尽力，即使老船东不上船了，他还是和原来一样。

汪宗海对水生，则以师傅待之。

老船东劝过水生好几回，要他找一房媳妇，水生总是说："我这样的人，四海为家，找不得媳妇。"

老船东说："水生，媳妇要找的，要不我帮你买块地，让你在岸上安个家。"

"不行哦，船家，我一个人惯了。"水生说。

老船东知道，水生心里放不下翠花，船上的人都知道他俩的故事。

水生有时喝醉了，常一边哭一边骂："翠花，你这个婊子，怎么就不能嫁给我呢？老子还配不上你吗？"但稍后，他又自言自语地说："翠花，我真的想你啊！你不要不理我啊！"

开始，船上的人还劝他，水生就借酒耍疯，大骂劝他的人，搞得劝他的人都很没趣。久了，也就没有人再劝他。

水生就一个人骂，一个人哭，骂累了，哭累了，就呼呼大睡。可酒醒后的水生，一连几天都不怎么说话，只是默默地干活。

东家就劝他以后少喝点酒，喝多了伤身子。

水生就说："以后不喝了。"

可时间不长，水生又喝多了，而且一次比一次醉的厉害。

水生原是不想再找另外的相好，但每次到她那儿去，翠花都小心地伺候他，给他温存，使他仿佛有了家的温暖。但只要水生说："翠花，不要再接客了，嫁给我吧，我能养活你，也能养活你的孩子。"

翠花这时，脸就变了颜色，眼泪刷刷地流了下来，且长跪不起。

"恩人啊！我这样的身子怎么能配得上你。快收起这份心，另找一房媳妇，好好生活，来世我做牛做马报答你。"

这话让水生慌忙地从床上爬起来，一把扶起翠花，泪眼蒙眬地说："翠花，快起来，你这样我的心都碎了。"

“恩人啊！不是我不想嫁给你，是我的身子脏，不能嫁给你。”翠花说完后就嘤嘤地哭泣。

“翠花，不要再说我是你的恩人了。你不要哭，我不说了。”水生哽咽地说道。

翠花慌忙地帮水生擦去眼泪，两人抱头痛哭，好一会儿，两人又温存一番。

“恩人啊！下次再也不要说这样的话了。”翠花摸着水生的脸说。

“不说了，下次再也不说了，我不在的时候，你可要注意身体。”水生也抚摸着翠花的脸说。

下次再去，水生又要说同样的话，反反复复地也不知说了多少回。

十六

天色已暗了下来，东北风刮得更起劲了。水生的故事，使杨二龙身上有了寒意。宋小秋则泪眼婆娑起来，不停地用手绢擦拭着眼睛。蔡嬷嬷原来是听过这个故事的，但她还是被水生的故事再次打动了，在一旁叹着气。

蒯嬷嬷还沉浸在对往事的回忆中，表情有点肃穆。

不能再听下去了，不是要吃泥鳅钻豆腐吗？这时光，也是到了该烧菜的时候了。

杨二龙站起来，招呼着宋小秋，去烧泥鳅钻豆腐。

宋小秋会意，就跟着杨二龙去了厨房。仍是和上次一样，杨二龙负责掌厨，宋小秋负责烧火。两人将要清洗的东西拎到湖边，清洗干净后，就开始了灶台上的一阵忙碌。

先将大块的豆腐放入锅中，倒入清水，再将泥鳅倒入锅中，盖上锅盖，然后生火烧了起来。

泥鳅这东西，土腥味太重，辣椒必须多，不然就盖不住这个味。所以，杨二龙不止一次地往锅中添加辣椒，最终盖住了这个土腥味。

不是所有的泥鳅都能钻入豆腐中，钻进去的其实只是少数，大部分泥鳅还是在豆腐的外边。可能是开始的时候，它在享受着热水浴，等反应过来水烫了，已经来不及了，动了几下，还没钻进豆腐，就被热水烫死了。

这菜的味道还真不错，不是虚传的，很鲜，特别是豆腐，好吃得不得了。这样冷的天，却让四个人的额头上，吃得都冒出了碎碎的细汗。

吃过了晚饭，天快要黑了，收拾收拾碗筷，杨二龙就准备回家了。他用眼睛示意宋小秋，不知为什么，她却没有收到这一明确的信号。

蒯嬷嬷却像“看见”了似的，平静地叹了口气后说：“杨二龙，不要急着走，我还有话说。”到这时，宋小秋才抬起头来，明白了杨二龙有要走的意思。其实，他人已到了门口。

宋小秋要杨二龙回来，听蒯嬷嬷把话说完，他只好又踅了回来，先给蒯嬷嬷倒了一杯水，然后就站在了火桶旁，他是准备站着听一下，听完了就走。

蒯嬷嬷喝过水，清了清喉咙，又平静地说了起来。这次的叙述，仿佛不是在讲述她的故事，而是在讲别人的故事。

屋外的东北风呼呼地刮着，似千万只猛兽在咆哮。

汪宗海精明能干，比起他父亲来，要活泛多了。他沿途结交了不少朋友，这使他货源充足，很少有空船，而且常常会超载。为此，水生提醒过他多次，汪宗海只是笑笑，不置可否。开始，水手们有点担心，怕出事，这可是性命攸关的事。可时间一长，又没出事，拿的薪水也多，渐渐地就淡忘了。

朋友多，船一靠码头，汪宗海就要去岸上应酬，常喝得酩酊大醉，窑子那个地方他倒是不去的。但喝醉了，蒯丽丽就得帮他清理秽物。

蒯丽丽怕汪宗海经常喝多会伤身体，劝过他不少回。可是，他一句也听不进去。酒醉后的他，头一搁枕头上就呼呼睡着了。

面对着呼呼大睡的汪宗海，蒯丽丽甚是无奈，只得帮他脱了鞋，将他塞进被子里。末了，她会对着死猪样的汪宗海骂上几句，解解心中的不快。

酒醒后的汪宗海只是笑笑，算是表达了对蒯丽丽的愧疚。这个时候，她还能说什么呢？醉已醉了，只能求下次，他再也不要喝那么多了。

就是汪宗海的这种贪心和固执，为他以后的不幸埋下了祸根，也为蒯丽丽今后的人生，留下了种种的不幸。

一年后，蒯丽丽生下了一个胖小子。公婆欢喜的不得了，夫妻俩更是高兴。公婆将他们母子接到了岸上，可蒯丽丽在公婆那里只住了一年，就要带着一岁的儿子上船。公婆哪里会同意，但耐不住夫妻俩的软磨硬泡，不得不答应让蒯丽丽带着一岁的孙子再次上了船。

蒯丽丽在岸上待的这一年中，汪宗海只要脱了身，就要上岸上去看望她们母子，这样，一来二往，就耽误了一些生意。他感到有些心疼，就觉得这样下去不行。现在，他已离不开蒯丽丽了，只得央求父母，让蒯丽丽跟他上船。他的理由很充分，说这样做了，既免了他心中的牵挂，又能使他安心地做生意。

父母心疼儿子，媳妇上了船，也能照顾儿子的生活，权衡了一番，只好放行。

临上船前，公婆叮嘱了又叮嘱：一定要照顾好他们的宝贝孙子。

儿子是他俩生的，怎可能不尽心照顾，这确实不需要叮嘱。但隔代亲，是上了年纪的人尤为突出的一种亲情倾向。有时为了孙子，言语和行动上常表现得匪夷所思。

儿子已能咿咿呀呀地说话了，也能迈着蹒跚的步子走路了，模样实在是可爱。蒯丽丽给儿子起名叫小宝，至于大名叫什么，应由他的爷爷或爸爸来起。

这时，蒯丽丽的生活比原来要忙了些，买菜，做饭，洗洗涮涮都要她亲自去做。最头疼的是小宝，走路还不稳，又顽皮，蒯丽丽怕他掉入水中，整天提心吊胆的。即使做事时，眼光还要不时地落在小宝身上。

船上的水手都喜欢小宝，只要有空，都争着来抱小宝，帮蒯丽丽照看着。这确实帮了她很大的忙，水生则是对小宝格外的喜欢，一有空就将他抱在腿上。

转眼间，小宝已三岁，非常活泼可爱。虽然船上有这么多人帮忙照看着，但蒯丽丽还是怕有闪失，况且这时她又有了身孕。

夫妻俩商量着，这一趟船回去，就将小宝送到岸上去，让爷爷、奶奶来照顾。小宝已经三岁了，也该让爷爷给他起个大名了。

船上装满了货物，又是枯水期，船上行到一处前不着村后不着店的地方搁了浅，水手们努力了几次，船仍是纹丝不动。汪宗海和水生商量了下，就在此抛锚，等别的船过来时，请他们帮个忙。

这种事情，在水路上是常有的。天黑了，还没有路过的船只，汪宗海决定，明天到岸上请纤夫们来拉。

半夜里，蒯丽丽心惊胆战起来，她的耳边响起了一种很恐怖的声音，既像鸟叫，又像哭声。她将汪宗海弄醒，让他听听这是什么声音。

汪宗海睡眼惺忪，听了听，随口就说了句：“好像是天堂鸟的叫声。”说过这句，他就将蒯丽丽拥入怀中，很快又睡着了。

听汪宗海说是天堂鸟的声音，感觉这鸟的名字挺吉祥，蒯丽丽就不再感到恐怖，不一会儿也睡着了。

第二天，蒯丽丽趁船锚在这里，一时半会儿走不了，就想到几里外的街上买点儿菜和一些日常用品。即使船能走了，也是往那个方向走。到时，看见了，招呼一下就上船了。

蒯丽丽向汪宗海说了自己的想法，他倒是同意了，可蒯丽丽这时却有些放心不下小宝。想带小宝去，又怕路远了点，小宝走不动，回来时手里拿着东西，肯定是不能背他的。

小宝吵着要去，蒯丽丽就有些犹犹豫豫，汪宗海倒是干脆，对蒯丽丽说：“你快点去吧，早去早回，小宝交给我，我来照看。”

“宗海，你一定要小心！”蒯丽丽还是有些不放心。

“放心吧，我会照顾好小宝的。你倒是路上要小心。”

犹犹豫豫的蒯丽丽上了岸，心中仍是七上八下的。正是这一去，让蒯丽丽悔青了肠子。

就在她走后不久，下游来了只货船，还是只空船。水生就招手，请他们靠边，要他们帮个忙，将搁浅的货船拉出来。

装满了货的船，要是搁了浅，是不能快速移动的，只能是慢慢移动。移快了，船下面是硬物，容易将船底硌穿。慢慢移动，即使有硬物，也不至于对船底有致命伤。

将绳索准备好，两条船上的水手大都上了岸，水生掌着舵，水手们一起用力，船还是一动不动，又试了几次，仍然不动。这下，汪宗海急了，放下手中抱着的小宝，招呼船上的人都去，只留下水生一个人在船上。人一多，又试了几次，船就动了。

船一动，就容易了，这点水手们有经验。这就像拔河，一方占了上风，取胜就容易多了。

汪宗海招呼水手们用力，将船拉出了搁浅区。人家帮了忙，免不了他要上去说些感谢的话，又从身上掏出纸烟，给在场的水手们各敬了一支，然后才高高兴兴地回到了船上。

那只船是空船，帆一升，很快就走了。

到了这个时候，汪宗海才想起了小宝，在船上连喊了几声，却没有回应。他急着问水生，水生说只注意掌舵了，没注意到小宝。

这可急坏了汪宗海，满船地寻找小宝。船上的水手听说小宝不见了，也都跟着找，可找遍了整个船，也没有发现小宝的踪迹。难道他是趁大人们做事时，不慎掉入了水中？

这想法一闪现，就惊出汪宗海一身冷汗。夜里天堂鸟的叫声，这时仿佛在他的耳边又响了起来。他嚎叫了起来："小宝出事了，小宝肯定出事了。"

汪宗海听说过天堂鸟的故事，谁听到了它的叫声，谁就会遭殃。

水手们拿起手中的竹竿在船的附近捞了起来，也有的水手跳到了水中，水生就是带头跳入水中的。大家焦急地忙活了一阵子，可哪里还有小宝的影子。

痛心的汪宗海，一屁股跌坐在船板上，嘴里不停地喊着：“小宝不见了，小宝不见了，我怎么向蒯丽丽交代？怎么向蒯丽丽交代？”

蒯丽丽在去的途中，心里就非常忐忑不安，总觉得有什么事要发生，但又不知会发生什么事。这种惶恐，这种焦虑，她是从来都没有过的。有了心事，她就想赶紧把事情办完，早点儿回到船上，她的心才会安定下来。

风吹不走蒯丽丽心中的焦虑，也吹不干她身上的汗水。她背着从街上采购来的物品，腆着刚刚隆起的肚子，快速地赶回到了船边。她本想松口气，但船上的气氛，不由得让她倒吸了一口凉气，船上怎么了？难道船上出事了？

蒯丽丽的耳朵好，水生闷在嘴里喃喃自语的那句“小宝不见了”还是让她听到了。她撕心裂肺地大喊一声“我的小宝”，就立即昏了过去。

汪宗海呢？近乎梦呓地反复在说：“我怎么将小宝一个人放在船上？我怎么将小宝一个人放在船上？”边说双手还在不停地揪自己的头发。

水生这时很镇定，他吩咐两人照看着他们夫妻俩，其余的水手立即升帆，借助着风力和人力，将船一路划到了岸边。

船一到了岸边，他立即吩咐两个水手看着船，另外的水手要么去请郎中，要么去安排旅社。他则走得更远，去找了翠花。

水生心细，蒯丽丽是个女的，且怀有身孕，大老爷们不便照顾。于是，他请来了郎中，诊了脉，开了几副镇静提神的药。可在这熬药的当儿，蒯丽丽醒了过来。

醒过来的蒯丽丽又哭又闹，伤了元气，不幸再次降临，她小产了。幸好翠花来了，不然这些大老爷们真不知如何是好。

夫妻俩被留在岸边治病，由翠花照顾。水生又安排了一个精明和能说会道的水手，去了汪宗海的老家，要将此噩耗告诉老东家，并请老东家节哀。水生则和另外的水手押着船去交货，因为货期也不能耽搁太久。

安排好了一切，水生就吩咐水手们升帆动身了，他还不太放心，就叮嘱翠花，要好生地伺候少东家夫妇。

老船东夫妇听说孙儿没了，儿子和儿媳妇又在病中，悲从中来，老夫妻俩抱头痛哭一场。

老东家哭过后，心里好受了点，反过来劝老婆不要再哭了，当务之急是将他夫妻俩接回来疗养，留得青山在，不怕没柴烧。儿子、儿媳妇毕竟还年轻，调养好了，不愁无后。只是小宝太可怜了，这么小，就在水中淹死了。

老东家毕竟是见过世面的。

他立即和水手起身，向夫妻俩治病的小镇奔去。到了镇上，老东家见到了这对萎靡不振的小夫妻。三人见面后，都潸然泪下。

盘桓了几日，见夫妻俩身体好了点，老东家就让水手护送夫妻俩回了老家。老船东还向翠花致了谢，并拿出了一份厚礼以表心意。

翠花无论如何也不肯收下这份礼物。

老船东在这里等水生，他要在这里上船，替换汪宗海一阵子。

说到这里，蒯嬷嬷已经是泪流满面，泣不成声了。宋小秋更是哭得一塌糊涂，嘴里不断地喊着“蒯嬷嬷”。蔡嬷嬷也被这氛围感染了，眼睛里流出了浑浊的泪水。

杨二龙的心直往下沉，他一刻也不想在这里待下去了，他有一种快要窒息的感觉。

屋外的风小了许多，已听不到那种咆哮声。杨二龙打开门，地上已是雪白一片，什么时候下雪了呢？

宋小秋必须要回知青点，上面有规定，知青不能在外留宿。

杨二龙要蔡嬷嬷留下来，陪蒯嬷嬷一夜。

杨二龙深一脚浅一脚地将宋小秋送回了知青点。

腹中是饥火烧肠，身上是寒风刺骨，心中是巨大震撼，杨二龙有点撑不住了。

十七

以后的很多天，杨二龙都没有去蒯嬷嬷那里，他不想再听她的故事，也不想看见她那忧伤的神情。最好，蒯嬷嬷的故事，烂在她肚子里。

宋小秋偶尔还去，如果不去，她怕引起蒯嬷嬷的误会。可是，她也不再想了解蒯嬷嬷的故事了。这对说故事的人来说，是一种撕心裂肺的摧残。而对听故事的人来说，又何尝不是一种精神上的折磨。

可蒯嬷嬷的想法就不一样了，她想尽快将她的故事完完整整地说出来，即使蔡嬷嬷不在，她也想亲口告诉宋小秋。每当她想要说的时候，宋小秋就极力地加以阻止，并逃似的溜了出来。

这样的情况，母亲倒是很高兴，杨二龙不和宋小秋经常在一起了，可能就会和金花好了，这才是杨二龙走的正道。宋小秋再好，她毕竟是上海知青，说不定哪一天就拍拍屁股走人了。

母亲一直很喜欢金花，觉得她勤快，将来一定是个很会过日子的人。内心的想法，可能就不是那么简单了，母亲是看中了她身强力壮，这可以弥补杨二龙体力上的不足。

几天过去了，母亲就试探地和杨二龙说："这个星期天你没事，到金花家玩玩去吧。"

杨二龙最烦的就是母亲提出这样的要求，但母亲毕竟年龄大了，不便和她直接顶撞，就找了个借口，说星期天要帮学校买粉笔，过几天再说吧。

学校并没有要求他去买粉笔，既然说了谎，杨二龙也只好星期天去街上晃了一圈，算是圆了谎。

雪一直不停地下，好像就没有停止过，地上早已积了厚厚的一层，足有半尺多了。天地都是白茫茫的一片，平时飞来飞去的那些鸟儿，一时也不见了去向。

今年的天气有些异常，雪来得早，下得久，田地里的农活已无法干了。

有的队上，稻子都还没来得及收割完，就被雪覆盖了。

这么大的雪，这么冷的天，农民还是没得闲。地里的活干不成了，那就去扒山河，还要到别的地方去扒。

村里的青壮劳力都去扒山河了，剩下的都是些老人和妇女。

孩子们倒是无忧无虑，一有空就打雪仗，掰下屋檐下长长的冰锥，当作道具在手中玩耍。有时还当作冰糖葫芦放在嘴中咬，“嘎嘣、嘎嘣”响，全都没有寒冷的感觉。

这几天，杨二龙的情绪一直不高，就想找点事来排解排解。这么厚的雪，这么冷的天，堆雪人是个不错的选择。

连续几天，杨二龙都在同一个地方堆雪人，雪人堆得又高又大。可最后在给雪人雕刻脸时，无论他多么认真，做得如何仔细，进行了多次修改，雪人的脸都显示出一种悲伤之态。

一气之下，杨二龙将堆的雪人毁坏了，多天的心血一下子就没了。

雪人堆不成了，杨二龙就给学生写评语。他是班主任，评语迟早都是要写的。可坐在清冷的屋子里，写不了几张，所以他不停地往手上哈气，或是双手用力地搓。宋小秋送的围巾还真是好，脖子上一直是暖融融的。

一整个冬天，都没有晴过几天，地上的积雪还是来年春天才化掉的。

学校放假了，宋小秋要去上海过年。临行前，她去向蒯嬷嬷辞行，并要杨二龙陪她一道去。

杨二龙不愿去，但经不住宋小秋的几次哀求，没办法，只好跟在她后面去了。

宋小秋也是一个人不敢去，她怕去了，蒯嬷嬷又要给她讲故事。

这故事她实在不愿听了，和杨二龙一道去，要是蒯嬷嬷讲起来，找个理由，两人一道走，总觉得尴尬要小一些。

开始，三个人还有说有笑，蒯嬷嬷头上戴着帽子，手上戴着手套，坐在火桶边，一副宁静、安详的模样。可渐渐地，气氛就不对了，蒯嬷嬷又要讲她的故事了。

两人拦都拦不住，走也走不得，只好又当起了听客。这下，宋小秋失算了，杨二龙来了也不顶事，只是多了一位听众罢了。

蒯嬷嬷还是和上次一样，用缓缓的语调来讲叙她的故事。

汪宗海、蒯丽丽夫妇在家调养，不知不觉，已有了半年之余。两人的身体已无大碍，精神也从失去小宝的悲伤中走了出来。

但蒯丽丽的身体还是不太好，有点虚弱。汪宗海放心不下她，就在家赖着。船上的事，仍交给他的父亲打理。

这下，汪宗海的母亲就生出了许多的不满。强壮的儿子，整天在家陪着媳妇，让老父亲在外面风餐露宿。原来藏在她内心中的那份不快，就渐渐地显露出来，私奔来的，哪会有什么好女人！整天将丈夫拴在裤腰带上，坐吃山空。即使汪宗海不愿去上船，你蒯丽丽也要贤惠一些，及时地劝他。

婆婆最不能释怀的，仍然是蒯丽丽没把她的宝贝孙子看好，将她的宝贝孙子搞没了。这事还真不能完全怪她，但是她是有责任的，不该那天去买菜，把小宝丢下来要汪宗海照管。

可这是汪宗海答应了的呀，他没有照看好，将小宝搞没了，大部分责任应该在他身上。可婆婆就是不怪儿子，把这个责任全算到了蒯丽丽身上。

蒯丽丽真是有口难辩，她已劝过汪宗海好多次了，要他去上船，可他就是不听，她也没有办法。

只要汪宗海一天不上船，婆婆对她就不会有好脸色。

婆婆对蒯丽丽私奔这事，一直心存芥蒂。家里不管出了什么事，婆婆总是将事情的起因怪罪到她身上，不管这事与她有没有关系。

这不奇怪，婆婆总是用挑剔的眼光看待儿媳妇，而用宽容的态度对待儿子。在这一点上，没有哪个女人能脱俗。

蒯丽丽深知婆婆对她的不满，她已经不是在劝了，而是和汪宗海吵了。可他总是不为所动，仍懒懒地说，过几天再去。

但汪宗海只是嘴上说说，并没有真正要走的意思。

又过了两月，蒯丽丽的身体又好了许多。她从婆婆的口中得知，公公的老寒腿又犯了，就催汪宗海快点去上船，替换他父亲回来休养。这下，汪宗海就再也不好推迟了。

汪宗海想要蒯丽丽跟他一道去，但婆婆不许。蒯丽丽的身体还没有完全康复，现在也不便到船上去。汪宗海很无奈，只得一个人去了船上。

恋恋不舍的他，人是离开了家，但心还在蒯丽丽身上，他有些不放心她的身体，更担心婆媳俩间的关系。

汪宗海走了，蒯丽丽确实感到有点空虚，但一想到汪宗海对她的爱，说什么也要将身体养好，为汪家生下后代。为了汪宗海，她也要和婆婆处好关系。自己嘴甜一点，手脚勤快一点，时间长了，婆婆会改变对她的看法的。

蒯丽丽的身体确实好了起来，脸上有了红晕，她已做好为汪家传宗接代的准备，做一个汪家合格的媳妇。

公公抱孙心切，不时地替换汪宗海回来，让他们夫妻团聚。

一年的光阴不到，蒯丽丽又怀孕了，全家人欢喜的不得了，公公更是笑得合不拢嘴。婆婆呢？就更不用说了，一见到她，脸上肯定是春风满面。

汪宗海又回到了从前的精神状态，在船上，又想着多拉货多挣钱了。

蒯丽丽现在知道了，天堂鸟是不吉利的鸟，名字虽好听，但叫声晦气得很。这样的叫法，很符合人的心理，越低贱的东西，叫的名字越好听。就像有的小饭馆，本来就是个小作坊，却叫了个“天下鲜饭庄”。而越金贵的东西，却偏偏要叫个贱名。如过去大户人家的儿子，金贵吧，却要起个小狗、小牛的名字。甚至有的人家，还要这金贵的儿子，拜一个既穷又丑的光棍汉为干爹。

怀孕已四个多月了，一天深夜，蒯丽丽在睡梦中，好似听到了天堂鸟的叫声。醒来后，一身的冷汗，心揪得很紧。她不敢将梦中的情景告诉公婆，只能将那份焦虑和不安深深地埋在心中。

这个不祥的梦，使得她睡不好觉，常在半睡半醒中做噩梦。一旦被噩梦惊醒了，她就再也睡不着了，只能眼睁睁地望着房顶，一直挨到天亮。

白天的时候，蒯丽丽安慰自己，老人们不是常说，梦是反的嘛。这样一想，她的心中就会安稳不少。

但安慰归安慰，可心里的阴影还在。蒯丽丽的精神就不如以前，有了倦容，身子懒懒的。婆婆还以为是怀孕所至，就没有太放在心上，只是在饮食上，更加细致地照顾起她来。

水上的营生，在那个年头，实在是危险，可以说是拎着脑袋的营生。

面对着变化无常的天气，人们只能凭经验做出判断。有时，经验也有点不靠谱，判断无风的时候，却偏偏在行进的过程中遇上了大风，只得靠岸避风。有时觉得天气很恶劣，可等了好长时间，却始终是风平浪静。河中的暗礁，水下的涡流，稍不留神，就可能是船翻人亡。

汪宗海从上游装了满满的一船货，货装得有点多，吃水也就深了些。早上起锚时，水生观察了一会儿天气，感觉今天可能要起大风，就劝他今天不要出船，在这里避避风。要行走的那一段河道，水流湍急，暗礁众多，货物装得又多，真要是遇上了大风，就相当危险了。

汪宗海开始还信了水生，就重新下了锚。但等了两个多小时，仍是云淡风轻，他就有点按捺不住了，要水手们起锚开船。水生又上去规劝了几句，但这时的汪宗海已经听不进去了。

船行进在江中，天空中突然乌云密布，狂风大作，水手们都惊骇异常。水生安排水手们赶紧下风帆，将船向岸边靠，但为时已晚，人力已没了可能。很快，船舱就进了水，眼看着船要下沉，水手们纷纷跳水逃命。浊浪滔滔，下了水的水手，也没逃脱掉这场厄运，没扒拉几下，就纷纷沉入了江底。

水生很幸运，他抓住了一块木板。就这样，他一边随波逐流，一边用力向岸边游。可他哪里是风的对手，不知漂了多长时间，才被人救上了岸。这时的他，已经是奄奄一息。

缓过了神，吃了一点人家接济的食物，又在岸边休息了一会儿。他站了起来，拖着疲惫的身体，发疯似的沿着江岸去寻找。这时的他，心中只有一个目标，一定要找到少东家，生要见人，死要见尸。可任凭他如何奔跑，除了江中卷上的浪涛外，船的什么痕迹都没有了。

这下完了，船上的人，除了他，都葬身江底了。水生悲从中来，就在江边大声地哭了一场，任凭那浪涛在身上肆虐。

没有了依靠，水生决定去找翠花。一路风餐露宿，甚至乞讨，历尽了千辛万苦，穷困潦倒的他，终于来到了翠花的面前。

头发乱的像鸡窝，脸上胡子拉碴，眼睛深陷了下去，身上的衣服早已没了颜色。这时的水生，和原来的样子判若两人。

翠花看到水生这一副邋遢相，大吃一惊。怎么会这样？他肯定是摊上事了，而且是大事。翠花很乖巧懂事，没有立即问水生事情的真相，而是赶紧去烧水，让水生先洗澡，换上干净衣服后，好好地休息一下。

水生一躺到床上，就昏昏睡去，趁这会工夫，翠花就生火做饭。这个时候的水生，还真不是睡着了，而是身心疲惫地昏了过去，可饥饿很快就将他闹醒了。

见水生醒了，翠花立即端来了饭菜，水生狼吞虎咽起来，几次噎得脸红脖子粗。翠花拍着水生的背，要他慢点吃，像这种饿急了的人，还不能让他吃多，要是吃多了，就有被撑死的可能。

吃过了两大碗，水生还要吃，可翠花说没了，就煮了这点，要吃，就得再等一会儿。她要水生上床睡一会儿，煮好后再喊他。

头一沾枕头，水生就沉沉地睡去了。这一觉，他不知睡了多长时间，一睁眼，发现翠花就坐在他的床头，不由得大嘴一咧，“哇”的一声就哭了起来。这可是一个大男人在哭，而且是那种撕心裂肺的哭。这凄惨的哭声，让翠花的心都碎了。一个大男人，不是碰到十分难过的事，是不会这样哭的。

一阵恸哭过后，水生才断断续续地向翠花叙述了沉船的经过，以及他一路的种种艰辛。翠花忍不住也哭了起来，那么多人，说没就没了。翠花情不自禁地抱住了水生，两人抱头大哭了一场后，她腾出一只手，一边帮水生擦拭眼泪，一边安慰水生。

“恩人啊，现在这里就是你的家。你什么也不要想了，先好好地调养身体。”

“翠花，我哪是你什么恩人，现在是我来投奔你，你是我的恩人啊！”

这时，翠花捂住了水生的嘴，不让他说话了。自己却主动依偎到水生的怀中，十分深情地小声说：“水生，我不再喊你恩人了，要是你不嫌弃我，就在这里安个家吧。”

刚刚停止了哭泣的水生，这时眼泪又流了出来，他哽咽地说：“翠花，你怎么这么善良。现在我可是身无分文，这样会连累你的。”

“不碍事的，有我吃的，就有你吃的，你身体好了，我还等着你挣钱养我呢。”

以后，水生就在翠花这里安顿了下来。据说两人活了很大的年龄，恩恩爱爱地走过了后半生。

蒯嬷嬷说到这里，胸部不停地高低起伏着，可眼中并没有眼泪。可能是因为她伤心过度，欲哭无泪吧。

宋小秋和杨二龙两个人，都劝她不要再讲了。可蒯嬷嬷还是执意要讲，她说今天一定要把她和汪宗海的故事讲完。

两人实在是拗不过她，只得揪着心听了下去。

十八

水生在翠花这里养息了数日，身体已恢复了不少。他等不得痊愈，就决定起身去东家一趟，无论如何，他也要将汪宗海沉船的事告诉东家。虽然这样做，对老东家极其残酷，但对于他来说，只能这样做，不然，心里终究会不安。

经风餐露宿，凄惶的水生，终于站在了东家的堂屋中。

见水生不在船上，而是来到了这里，又是一脸的凄惶，老船东感到大事不妙，一抹阴影立即笼罩了他的心头，一定是出事了。但他还没有想到问题有那么严重，连船带人都没了。

水生已顾不了那么多了，他想快点说，说完就走，他不忍心看到老东家听到噩耗后那张痛苦不堪的脸。就直直地说了，船沉了，汪宗海和其他水手都淹死了。唯独他抓住了块木板，捡回了一条性命。他现在就住在翠花那里，以后有用得着他的地方，可到翠花那里去找他。

老船东一听说儿子没了，立即老泪纵横，哽咽了起来。

这种情况，水生哪里还敢脚底抹油、立即抽身。他劝老船东要节哀，而且这个事，还要瞒着蒯丽丽。她现在有身孕，千万不能惊吓了她，保住她肚中的孩子，现在才是最重要的。

老船东一听水生说要保住孩子，立马就停止了哭泣。是的，儿子没了，还有孙子，这可是他们以后的希望啊！一定要小心，不能让蒯丽丽知道，一定要让她平安地将孩子生下来，好好地抚养。水生怕待时间长了，被蒯丽丽知晓，会引起她的怀疑，就匆匆地向老船东告辞了。不巧的是，却在出门前遇上了她。

蒯丽丽倒是没有多心，水生来了，肯定是找公公有事的。但她还是忍不住，向水生打听汪宗海的近况。

水生是不会说谎的人，见蒯丽丽问起汪宗海的近况，不由得心头一紧，低着头小声地说了句："还好。"

回答出这俩字，水生就已经很吃力，可蒯丽丽又问水生这次来干什么？

水生怕说漏了嘴，就谎称找老船东有点事，逃似的匆匆离开了。

即使水生这样的行为，那么小声地说话，都没有引起蒯丽丽太多的在意，谁会无缘无故地往坏处想呢。水生来东家有事，过去经常来，这次来也很正常。

晚上，公婆的房间里传出了小声的哭泣声，蒯丽丽就有些疑心起来，水生大老远跑来，又匆匆地走了，公婆都没留他吃饭，这就有些奇怪了。再联想到遇上水生的情形，那答话的语气，蒯丽丽的心里一阵冰凉，莫不是船上出事了？

这想法一旦出现了，抹都抹不去，蒯丽丽一夜都没合上眼。她想立即去问公婆，但又怕自己的胡思乱想，会遭到公婆的责骂，说她没安好心。好不容易挨到了天亮，她就起了床，张望着公婆屋里的门，就等公婆出现。

公婆一直起得早，门一开，蒯丽丽就冲了过去，见公公一夜间苍老了许多，婆婆也是一副刚哭过的模样。这俩人肯定也是一夜没睡好，见此状况，蒯丽丽的心就揪了起来，难道宗海真的出事了，公公、婆婆、水生三人都在瞒着自己。但她很快就安慰起自己来，不会的，宗海不会出事的。

公婆见儿媳妇一早就急匆匆地跑了过来，心里就打起了鼓，她是怎么知道的？要是她过度悲伤，孙子可能就保不住了。无论如何，现在都不能说出实情，就是她疑神疑鬼地乱猜，也绝不能松口，只有这样，才能保住孙子。

公婆做好了思想准备，就站在门前等着蒯丽丽来问。可是，蒯丽丽还是犹豫了，她自己停止了脚步，而是转身回到自己的房间，她要静下来想一想。就是这一想，她就跌入了地狱，不能自控。夜里怎么会听到天堂鸟的叫声？水生为什么来去匆匆，而且见到她时还神色慌张？公婆为什么要避开自己，偷偷地在自己的屋里哭？这几个问题一闪现，蒯丽丽就肯定，宗海一定出事了。

想到宗海出了事，蒯丽丽的心中就悲痛起来，同时也对公婆生出了怨恨。这么大的事，公婆都不告诉她，明显是把她当成了外人。宗海可是她的老公，怎能不告诉她？

心中的悲哀像浪头一样，从心底一阵阵地涌了上来。蒯丽丽的泪水，也止不住地流了下来。她先是抹眼泪，再就是小声地嘤嘤哭泣，最后发展到了撕心裂肺地大哭。

公婆听到了蒯丽丽的哭声，两人慌了神，慌忙就跑了过来，两人强忍了内心的悲痛，劝慰起蒯丽丽来，让她不要太伤心，以免影响了胎儿。

说到胎儿，蒯丽丽就停止了大声哭泣，变成小声地嘤嘤哭喊。公婆站在那里，还是不停地劝，蒯丽丽终于停止了哭泣。

公婆不想多待，怕自己也要哭了出来，抬起腿就要走。可这时，停止了哭泣的蒯丽丽，却跪了下来，一字一顿地说：“爸、妈，你们肯定有什么事瞒了我!”

“傻丫头，我们能有什么事瞒了你，你只要好好养息身体，保护好腹中的孩子，别的事你不用操心。爸早上还有事，先出去了。”公公说着，还向婆婆使了个眼色。

“爸、妈，你们就不要瞒我了，告诉我吧。”跪在地上的蒯丽丽，近乎哀求地说。

“真的没什么事瞒你，你快点起来吧。”公公边说，边示意婆婆去搀扶蒯丽丽。

“你们不瞒我？为什么晚上偷偷地躲在房间里哭!”蒯丽丽这一问，婆婆倒先忍不住了，哭声随之就大了起来。

公公见婆婆哭，也忍不住老泪纵横，瞬间，三个人哭成了一团。

当然，先停止哭泣的还是公公，他抹去眼泪后，就将沉船的事说了出来。但他还是有所保留，没说汪宗海死了，只说他受了点伤，正在养息。水生是来报平安的，过一段时间，他就要回来了。

蒯丽丽仍然将信将疑，提出来要去看望汪宗海。

公公立马阻止了她，说：“这不行，你现在怀着孕，路又这么远，要是有什么不测，岂不影响了腹中的孩子。”

为了腹中的孩子，蒯丽丽只好打消了此念头。但她心头的疑云还在，不时去公婆那里打探汪宗海的消息。公公总是说：“快了，快了，上次水生来说，宗海好多了。”

这时一旁的婆婆倒是一言不发，脸上现出淡淡的愁云，眼中似乎还含着泪花。她在强忍心中的那份悲痛，要不是为了那个未出生的孙子，无论如何，她都控制不住的。

蒯丽丽有了心病，就日见消瘦起来。公婆看在眼里，急在心里，她的肚子里有他们急切想要的孙子啊!

安慰看来是无济于事了，瞒也没有了必要。只能是晓之以理，动之以情，让蒯丽丽知道实情。两位老人实在是在乎腹中的孩子，迫不得已，才对她隐瞒了实情。假如汪宗海地下有知，也会在意这个孩子的。两位老人相信，蒯丽丽知道实情后，哭一哭，闹一闹，最终会善待自己，也会善待她腹中的孩子的。

公婆俩暗中商量了好几次，最终还是由公公向蒯丽丽说出了实情。公公是含着泪说的，而婆婆则在一旁不停地抽泣。两人费了不少劲，才说出了这简短的几句话。可这几句话，对蒯丽丽来说，不啻晴天霹雳，当场晕厥过去。

见蒯丽丽晕厥了，公婆俩哪还顾得上哭，慌忙将她抬到了床上，掐人中的掐人中，请郎中的请郎中，忙活了好长一段时间，蒯丽丽才长哭了一声。这一声，她算是醒了，公婆俩悬着的心总算落了下来。

等蒯丽丽哭闹了一番，公婆俩才向她坦诚了心中的那份隐忧。

蒯丽丽不是蛮不讲理之人，她是深深爱着汪宗海的，为他留下血脉，也是她最愿意做的。虽然她心中痛苦，泪眼婆娑，但还是起身跪在二老身前做了保证。

“爸、妈，我早就料到宗海出事了，只是需要向二老证实一下。自从跟了宗海，我就把你们当成了自己的爸妈。我的爸妈是渔民，逐水而居，现在都不知在哪儿。现在宗海没了，二老就是我的亲爸和亲妈了。”

蒯丽丽哽咽了一下，接着又说：“二老请放心，我一定会珍惜身体，将腹中的孩子生下来，和二老一起抚养。只有这样，我才能对得住宗海，对得起二老对我的照顾。”

二老忙将蒯丽丽搀扶起来，将她安顿在床上休息后，才掩着泪走了出去。

蒯丽丽心中很想孝敬二位老人，也想早日把身体养好，可是身体不争气，她做不到这一切了。

公婆看在眼里，急在心里，请郎中诊脉，开药调理，悉心照顾。这一切都使蒯丽丽倍感惊恐，承受的压力就可想而知了。

希望越大，失望就越大。公婆和蒯丽丽三人，都希望孩子能健健康康地降生，健健康康地成长，但不幸的是，她还是小产了。

这压在公婆身上的最后一根救命稻草突然没了，他们又一次痛不欲生。蒯丽丽也好不到哪里去，整日以泪洗面，觉得自己就是汪家的罪人。

三个人凄凄苦苦地度日如年，公婆对蒯丽丽有怨恨，也有同情。怨的是她没有照顾好自己，腹中的小孩也没有保住，这可是汪家的希望啊！同情的是她真的不容易，新丧了丈夫，又紧张肚中的小孩，压力这么大，不出事也怪。一个年纪轻轻的寡妇，今后怎么生活！

在对待蒯丽丽的态度上，公婆是在怨恨和可怜之间不停地发生摇摆。但二位老人还是相当善良的，为她请了郎中，饮食上也照顾有加。不顺心时，最多骂上几声。

蒯丽丽心中很感激公婆，只怪自己不争气，让汪家绝了后。

娘家有了这么大的变故，小姑子自然要经常回娘家看看。但这个小姑子可不是省油的灯，她把哥哥的死一股脑儿地都怪到了蒯丽丽身上。

小姑子是娘家的尖嘴姑娘。一旦她搬弄起娘家的是非来，娘家不说是天翻地覆，也会是矛盾不断。小姑子的话，做娘的相信，儿媳妇的话，婆婆就不信。婆婆从来都是站在小姑子这一边的，汪宗海在，还能帮蒯丽丽打打圆场，现在他不在了，她就只有受罪的份了。

小姑子对蒯丽丽没有好脸色，常在背后使坏，不断地撺掇婆婆说："我一看这个蒯丽丽，就是个丧门星，是个瘟神。自从她嫁到我们家，家中就没安宁过。爸、妈，说句不中听的话，还不如趁早将她赶走，或者将她干脆卖了，家中才会清静。"

婆婆本身对蒯丽丽是私奔来的，心中就有疙瘩，现在家里出了这么大的变故，心中的不满又冒了出来，隐隐地也觉得她不清不爽，克夫、克子。但现在蒯丽丽还在病中，赶走她，或是卖掉她，自己的良心上还是过不去。

"你说的，我都知道，但现在蒯丽丽这样，要按你说的做，实在是缺德，我还是想积德。"婆婆说这话时，直摇头，没有立即同意。

小姑子也很有些看不起私奔来的蒯丽丽。她见母亲不同意，就住了下来，一是陪一陪她母亲，二是要用她的三寸之舌说动父母，将蒯丽丽赶出去，或是将她直接卖了。

她神神秘秘的，常将房门紧掩着，和婆婆在里面叽叽咕咕地说个不停。蒯丽丽身体一天比一天好，时不时地就在家中走动走动。小姑子的这种反常，使她起了疑心，就蹑手蹑脚地站在婆婆的门前偷听。

婆婆和小姑子的声音都很小，但蒯丽丽偷听了几次，还是听到了一点。

小姑子说“卖了”，但蒯丽丽不知小姑子要将什么卖了。

婆婆说：“即使卖，我也要找一个好一点的人家卖了。你不要着急，我还要托人打听打听，做事不能太缺德。”

听到这些，蒯丽丽感觉婆婆站了起来，赶紧溜回了自己的房间。

果然，小姑子打开了门，往外看了看，见没人，又关紧了房门。

蒯丽丽将听到的断断续续的话，又回味了一遍，“卖了，好人家，不急”。这一回味不打紧，蒯丽丽猛然醒悟，原来小姑子在撺掇婆婆要将自己卖掉。

她装作什么都不知道，该干什么还干什么。见到婆婆，尤其是小姑子，客客气气的。而暗地里，则悄悄准备行囊，她要趁这家人不备偷偷溜走。

一个月黑风高的夜晚，蒯丽丽看到小姑子和婆婆在房中密谈，公公又不在家，她带着早已准备好的衣服和细软，悄无声息地溜出了汪家。

走出去不远，她向着汪家的方向，连叩了三个响头，然后就头也不回地走了。这一走，确实让她逃离了屈辱，但她也会像浮萍一样，不知要漂向何方。

蒯嬷嬷如释重负，终于讲完了她和汪宗海的故事，也就是她和第一个老公的故事。

故事确实荡气回肠，水生、翠花、汪宗海，一个个生命鲜活起来，但悲剧的成分太多了，让人听了伤感不已。

为什么每次蒯嬷嬷讲自己的故事时，总会说到水生呢？这可能是因为水生太善良了，她总觉得好人必定会有好报，有必要讲出来。

十九

宋小秋回家过年去了，杨二龙感到十分无聊。蒯嬷嬷的故事，又时不时地在他头脑中闪现，搞得他这个年过得索然无味。

母亲要杨二龙到金花家去拜年，他不愿去。金花倒是来过一次，可她连饭都没吃就回去了。不去金花家也就算了，杨二龙连一些礼节性的拜年都没去。这下惹火了母亲，见到他就骂，骂他没心没肺，骂他不识好歹，骂他没有人性，最后连宋小秋也骂上了。父亲平常并不怎么管他，他的教育思想很开明，就是自己的事自己拿主意。可这次，父亲对他也发了火。

家里待不下去了，他又没地方去，只好像个夜游神一样，在村子中乱转。

春节后，一连几个艳阳天，房前屋后的雪，经不起阳光的热情亲抚，立即柔情似水起来。屋檐上落下的雪水，和一场雨中的雨水，没有什么两样。原先挂在屋檐下的长长冰锥，混合着脱落下来的积雪，突然“哗啦”一声，就砸到了地上。有倒霉的人，刚好路过那里，就被这空中掉下的融雪砸出一脸的无奈，忙不迭地歪过头，赶紧用手拂去残留在脖颈处的冰碴。看到此情景的人，忍不住都会仰头哈哈大笑，而被砸了的人却笑不出来，一脸的尴尬，还在那里不停地拂去衣服上的冰碴。被雪水浸泡过的泥土，泥泞不堪，一脚下去，很难拔出来。但天空却是湛蓝湛蓝的，有一种温润的感觉，阳光暖融融的，一扫年前的昏暗和沉闷。这一点，从人们的脸上就能分明地看出来。

蒯嬷嬷的这个年，肯定不好过，撕开了愈合已久的伤疤，宋小秋回了上海，蔡嬷嬷又被她娘家的侄子接走了。此期间，有没有人去过她那里，这很难说。

杨二龙本想去看看她，可他还是狠心地忍住了，没去看她。他怕看到蒯嬷嬷，想起那伤心的故事，搞得自己也悲伤起来。

这可是春节，忌讳着呢。

杨二龙估计，宋小秋的心情也不会好到哪里去，她心中可能还惦记着蒯嬷嬷。

好在时间不长，宋小秋就回来了。

从上海回来的宋小秋，看上去春风满面，杨二龙原先的猜测可能错了。

这样的情况，要是仔细想一想，就不会感到太奇怪。人一旦脱离了原来的痛苦环境，自然而然地就会暂时性地将其遗忘和深藏，然后才能轻松地去迎接快乐。趋利避害，是人的本能。

这次，宋小秋带回了不少的小礼物，精致的小糕点，奶糖，瓜子，花生米。她将这些小礼物，送了一些给两位嬷嬷。余下的，就在上班的那天，分给了同事。杨二龙得到的礼物，则是一支金灿灿的钢笔。

蒯嬷嬷看上去气色还不错，也不似杨二龙想象的那样。

生活又回到了当初，平静了下来。蒯嬷嬷没有再要求将她的故事讲完，杨二龙则是彻底地放弃了听故事的想法。宋小秋是不是这个想法，他不得而知，估计和他也差不了多少。

宋小秋这次回来后，不知受到了什么影响，开始写文章。她不但写，还积极地投稿。当然，投出去的稿子，基本上是泥牛入海，一去不回。就在她有些沮丧，准备放弃写稿的时候，她的一篇稿子却意外地被报纸录用了，还得了五元的稿费。

得了稿费，宋小秋写作的热情又高涨起来。她不但自己写，还鼓励杨二龙写。

杨二龙哪是写作的料，但在她的逼迫下，只得像挤牙膏似的，每天艰难地挤出几个字。可天数多了，也有了好几篇“豆腐块”。他学着宋小秋，将稿子向报纸和广播电台投寄，可能是水平太差了，没一篇被录用。虽有一篇“豆腐块”被公社的广播站用了，但没有稿费。就是这一点点小小的成就，真还影响到了他今后的生活。

天气渐渐暖和起来，不久，大地上就锦绣起来，村前村后的桃花、田地里的油菜花、紫云英花都盛开起来。红的、黄的、绿的，大地像披上了锦缎。

桃花开，呆子肥，这个时节是抓呆子鱼的最好时光。水边的石缝中，大都藏了要产卵的呆子鱼。你只要用双手在石缝中摸，没准就能逮到一条又大又黑的呆子鱼，运气好的话，还可以从同一石缝中逮上两条呆子鱼。

呆子鱼，刺少，味美，肉多，是鱼中的佳品。要是腌制一下，晒干，再蒸熟，不仅香味扑鼻，还嚼劲实足。

杨二龙一到星期六、星期天，就带着宋小秋在附近的沟沿边抓呆子鱼。每逮上一条，宋小秋总要惊呼一声。逮得多了，就折一根柳条，将呆子鱼从腮边串成一串，拎在手里，多多少少都有些成就感。

可是，有一个星期天，杨二龙又要去逮鱼，并邀了宋小秋。这次却有些意外，她说有事不能去。问她是什么事，她只说现在还是个秘密，但很快他就会明白的。

什么事搞得这样神秘，杨二龙心里有些不悦，但脸上并没有表现出来。这可倒好，她不去就不去了，还提了要求，要他下午去蒯嬷嬷那里等她。

宋小秋不去，杨二龙没逮一会儿，就失去了兴趣。挨到了下午，拎了一串呆子鱼，就去了蒯嬷嬷那里。宋小秋已经在那里，蔡嬷嬷也在，好像是在专门等他似的。

去了才知道，宋小秋今天正式拜蒯嬷嬷为干娘。上午，她不去抓鱼，是到镇上买礼物去了。拜干亲嘛，总要有一些简单的仪式，要庆贺一番，互赠一些礼物。

这有什么神秘的，非要等到下午才让他知道。这个宋小秋，搞什么鬼！

宋小秋买了肉和一些蔬菜，自然杨二龙就是这个大厨了。宋小秋当然也不会闲着，仍是做下手。两位嬷嬷已经习惯了，就坐在一旁聊天。

忙活了一阵，菜上了桌，很是丰盛，有鱼有肉。四个人，就以水代酒，庆贺蒯嬷嬷和宋小秋正式结为了母女。

说笑了一番，蒯嬷嬷又要讲故事，宋小秋和杨二龙就极力劝阻，蔡嬷嬷也跟着劝，说这么喜庆的日子，不要扫了兴。

蒯嬷嬷说，我今天讲的故事，跟杨二龙的祖上有点关系。

和杨二龙的祖上有关系，那就不是蒯嬷嬷悲惨的故事了，难不成杨二龙的祖上，和她还有瓜葛，今天还特意拿出来讲？

祖上的故事，杨二龙当然愿意听，宋小秋也很愿意听。

蒯嬷嬷喝了一口水，就慢慢地讲了起来。

蒯丽丽惶惶地从婆家趁黑溜了出来，真是又惊又怕，惊的是自己终于逃了出来，怕的是小姑子带人从后面追上来。那个年代，世道已非常不太平，日本人侵略中国已有了些年头，并且已经占领了大半个中国。各地出现了各式各样的武装，大都冠以抗日的名头，大的武装有国民政府的正规部队，他们有番号，也有相对固定的地盘；也有共产党领导的部队，规模较小，不能采用正面的方式和日军周旋，常采用游击的方式，也就是打一枪换一个地方；还有县政府组织的县大队，他们没有番号，穿的衣服也是杂七杂八的；更有一些小股的土匪，穿的衣服也是各式各样，他们没有给养，全靠抢劫，搞得各地方是鸡飞狗跳。

最让老百姓痛恨的，还是穿着杂色衣服的武装，老百姓分不清是县大队还是土匪，都称为杂牌子队伍。这两股武装对地方的危害最大，有一些大的村子，为了自卫，就集结强壮的劳力成立了大刀会。大刀会对那些落了单的杂牌子队伍中的人，大都一杀了之。但杀了杂牌子队伍中的人，常会受到杂牌子队伍的更大报复。

大刀会中的人，毕竟手中拿的是刀，而杂牌子队伍中的人，手中拿的是枪。

听到这里，杨二龙想起来了，他头十岁的时候，还在家里的墙缝中搜出过一把大刀，但已是锈迹斑斑。为了显摆，他还装模作样地将这把刀挂在腰上，在村子里遛了一圈。就是这把锈迹斑斑的大刀，还引起了很多同龄小伙伴的眼馋。

那是个宣扬英雄的时代，董存瑞、邱少云、黄继光等，这些英雄的事迹，早已是家喻户晓，并且已经浸入了人们的血脉之中。在这样的氛围下，村上的小孩自然地就分成了两派，双方经常在村巷、田野鏖战。“军火”则是树上的果实，像楝树果、乌桕果，甚至一些小石子和土块，都派上了用场。在对待对方的态度上，双方都不会手软，互不相让，攻防不断地转换。这当中，“军火”可不是吃素的，随时会给对方迎头痛击。于是，有的人头上起了包，挂了彩，但没有人喊疼，更没有人会哭，仍是往前冲，表现出一种大无畏的精神。

这样的战场，也有一些装门面的东西，如双方的队长手中都有一把木制的手枪。手中的枪一举，就是冲锋的号令，只能进，不能退。当然，这把枪不一定是他的，很有可能是他手下的，只在作战时奉献。

杨二龙当过副队长，他的枪就是一个和他同岁的战友奉献的。现在，他挂出了把真刀，岂有不威风之理。可是这把刀，他只挂了几个小时，刚一回家，就被没收了。以后，他在家中不论如何寻找，这把刀就是没了踪影。

据说，大刀会不仅和杂牌子队伍斗，而且也和新四军发生过冲突。新中国成立后，大刀会的人怕惹事上身，才把刀藏了起来。很有可能，这把刀已葬在了水底。

杨二龙当场不可能说出这件事来，他还在继续听蒯嬷嬷往下说。涉及战争的事，在他的那个年龄，那样的环境，还是相当的有吸引力的。

刀肯定是不能打过枪的。大刀会在和杂牌子队伍的较量中，始终处于下风，死去的人远远多于杂牌子队伍里活着的人。这还不算，大刀会在明，杂牌子队伍在暗，谁也不知他们什么时候会袭击村庄。

其实，杂牌子队伍中的人，大多也是贫苦的人，有的在家是没饭吃，扛上枪，混口饭吃而已；有的是惹了事，没处藏身，躲到队伍上；只有极少数是混世的，拿着枪耀武扬威地吓唬百姓。

按理说，他们没扛枪之前都是些受苦、受气的角色，扛上枪后，也不会对别人耍威风，更不会对穷人施以暴力。如果你有这样的想法，那就大错特错了，这些扛上枪的穷苦人，手里有了枪，不加思考地就开始欺负百姓了。

一天傍晚，太阳早已沉下去了，两个杂牌子兵在村里游荡，胆小的村民早已将门紧紧地关上了，油灯也不敢点，怕露出光，引来这两个杂牌子兵。

突然，一队日本兵也来到村里，刚才还耀武扬威的两个杂牌子兵立即慌了神，他们想冒充村民，蒙混过关。这一点容易做到，他们本身就是农民。但手里的枪是个难事，枪不能丢，丢了回去长官会要他们的命。不丢，被日本人发现了，也要他们的命，两人急得像热锅上的蚂蚁，不知如何是好。可是巧了，有一个从田里干活回来的农民，恰巧从两人身边经过，这两人倒会急中生智，将两支枪往农民的怀中一塞，然后还狠狠地威胁说："将枪收好，明天来拿，要是枪没了，要你全家人的命。"

说完了这句威胁的话，两人脚底抹油，一溜烟地跑了。而怀里揣着两支枪的农民，犹如接了个烫手的山芋，丢又丢不得，吃也吃不得。要是让日本兵碰上了，这可是杀头的事啊！但要是搞丢了，也是杀头的事，还要杀全家呢！

这位没有见过世面的可怜农民，那时脑子中一片空白，身子瑟瑟发抖，这怎么办？这怎么办？他急中生智，赶紧跑回家，用油布包上，一个人悄悄地将两支枪埋到了荷塘的污泥中。

农民以为这样就万无一失了，两个兵来了，拿给他们就是了。

可偏偏这位农民倒霉，就他在荷塘污泥中埋枪时，被一双贼眼盯上了。

那个人悄悄地尾随在后，以为他埋的是什么宝贝东西，就想据为已有。农民前脚刚走，那个人就悄悄地潜入了塘中。他这时有些有恃无恐，认为现在不可能有人过来。即使有胆儿大的看见了，他就说在挖藕，也就敷衍过去了。

这哪是什么宝贝，打开油布，一看是两支枪，这时他才慌了神。慌忙中用油布草草地包裹了一下，就随手塞入了附近的一个草垛中。

"还有这样趁火打劫之人，这人实在是可恶。这是我们村上的吗？现在还在不在？"杨二龙听到这里，突然非常气愤地冲出了这一句。

被杨二龙这一问，蒯嬷嬷愣了一下，然后说："这人早已死了？"

“那人该死，缺德嘛。那位藏枪的农民，就是我的祖上了。”

“他是你爷爷，很善良的一个人呐，却遭了此横难。”

“蒯嬷嬷，今天不说了，我回家问问我父亲，看看他知不知道这事。”

可能是讲累了，也可能是天色不早了，蒯嬷嬷竟同意了。但涉及祖上的事，杨二龙还是会追问的，父亲要是讲不清，再来问蒯嬷嬷不迟。

二十

转眼之间，立夏快到了，地里的油菜荚已饱满圆润，小麦的麦穗也早已灌满了浆，垂下了头，就等着再晒些日头开镰收割了。

立夏，对农民来说，是一个重要的节气。这是由于一过了立夏，夏粮就丰收在望了。但立夏，对一些未婚青年来说，也是一个重要的节日，可以用来增加彼此的感情。

在立夏之前，男方家早早就为未过门的媳妇准备了要送的礼物，叫送夏。

礼物在现在看来，实在是不足挂齿，所送的礼物都与过夏天有关。一顶草帽，一条毛巾，一块香皂，一盒抹脸的雪花膏，必须由男方亲自送去。这一送一收的过程中，男女双方见一面，聊一聊，就增加了彼此的了解。

杨二龙的母亲，今年也准备了这四样礼物，让他立夏那天送去，杨二龙死活不干。这次，母亲的火气更大了，可以说是骂不绝口了。父亲也虎着个脸，不愿搭理他。

在家中实在待不下去，星期天，杨二龙就主动参加了队上的劳动。两家虽离着几里路，但队上的田却紧挨着。巧合的是，杨二龙干活的那天，金花就在附近的田头。

杨二龙是没有看到她，但有些眼尖的妇女，早就看在了眼里。中途休息的时候，还有一多事的妇女径直地去找了金花，讨好似的对她说：“金花，杨二龙就在那边的地里干活，他有没有给你‘送夏’啊?”

金花没念过书，从小就在地里干活，有一些野性，重要的是，她内心正对杨二龙充满了怨恨。可这不识相的女人，居然幸灾乐祸地当面来问她这个问题，火一下子就从心里蹿了上来，她怒火中烧地说：“杨二龙送不‘送夏’关你屁事，要你来幸灾乐祸！”

这一顿抢白，让那多事的妇女下不了台，双方立即吵了起来。

争吵声有些大，很快就引起了妇女们的围观。当然，杨二龙队上的几位妇女也被吸引了过去，然后就叽叽喳喳地在一旁说这事。

开始，杨二龙只知有人在争吵，并不知是金花在和别人吵。等他搞明白后，觉得这里，他也待不下去了，就立即动身往村里走去。

家里不能待，地里也不能待，到哪儿去呢？杨二龙一路走，一路想。还是到蒯嬷嬷那里去坐一会儿吧，祖上的事还没搞清呢？对！现在就去那里，让她把祖上的故事讲完。

蒯嬷嬷那里也不是清静之地，怎么搞得？宋小秋怎么会在这里？没听说她今天来嘛。蔡嬷嬷也在，早知她们两个在这里，他就不来了。在跨进蒯嬷嬷家门的那一刹那，杨二龙就打消了询问祖上故事的念头。

倒是蒯嬷嬷先想到了这事，说：“杨二龙，问你父亲了吗？”

“还没有。”

“就是问了，也不会问出什么来。他肯定知道这事，但不可能知道很多。”蒯嬷嬷说这话时，好像这事就只有她一人知根知底一样。

“这是怎么一回事呢？”杨二龙的好奇心，又被这话调了出来，就央求她快说。

蒯嬷嬷一点都没推辞，清了清嗓子，立即就说了起来。

第二天，枪兵来了，找你爷爷要枪。他心中有数，直接就将两个枪兵带到了荷塘边，让两个枪兵在岸上等。枪兵坐在岸边，有一个枪兵似乎还叼着烟，很是悠闲。你爷爷则下了荷塘，这里一摸，没有，那里一摸，还是没有。这下他慌了，怎么会没有呢？明明是藏在这里的。他又在附近摸了几下，还是没有。这一下，你爷爷不是慌了，而是害怕了，这可是杀头的事啊！

他脑子中一片空白，就直愣愣地站在水中。岸上的两个枪兵发现事情不对劲，忙向他那边奔去，近一看，发现农民手中并没有枪。枪兵急了，忙问：

“喂，老乡，枪呢？”

“我明明是藏在这里的，怎么就不见了呢？”你爷爷既像是自言自语，又像是回答枪兵的问话。

“怎么？枪不见了，这可是要杀头的！快找，大爷可没有耐心。”

你爷爷又在附近扎猛子，在烂泥中抠，抠了一阵，还是没有。

这时，两个枪兵露出了凶相，跳下了水，直奔你爷爷而去，揪住他的衣服不放。

“枪放哪儿了，是不是你私藏了，骗老子到这里来，假模假样地捞一番？”

“不是，老总，再给我十个胆子，我也不敢啊！我真的藏在这里了。”

“藏在这里，那枪呢？老子就要枪，不和你废话。”

“快把枪交出来，不然有你的好看！”两个枪兵轮番抢着说，且愈发的凶狠起来。

你爷爷可是当地有名的大力士，挑上三百来斤粮食上圩埂都不带气喘的。赤手空拳，两个枪兵根本就不是对手，即使在水里，他只要动一动手，就可以将两个枪兵呛死在水中。可是，他不敢，站在水中任凭两个枪兵的辱骂和殴打。

可能是打累了，也可能是继续在这里纠缠，也不可能拿到枪，更有可能是两个枪兵要回去复命，临走时他们又凶神恶煞地威胁说：“明天，我们再来，要是再不把枪还我们，杀你全家！”这还不算，在水中又打了你爷爷几个耳光后，才扬长而去。

不还枪，要杀全家，你爷爷陷入了极大的恐惧之中。到哪里去找枪呢？藏的时候，没发现有人跟着，难道枪还会跑？

枪兵走后，你爷爷又在那块烂泥地中寻找。得知消息的本家，纷纷赶了过来，跟着在烂泥中寻找，就是翻遍了整个荷塘，也没有发现藏的那两支枪。

你爷爷软软地靠在塘埂边，半身在水中，半身在岸上，两行清泪不自觉地流了出来。这是无奈的泪，悲伤的泪，惊恐的泪，也是屈辱的泪。

本家中有头脑清醒的，临时就出了一个主意。

“你不是有个亲戚在杂牌子队伍中做官吗？你去求求他，或许枪兵就算了。”

“我是有这么个亲戚，但只是听说，可从没有来往过，去了能行吗？不行！肯定不行！做官的怎么会理睬我这些个做田的呢？”你爷爷无奈地直摇头。

“死马当作活马医吧，没有比这更好的办法了。”本家再次强调说。

你爷爷只好硬着头皮，带上一些财物，连夜去了十几里外的亲戚家。幸好那天，那当官的亲戚就在家中。

亲戚叫谷庆章，是个乡绅，和杂牌子队伍有来往，但并不在杂牌子队伍中，更不是什么官。你爷爷自报了家门，他承认是亲戚，也愿意帮忙。可一听说是杂牌子队伍中的两支枪丢了，他感到很为难。他深知，枪对杂牌子队伍是多么重要。别的事好说，就是枪的事，杂牌子队伍就很难给他这个面子，他也就犹豫了起来。

见谷庆章犹豫，你爷爷向他跪下求情。

不知出于何种原因，谷庆章考虑了好长一会儿后，才答应给他带一个片子去，他本人不来。所谓片子，就是他写的一个便条。

你爷爷连夜赶了回来，到家时已是鸡鸣时分。听说你爷爷回来了，本家们也陆续赶了过来，一起商量着明天如何对付那两个枪兵。有的说拿点钱，有的说请枪兵吃一顿。各说各的，且说法不一，但都是为了化解这场灾难。

谷庆章的片子是起了一点作用，但作用不大，只是缓解了一下。枪兵见了片子，只答应宽限几天，并没有说找不到就不要了。

这就愁坏了你爷爷，吃不下，睡不着，还时不时地要到塘中摸一摸。他还到庙中求了菩萨，让其指点迷津，找到那两支让他全家不得安宁的枪。

一切都无济于事，宽限的日子也快到了，枪还是没有踪影，你爷爷想到了逃，但这一大家子人，又往哪儿逃呢？

期限到了，两个枪兵从河岸的对面走了过来，直奔你爷爷家，开口就是要枪。

"还没有找到，能不能再宽限几天？"你爷爷哀求地说。

"还宽限！你是不是不想活了？"一个枪兵说。

"今天就要枪，没有，烧你家的房子，将你全家捉到县政府去。"另一个枪兵说。

懦弱的他，再次跪了下来。但这已引不起他们的同情，反而使他们更加狂躁，更加仗势欺人，更加嚣张。

"今天临晚之前，必须把枪给我。否则，哼！有你的好果子吃。"一个枪兵恶狠狠地说。

将枪重新藏起来的那个人，一直在默默地关注着事情的发展，他想早点把枪拿出来，可是他也不敢，怕引来杀身之祸。但不拿出来，心里就不能安稳，毕竟是自己的贪心，可能要无缘无故地害了一家人的性命。就在你爷爷走投无路的时候，他勇敢地站了出来。看来，他还算有点良心。

"老总，我知道枪在哪里。"

"你知道在哪里？为什么不早说？"一位枪兵立即奔过去吼道。

"是不是你们合谋，想骗老子的枪！"另一位枪兵说。

"不是的，他藏枪时，我跟在了他后面。看到他将一个油布藏在水下，我以为是什么好东西。等他一走，我偷偷地拿了出来。"

"那枪呢？快给老子拿出来！"两个枪兵一起吼道。

那人的胆子比你爷爷大多了，他并没有被两个枪兵的吼声所吓倒，仍不慌不忙自顾自地往下说。"等我拿起来一看，惊呆了，原来是枪！我一慌，就将枪藏到了附近的草垛中。老总，他家的家境比我家好，原想过几天，讹他家一笔钱，他私藏枪支是犯王法的。可第二天，你们就来了，我才知枪是你们要他藏的。”

“那你为什么不早点拿出来，害得老子被队长臭骂了好几顿。”说着，一枪兵伸手就要去打他。

“让他说完，枪拿回来后再打不迟。”另一位枪兵劝着说。

“我只想讹点钱，不想害人家性命。”那个人说。

“快去，快去，把老子的枪拿来。”枪兵嫌他啰唆，不耐烦起来。

几个人一起去了荷塘附近的草垛，没扒拉几下，就露出了油布，拆开油布，里面确实有两支枪。

一个枪兵立即将枪抢在了手中，回过身来给了那人一个嘴巴，另一个还踢了他一脚。

这藏枪的事情总算过去了。原来，这两支枪，只有一支是真的，另一支却是假的。

杨二龙就有些纳闷，爷爷虽然已不在人世了，但他对爷爷的印象还是相当深刻的。他个子高，身材魁梧，力气大，为什么就不反抗呢？要是他反抗了，枪兵就不会那么猖狂了。

这也难怪，农民长时间被束缚在土地上，不敢越雷池一步，有的只是谨小慎微，逆来顺受，胆子已被压迫的只有芝麻粒那点大了，哪还敢和恶人斗！

这个故事，除了杨二龙觉得有些意外，有些屈辱，感到爷爷有点懦弱外，并没有太多悲伤的成分，至少结局还是可以的。

以后的好长一段时间里，宋小秋则以杨二龙爷爷的懦弱来讥笑他，说他就像他爷爷一样，没有勇气。

蒯嬷嬷喝了口水，休息了一会儿，又要接着往下讲。

杨二龙要她不要讲了，宋小秋和蔡嬷嬷也是这样的想法，可蒯嬷嬷坚持要讲。好在今天的故事，与她无关，她要讲就让她讲吧，其余的人就权且当个听众。

这一次出乎大家的意料，她讲的是杨二龙小奶奶的故事。

小奶奶还健在，只是有些倔。听完了她的故事，杨二龙甚感惊讶，想不到小奶奶年轻的时候，还有这样的勇气，比他的爷爷刚强多了。

溪镇是两省四县交界的地方，各种势力到达了这里，都已成了强弩之末。但话又说回来，对各种势力来说，这里又是相对安全的地方。日本兵到达这里，在河上架了座木桥，把两县连接了起来。但他们的兵力有限，基本上还是龟缩在镇上，只是时不时地出来清剿一下。

县城早已被日本兵拿下，在日本兵的进攻下，县政府一路搬迁，先是从涂县县城搬到一大姓人家的祠堂，再搬到离县城最远的溪镇上。最后，干脆搬到了对面的邻县。

涂县县大队就听从于对面的县政府，每每出来活动，第一站就是溪镇。

溪镇是个水陆码头，非常繁华。三教九流，各色人等，应有尽有。

日本兵刚走，枪兵就觉得这里非常安全，决定近几日就在村子里住下来，以方便筹粮筹款。

偌大的村子中，只有两家是瓦房，一家是绅士，另一家就是小奶奶家。但绅士家人多，枪兵就选了小奶奶家，作为他们的临时住所。

小奶奶是个倔强的人，枪兵住在家中，她没有任何的办法。但枪兵要小奶奶伺候他们，她就不干了。

小奶奶每天早上要洗衣服，枪兵就将换下的衣服，放进她的衣盆中，让小奶奶一起洗洗。小奶奶可是二话不说，站起来，将枪兵的衣服扔得远远的。

开始，枪兵还有点耐心，将衣服拿回来，再放入盆中，微笑地讲点好话，求她帮一下忙。小奶奶可不吃这一套，拿起衣服又扔了出去。

这下，枪兵不愿意了，有些恼羞成怒。

“老子让你洗衣服是抬举你，不要不识相!”

“谁要你抬举，我又没有请你来，还老子老子的，回家称去。”

“老子今天就是要你洗！还反了天了!”

“我就是不洗，除非你杀了我。”

枪兵勃然大怒，揪住小奶奶的衣领，抬手就是几个大耳光。

小奶奶的嘴角在流血，但她就是不干。

“还洗不洗？不洗，再吃几个耳光。”

“不洗，就是不洗，吃多少耳光，我也不会洗。”这时，轮到枪兵有些惊愕了，他还没见过这么刚烈的女子。

枪兵再次举起了手，这次，小奶奶不但没有退让，反而将手中的衣服一摔，一头撞了过去，嘴上还不停地说：“你打，你打，老子和你拼了。”

这下，枪兵被小奶奶彻底地镇住了。嘴上叽里咕噜地说：“你这个泼妇，你这个泼妇，好男不和女斗，老子今天饶了你。”

小奶奶擦了擦嘴角的血，蹲下去，继续洗她的衣服，就不再搭理枪兵。

枪兵就是县大队的人，老百姓称他们为杂牌子队伍。

杨二龙唏嘘不已，小奶奶比爷爷要弱小多了，怎么会爆发出如此惊人的勇气！

宋小秋连连为小奶奶点赞，还直说她真勇敢，连枪兵都不怕。

蔡嬷嬷听说过这个故事，但比这简单多了，蒯丽丽怎么知道得这么详细、清楚？她是怎么知道的？

不但蔡嬷嬷有这样的疑虑，杨二龙也有这样的疑惑。她说这个故事有什么目的？不单单是为了说奶奶有骨气吧，难道她与杂牌子队伍还有关系？

杨二龙的好奇心又来了，他想知道谜底，而且是迫切地想知道。可他不会去追问蒯嬷嬷，生怕这样做，又会引出什么伤感的故事来，她不是还有两个老公的故事没说吗？

二十一

宋小秋正式拜蒯嬷嬷为干娘后，她俩就以母女相称了。

蒯嬷嬷送给宋小秋一副玉镯，宋小秋觉得有些贵重，说什么也不肯收。可蒯嬷嬷一定要宋小秋收，说什么她死了后，作为一种念想。

宋小秋只得收了下来。玉镯很漂亮，润泽光滑。

自从宋小秋在报上发表了一篇"豆腐块"文章后，就一发不可收拾了，接连在报纸上发表了好几篇文章，稿费有2元的，有3元的，最高的一篇得了10元稿费。不要小看了这10元稿费，那可是一个徒工大半个月的工资。

宋小秋频频发表文章，引起了周围人的刮目相看。据说，公社就想调她去广播站，让她专门去写新闻报道。可这时的她，野心也大了些，开始偷偷地写起了小说。

小说，在那个年代，是没有地方发表的，除非获得了官方的认可，特批后才可以发表。

自从她俩的母女关系确定后，杨二龙就觉得没有必要去那里了。蒯嬷嬷有了宋小秋的照顾，他也不再惦记她的生活了。除非宋小秋特别地邀请，否则他就不去了。

这样的兆头，母亲十分喜欢，觉得杨二龙现在已经懂事了。跟那个女知青斤头混会有什么好处。农村人要实在，踏踏实实地过生活，不要好高骛远，这山望着那山高。

其实，这真是母亲多虑了，杨二龙那时真没有这种心思，他不理金花，跟宋小秋真的没有关系，仍是孩提时代的那种阴暗心理在作怪。

可是，宋小秋一拿到稿费，就会在最近的那个星期天，去蒯嬷嬷那里庆贺一下。每次，她都要热情地相邀，杨二龙就不好不去。那时，蒯嬷嬷准会笑得合不拢嘴。

其实，庆贺花不了几个钱，2元钱足矣。可得了10元稿费的那次，宋小秋决定要好好庆贺一下，除了平时买的鱼、肉外，还另加了一瓶白酒。即使这样，费用也不会超过3元的。

酒这东西，真有点神奇，可以让沉默寡言的人夸夸其谈，也可以让平时沉稳的人荒唐起来，真可谓"酒态百出"。

蒯嬷嬷喝下二两酒后，话明显的多了起来。先是直夸宋小秋，说她的女儿漂亮、聪明，是天上文曲星下凡。接着，又再次说起了她自己的故事。

阻拦是没有用的，尤其是在酒精的作用下，蒯嬷嬷固执己见。

她早就想说完她的故事了，只是没有人附和，也缺少了听众。杨二龙平时根本就不来，只说给宋小秋一人听，她也没有兴趣。今天好了，四个人都到齐了，她的想法就实现了。其实，她的想法也很简单，既然伤疤已撕开了，还不如痛痛快快地将痂一次性揭下来。

让她说是残忍的事，不让她说也是残忍的事，还不如任其自然，让蒯嬷嬷一次性说完了了事。内心当中，杨二龙还是想知道今天说的故事和上次说的故事，有没有关联。

蒯丽丽从婆家溜了出来，她只有一个目标，找到溪镇。然后就在溪镇慢慢等，总有一天能见到她的爹和娘。

要找到溪镇谈何容易，兵荒马乱的，有难民，有队伍，稍有不慎就可能被抢了，甚至还会有性命之忧。尤其像她这么年轻漂亮的女人，就更凶多吉少了。

她是从水路离开溪镇的，现在却要从陆路回来，也不知有多少路程。蒯丽丽只得边慌忙地走，边不停地问路，可最初所问的人，都说不知道溪镇这个地方。这并不奇怪，那时很多的乡下人，根本就没出过远门，有的农民一世都没有去过县城，他们只知道住地附近的一些地方。

好在蒯丽丽方位感较好，又去过不少码头，她依据汪宗海从溪镇带她去婆家的船的走向，认准了方向，不停地往既定方向走。但陆路不同于水路，明明看到前面有一个村子，可是走近了一看，脚下就是一条河，过不去了。

若必须过去，那就得多绕上一些路，费上一些时间，耗一些体力。

为了安全，蒯丽丽将细软用一块长布束在腰上，好在天有点冷，衣服穿得多，别人也不易察觉。她脸上又抹上灰，头发蓬乱，有的还结了块，像个疯子样，男人对这样的疯女人，就失去了兴趣。

一路乞讨，住猪圈，睡草垛，脚上磨起了泡，嘴上裂开了口，脸上起了皮，历经千辛万苦，她终于跑回了溪镇。

回到了溪镇，并不能立即见到她的爹娘，这需要等待机缘。

总不能流落街头吧，蒯丽丽就想在镇上找一个用人的工作，安顿好自己，慢慢等吧。好在天无绝人之路，镇上的一大户人家收留了她。

这人户人家是开槽坊的，家里有许多伙计。主事的是儿子，但儿子孝顺，就雇了蒯丽丽来照顾他的父母。按现在的话来说，就是两个老人的保姆，负责他们的饮食起居。

时间长了，两位老人知道了蒯丽丽在此做用人的初衷，就非常同情她，没事的时候，就催她去无人区看看，兴许就让她碰上了呢。

取得了老人的信任，蒯丽丽只要有了空，特别是大水漫漫的那一段时间，她就会隔三差五地到无人区看看。茫茫的水面上，有许多渔船，爹娘是不是在这里，她心中没有数。即使在这里，哪条渔船上有自己的爹娘呢？她喊过，跟着渔船跑过，都没有任何结果。

每次蒯丽丽都很失望，但她从没有灰心过，心中只存了一个希望，那就是总有一天，在这里会见上她的爹娘。

往无人区跑的次数多了，给她惹起了麻烦。来往无人区的枪兵，留意到了她。他们怀疑她可能是个日本特务，是到此来侦察、收集情报的。

确实，蒯丽丽长得漂亮，气质上又不像是本地人，枪兵有这样的怀疑不是没有道理，毕竟这是生死存亡的大事。但他们是不是有垂涎她美貌的邪恶想法，就不得而知了。

蒯丽丽那时除了身体瘦弱一点外，浑身上下透出一股成熟少妇的韵味，对男人们来说，真是个不小的诱惑。这样，蒯丽丽在无人区里，不但没有等来她的爹娘，却等来了留意她多日的两个枪兵。

枪兵将蒯丽丽掳了去。她虽然呼天抢地，却是无济于事。

掳她的理由很简单，此人常在无人区游荡，肯定是为鬼子收集情报的。这时的枪兵不是说可能了，而是肯定她就是了。

枪兵将蒯丽丽带过了河，抓到了队上。队上的老大，听说抓了个日本女特务，赶紧地跑过来，立即询问了几句。

她不但不回答，反而是横目冷对。凭着自己多年的经验，老大认定她，不是日本女特务，可能是抓错了。

即使抓错了，还是要审一审的，不能立即就放了。

很晚了，蒯丽丽还没有回来，两位老人就有些着急，赶忙去找了他们的儿子，让儿子出去找一找。毕竟相处了这么多时日，彼此之间有了感情。

儿子发动伙计，到无人区去寻找。可找了半天，哪有蒯丽丽的影子，只好作罢。深夜了，儿子把寻找的情况告诉了父母。

听了这个消息，两位老人只能唉声叹气。儿子就安慰起来说，这女人真是命苦，我们已尽心了。她可能是被人抢走了，也有可能找到了她的爹娘，随他们走了。

两位老人认定蒯丽丽一定被人抢了，并藏了起来，不可能是随她爹娘走了。但这兵荒马乱的，要找一个人，谈何容易，只好暗自难受一番。

老大是个很有修养的人，平时他不允许手下强抢妇女。可今天，不知怎么啦，他不但没有责怪手下，反而对这个女人有点动心。冥冥之中，觉得这个女人就是自己要找的女人。当然，这个想法一出现，他心中就骂开了自己。

他确实没有难为蒯丽丽，问话时，见她横眉冷对，只是让手下先将她带下去，并叮嘱看好，不要让她跑了。这个女子有些刚烈，得挫一挫她的性子，然后再审问，若真不是特务，就将她放了。

但这个时候，县长传话来了，说找他有事商量。这一忙，他就没了时间审问。

老大叫马啸天，地主出身，家中有大片的土地。当鬼子从东北打过来，全国陷入一片哀号和沮丧之中的时候，有大批的有志青年纷纷走上了抗日前线。他们热血沸腾，发誓一定要将日本侵略者赶出中国。

马啸天就是在这样的形势下，毅然决然地弃笔从戎的。

马啸天的父母早已将家里的事务托付给了管家照看，自己则带着家人去了大后方。父母要带马啸天一道去，但那时的他一腔热血，坚决不去后方，一定要血洒战场。

父母哪能拗的过他，无奈只得随了马啸天的心愿。

在上海的一仗，马啸天所在的部队被打光了，那种残酷的景象，没有上过战场的人是无法想象的。

他还算幸运的，从死人堆里爬了出来，算是捡回了一条命。但无颜再去见自己的父母，也回不了部队了。他就想着到山区参加游击队，一样可以打鬼子，可游击队不是好找的，他们来无影，去无踪。

辗转了多地，马啸天滞留在了涂县。

涂县大部分是圩区，是个三不管的地方，又是到山区的必经之路。马啸天认定这个地方，肯定有打鬼子的游击队，就想多待了几日，找到游击队，再加入进去。

这儿虽说离南京很近，但南京被鬼子占领了，就连县政府都流亡到了邻县。

抗日是头等的大事，于是，流亡的县政府贴出公告，要成立县大队，招兵买马。

马啸天在此已滞留了多日，连游击队的影子都没见到，后来听说县政府贴出了公告，他就到河对岸报了名，参加了县大队。由于他的履历很完整，在上海念过书，又在正规部队里干过，这对于新成立的县大队来说，真是个不可多得的人才。他当即就被县政府委任为县大队队长。

上任之初，马啸天不但豪气满身，连雄心也是满满的，一定要让县大队搞出点名堂来，让鬼子知道，咱中国人不是好欺负的。但他看到县大队只有几条破枪，招收的队员也大多是社会上的闲散人员时，不由得心中倒吸了一口凉气。

但他并没有灰心，一定要将这些人训练成合格的军人。他想，枪是不愁的，可以到鬼子那里去抢，人也是不愁的，还可以慢慢招。

可这些来县大队的人并不全是来抗日的，有的只是来混口饭吃的，大都贪生怕死。无论他怎样严格要求，这些兵都是那熊样。更可气的是，这些人不要说主动打鬼子了，就是听说鬼子来了，撒开脚丫子比谁跑得都快。

马啸天想到过离开，但这世道又能去哪里呢？慢慢地，他就灰了心，得过且过了起来。

县大队成立之初，目的是抗日，是保境安民。但县大队既没有抗日，也没有安民，甚至可以说是害民。马啸天知道这些后，但他又有什么办法呢？经费紧张，只能睁只眼，闭只眼，让枪兵们从百姓口袋里掏点。但有些事情，他是不能容忍的，比如强抢民女、强奸妇女、无故打人，他都不会轻饶。

再次审问蒯丽丽，是在晚上了。那是马啸天从县政府回来后，突然想起的事。他径直地走到关押蒯丽丽的地方，打开门，要再问一问。他估计肯定问不出什么名堂来，原本想只是走一下形式，第二天早上就可以将她放了。

可蒯丽丽倒真是刚烈，一见马啸天过来，立马从身上拿出了一把剪刀，指向了自己的喉头，惊恐地说："你不要过来，要再过来，我马上死给你看。"

眼看着刀尖已渗入她的肌肤，血丝已渗了出来。蒯丽丽认为，这个男人这个时候过来，肯定是来占她便宜的，情绪就尤为激动。

马啸天有些后怕，不敢再往前一步，这位在枪林弹雨中面对死神都没眨一眼的硬汉子，却在这个弱女子面前胆怯了。这看起来有些滑稽，其实不然，英雄爱美女，自古以来就不乏其例。这也有可能，是人们常说的冥冥之中的缘分。

"快把剪刀放下，这可不是闹着玩的，弄不好要出人命。"马啸天焦急而不乏温柔地说。

蒯丽丽不为所动，圆睁着眼睛怒视着他，由于激动，手里的剪刀不停地颤抖，将脖子上划出了点点血痕。这时，马啸天进也不是，退也不是，心里急的团团转，生怕出了意外。

今天的问话，是不可能进行下去了。

说到了这里，蒯嬷嬷可能是过于激动，有些气喘吁吁了。杨二龙的手心里也是捏了一把汗，若是这个老大不怜香惜玉，往前走进了一步，情况又会怎样?

宋小秋让她休息一会儿，还帮她拍了拍背，让她出气顺畅一点。

蔡嬷嬷晓得，这个马啸天就是蒯嬷嬷的第二任老公，但不知道，他俩是在这种情况下认识的，真是不可思议。

杨二龙不想再听下去了，突然有了这样的想法，他匆匆地拔腿就跑，不管宋小秋愿不愿听了，也不管她何时回去了。

二十二

五月，在火红的革命年代，被赋予了特别的意义，叫红五月。这个月份，有“五一”国际劳动节，有“五四”青年节。特别有意思的是，这个月成了红歌的海洋，全国各地都要进行各类歌咏比赛。

今年也不可能例外，公社的所有小学都要准备一个节目，在夏收结束后，除参加会演外，还要送歌到田头。这个任务理所当然地落到了宋小秋头上，杨二龙和其他几位老师只是协助。

城里和农村还真不一样，宋小秋这下有了用武之地，吹拉弹唱样样都行。她在全校挑选苗子，进行排练，忙得不亦乐乎。杨二龙只是跑跑腿，帮忙整整队，搬搬凳子，就是这些，他也很乐意做。

宋小秋排练的节目是大合唱，也有一个备选节目，是男女声二重唱。在大合唱中，宋小秋负责指挥，另外两个老师负责弹奏。要是二重唱，宋小秋则弹手风琴，另外两个老师一个吹笛，一个拉二胡。

这次的会演很成功，破天荒地获得了公社第一名，在好几个大队都进行了巡演。校长和教导主任，狠狠地夸了宋小秋一番。

宋小秋又要庆贺，邀了杨二龙一同前往。当然了，蔡嬷嬷也会来分享这份荣光。饭桌上，蒯嬷嬷问这问那，生怕漏掉了其中的什么细节。

蔡嬷嬷只是听，宋小秋只是笑，这回答的事情，就落到了杨二龙身上。

会演的事情讲完了，蔡嬷嬷却突然提出了另一个问题。她不明白，被掳去的蒯丽丽，怎么后来就嫁给了马啸天呢？

好奇，看来是人的天性，与年龄的大小没有关系。蔡嬷嬷不就是好奇，才提出这个问题的吗？

蒯嬷嬷由于今天高兴，本不准备往下讲了。但蔡嬷嬷提了出来，索性就接着讲。反正，她的故事迟早会全部说出来的。要不是上次杨二龙提前跑了，兴许那次就讲完了。

杨二龙也有这个意思，早点讲完比晚些讲要好。不然，刚才还高高兴兴的，突然就跳入了冰窟中，有冰火两重天的感觉，实在让人难受。今天时间尚早，索性就让她一次性讲完，反正已经过了多次的心理煎熬，承受力也已提高了不少。

见马啸天没有往前，只是在门外焦急地徘徊，蒯丽丽镇静了许多，就将剪刀从脖子处移开，但还是紧紧地握在手中，随时准备再度举起，眼睛一直盯着马啸天。

这把剪刀是蒯丽丽从婆家逃跑时带出来的，一直放在身上用于自卫。

见蒯丽丽这么紧张，这么刚烈，弄不好会出人命，马啸天徘徊了一阵儿，就悄悄地走了。但他还是吩咐手下好生看管，免得逃跑了。这还不算，他还派了一个婆婆来照顾她。

第二天，马啸天又跑过来盘问。这次，他接受了昨天的教训，只站在门外，不往里进，语气也是相当的温和。

“我是来问问情况的，要是没有问题，我可以立即放你走。”马啸天轻轻地说。

“有什么好问的。”蒯丽丽不屑地说。

“比方说，你叫什么名字？家住在哪里？”

家在哪里？连她自己都不知道，蒯丽丽就只好默不作声。

“这兵荒马乱的，你一个孤身女子，常跑到无人区干什么？”

“我……我……”蒯丽丽支吾了半天，也没有说出原因来。

“说吧，说清了，我就可以放你走。”

“真的，我说清了，你就放我走?”蒯丽丽像是看到了希望。

“说吧。”马啸天倒是很干脆，似乎还在鼓励她说。

“我说了，你真的放我走?”蒯丽丽还是有些不相信，将信将疑起来。

“快说吧。”

“我叫蒯丽丽，不是本地人，我只身一人到无人区来，是找我父母的。他们是渔民，常到无人区来捕鱼。”

蒯丽丽倒天真起来，认为一说完，马啸天就会放她走。

“你不是本地人，怎么流落在此?”

“这话说起来有点长，还是不说的吧。”

“不行，你必须说清楚。不然，我怎么放你走。”

总不能说是从夫家逃出来的吧，这要说出来，太丢人了。无路可走了，才想到找父母，这话蒯丽丽无论如何也不愿说。她脑子也够灵活的，很快就想出了一个理由。

“夫家遭了难，我是来找我父母帮忙的。”

“那你夫家是哪里的?”

“这……这……”蒯丽丽一时又说不清了。

连夫家都说不清，难道她真是鬼子特务?可是，她也不像。马啸天认为他的判断不会错。难道这个女子确实是从夫家出来，到这儿来找父母求助的?

马啸天脑子中做出各种判断，但都一时难以确定，就试探性地问了一句:“你连夫家都说不清，我怎么能放你?”

“你说话不算数，刚才叫我说出了名字，再说出到无人区来干什么的，就放我走。现在我说了，你为什么还不放我走?”蒯丽丽想转换话题，稍稍撒起了泼。

“有人说你是鬼子特务，你不交代清楚，我怎么好放你。”

鬼子特务!要真是鬼子特务，就是汉奸。是汉奸，是会被枪毙的。蒯丽丽惊出了一身冷汗，随即被吓得哭了起来。

“我不是鬼子特务，我只是来找我父母的。”蒯丽丽哭着说。

“你只有将问题说清楚了，才能证明你不是。”马啸天用威严的口气说。

到这时，蒯丽丽不得不说了，一边哭，一边说出婆家遭了难，小姑子和婆婆合谋要卖了她。她又是如何从婆家逃了出来，历尽千辛万苦，才找回到溪镇。

说到伤心处，蒯丽丽的眼泪像断了线的珍珠，吧嗒吧嗒地直往下掉。可她还是留了一手，没说丈夫死了，她不想让这个土匪有任何的企图。

这故事，听起来确实让人辛酸，再看看这个女人伤心的样子，马啸天就敢断定，这个女人肯定不是鬼子特务了。

哭着的蒯丽丽仍是楚楚动人的，马啸天突然怜悯起她来，就萌生了帮她寻找父母的想法。

这想法是有点荒唐，非亲非故的，怎么就有了这样的想法呢！可那时的马啸天，就是要这样做。

“现在，我肯定你不是鬼子特务了。”

“那你现在能放我走了吧？”蒯丽丽哀求着说。

“我现在还不能放你走，至少近几天不能放你走。”马啸天说。

“你说话不算数，讲好的，说清楚了就放我走的。”蒯丽丽又大哭起来。

“我说话是算数的，现在世道不平，你的家也回不去，要是放了你，会很不安全。还有，你到无人区来找父母，无缘无故地被我们抓了来，让你失去了找父母的机会，这个责任，我们还是要负的，你先在这里住下来，等我们帮你找到了父母，再将你交给他们。”

“我不要你们负责，只要你们将我放了，我的父母我自己找。”蒯丽丽说着就往门外跑，而这时马啸天却伸出双臂拦住了她。

“那不行，责任我们还是要负的。你现在好好休息，明天我再来看你。”说完这句话，马啸天就大踏步地走了，留给蒯丽丽的只是一颗忐忑不安的心。

回去后的马啸天，觉得好生奇怪，自己怎么会有这样的安排，放了不就没事了，这不是给自己找麻烦嘛。

他重新安排蒯丽丽住进了一户农家，这家就只有一个老太婆。马啸天吩咐她，除了帮着照看蒯丽丽，同时也要监视她，不要让她乱跑。

老太婆听说了蒯丽丽的故事，一口就应了下来，觉得这个姑娘不容易啊！

为了怕蒯丽丽逃跑，马啸天还在门前放了一个岗哨。

白天，马啸天没有空，直到晚上，他才会到蒯丽丽这里来一下，但他仍是站得远远的。

"蒯丽丽，还习惯吧？"

蒯丽丽恨死了眼前这个人，低着头，没有作声。

"我今天派了两个兵，去了无人区，看看有没有成群的渔船。他们又找了好几个地方，都没有看到成群的渔船。看来你的父母还没有到，你就耐心地等着吧。"

蒯丽丽到现在都没有认真地看过马啸天一眼。她只用余光看过，高高的个子，至于脸长得是什么模样，一点都不真切。不是她不想看，而是不敢看。在她的想象中，这个人一定是长得凶神恶煞，面目狰狞，不然也不会做个土匪头子。

这时的蒯丽丽，把县大队当成了土匪窝，把马啸天当成了土匪头子。

这并不奇怪，连当地的老百姓都分不清他们是土匪还是抗日队伍。因为他们的某些行为还真的像土匪。

见马啸天说话这般轻声细语的，那他肯定不是个粗鄙之人。没有径直地闯进来，那就是个有涵养的人。蒯丽丽壮着胆子看了马啸天一眼，发现他并不是什么青面獠牙，而是长得眉清目秀，一表人才。怎么看，怎么想，也不能把这个人和土匪头子联系起来。

蒯丽丽不说话，马啸天就知道她心中的疑惑仍没有解除。

"昨天，你告诉了我，你和你家的大致情况，今天就让我告诉你，我和我家的大致情况，这就显得公平了些。"为了打消蒯丽丽的疑惑，马啸天很温和地说。

蒯丽丽点了点头，算是答应了。

人人都有好奇心，蒯丽丽也不例外。心中就暗想，一个土匪头子，居然要向我这个弱女子说他的身世，太奇怪了！

“我叫马啸天，是涂县县大队的队长，不是土匪，但老百姓却把我们当成了土匪。当然，顺理成章的，人们就把我当成了土匪头子。”

马啸天先是自我介绍了一下，接着就用低沉、缓慢的语调讲述起自己的身世来，就连如何流落到此的情况也说了。

说完后，马啸天就大踏步地离开了。或许说这些话，可能勾出了他心中的无奈。

他叫马啸天，是县大队的队长，不是土匪头子，怪不得这个人看上去不像土匪。

他很有涵养，在上海念过书，打过仗，家境也好，只是无奈地待在这里。晚上，睡在床上的蒯丽丽，脑子中尽想着这些话。他的影子，竟有好几次飘进了她的脑中，这就奇怪了，自己怎么不恨他了。

以后的十来天中，马啸天每晚都会到蒯丽丽这里来，和她说说话。开始，马啸天站在门口说；后来，就进入了她的房间里说；再后来，他们就面对面地坐着说了。

蒯丽丽一直很少说话，只是必须她说时，她才极简短地说一下。她实际上当了忠实的听众，先是侧着听，稍后是面对着低头听，再后就是仰着头听，到最后就是眼睛盯着马啸天听了。此时，蒯丽丽对他似乎有些痴迷了。

渐渐地，谈话的内容就广泛起来，说的就不再是马啸天本人的事了，而是他多年在外经历的许多有趣和无趣的事。

马啸天每晚只说一件事，说完站起来就走人。而蒯丽丽呢，则在马啸天走后，一个人慢慢地回味。

蒯丽丽的身体比原来好了许多，脸上出现了少妇特有的红晕，一个活脱脱的美人又再现了。她现在已放松了警惕，不再怨恨马啸天，还巴不得天早一点黑，好早一点见到他。

可这个愿望，却突然中断了，有二十多天，马啸天都没有来，就像原先什么都没有发生一样。这下，蒯丽丽就有点不适应了，很是失落，有些无精打采，特别是到了晚上，心里就闷得慌。他怎么突然就不来了呢？哪怕只待上一会儿，不说话也行啊！

是我怠慢他了，生气了，他不来？还是被别的女人缠住了，脱不开身？或者是对她的新鲜劲儿过去了，懒得再理她？

蒯丽丽整日胡思乱想，仍理不出个头绪，就生出许多怨气来。不来就算了，干吗前几天要天天来。现在把人家的心思弄活泛了，却突然不来了，这个挨千刀的，以后永远不要来，即使来了，姑奶奶也不再搭理你。

这真的错怪马啸天了，自他第一次见到蒯丽丽，可以说是一见钟情。他何尝不想过来，特别是看到蒯丽丽近日对他越来越有好感，谈话越来越融洽，心里像灌了蜜一样，总算在灰暗的生活中看到了一束阳光。

马啸天的努力没有白费。以他的阅历，以他的判断，蒯丽丽已经对他心动了，只要再加一把火，这事就准成了。但有一事，还得弄明白，那就是蒯丽丽必须是没了丈夫的人。他是有原则的人，不能强占和诱骗良家妇女。

这事还得从长计议，慢慢来，急不得，好多事还得讲究缘分。

但马啸天是所谓官府的人，也身不由己。上面要他立即带人去南京侦察，设法弄清鬼子这次扫荡的方向和军力部署情况，以便附近的驻军及时做好应对之策。

军情紧急，他只好先放下儿女情长，带了几个县大队的人，乔装打扮后，潜入了南京城，并和城里的内线接上了头。

几个人分了工，说好了接头暗号、集合的地点，就分头行动了。这一来二去，二十多天就过去了。

这次的行动非常成功，弄到了鬼子扫荡的准确情报。这样，各种武装提前做好了准备，鬼子的扫荡无功而返，最后又龟缩到城里去了。

凯旋后的马啸天，第一件想做的事就是去见蒯丽丽，但奔波在外二十多天，茂盛的胡子已经将嘴唇覆盖了，身上的衣服更是脏兮兮的，还有一股馊味。

这样的状况使得急于想见蒯丽丽的马啸天，只得按捺住了躁动不安的心，先去理了发，又去泡了个澡，换上了干净的衣服，人就精神多了。

做完这一切，已近黄昏，索性吃了饭再去也不迟。他要出其不意，给蒯丽丽一个惊喜。待他在月明星稀的晚上匆匆赶去时，迎接他的不是惊喜，而是一场无声的痛哭。

开始，马啸天有点摸不着头脑，但很快就明白了这一切。

二十三

可能是讲到了情深处，蒯嬷嬷轻轻地叹了口气。宋小秋就劝她喝点水，休息一会儿再说。杨二龙倒是希望她快点说，只要她第二任老公的故事讲完了，以后就不用担心她再讲了。蔡嬷嬷则无所谓，一副可听可不听的态度，因为蒯嬷嬷的故事，她早已知晓了。

蒯嬷嬷只喝了一口水，没有休息，就接着继续往下讲。

马啸天来了，蒯丽丽的怨恨一下子不知跑到哪儿去了，心里却像小鹿乱撞。奇怪的是，她心里那么高兴，却委屈的眼泪刷刷地往外流。

马啸天见蒯丽丽低着头，在那里默不作声，以为她生气了，就弯下腰去，关切地问了句："蒯丽丽，你这是怎么了？"

他不问还好，这一问，刚才还在无声流泪的蒯丽丽，反而大声地哭了起来。这是真哭，地动山摇似的哭，身子更是由于剧烈的哭泣而不停地抖动。

马啸天倒是有些懵了，刚才还好端端的，怎么他一出现，蒯丽丽就哭了，这不是存心要他难堪吗？他是来看她的，又不是来强迫她的，她哭什么？于是，他心中就有了些许的怨气。

他当时还不知道，蒯丽丽在见到他的那一刻，就在无声地哭了。

马啸天在屋里转了转，本想转身就走的，可他又有些不忍心，就回过头来，又看了看蒯丽丽。这一看，他的怨气不但没有了，反而生出了些许的窃喜。蒯丽丽看起来不像是因为害怕而哭，她倒像是一个怨妇在哭。这时，他一下子明白了，蒯丽丽对他动心了，是怨他这么多天没有来看她。

马啸天做梦也没有想到，这么快就获得了她的心。在他的想象中，这种刚烈的女子，要想获得她的浓情蜜意，可能还需要一些时日。多亏了这次任务，离开了这么多天。这些时日，寂寞中的蒯丽丽，可能只想着他的好处了，但也有可能是自己走时没有和她打招呼，她生了怨恨，这才哭了起来。

想到了这些，马啸天就主动劝慰起蒯丽丽来。

“不要哭了，我是执行任务去了，不能和你打招呼。这不，一回来，我就来看你了。”

“我还以为你不来了呢！”蒯丽丽哭着说。

“怎么可能呢？我在执行任务时，还经常想到你呢。我还担心你溜了，回来见不到你了呢！”马啸天笑嘻嘻地说。

“你这个死鬼，刚开始天天来，哄得我开心了，却突然一声不响的二十多天不来，你让我等得好苦啊！”说着，就用小拳头在马啸天身上打了起来。

马啸天让蒯丽丽打了几下，等她解了气后，就抓住了她的双手。蒯丽丽呢，一点也不扭捏了，趁势就依偎在了马啸天的怀中。

马啸天是个有操守的男人，他不准手下人强抢民女，他本人自然也要遵守。上次只是听蒯丽丽说她婆家遭了难，并没有听她说夫家怎么样。要是她夫家还在，马啸天就不能做这种缺德的事。

等蒯丽丽平静了些，马啸天就说：“蒯丽丽，我跟你说，我一见到你，就喜欢上了你。但你上次说你婆家遭了难，说明你是有丈夫的，是不是？”

“我……我……我……”蒯丽丽“我”了几次，却没有说出什么来。

“你要知道，我做事是有规矩的，我不准手下人强抢民女，我也不可能让有夫之妇成为我的妻子，所以你一定要说实话。”

蒯丽丽犹豫起来，一时不知如何是好。上次她说了谎，现在说出实情来，他能相信吗？但事已至此，还是说出实情吧，他信不信听天由命了。

见蒯丽丽欲说还休，马啸天断定她有难言之隐，就率先说出了自己的困惑。

“我本来是等打听到了你父母的消息后，将你交给你父母。但事与愿违，你的父母没到这边来。后又想等你身体好了，让你自己回婆家。可不知怎么搞得，我舍不得你走，但又不能不放你走，心中就一直矛盾着。渐渐地，看到我俩在一起时，你心情越来越愉快，就更不想放你走了。这不，一拖就拖到了今天。”

蒯丽丽嘴巴嗫嚅着，话还没说出来，却“哇”的一声哭了起来。马啸天只得温情地又劝慰一番。

蒯丽丽这才鼻涕一把、泪一把地叙述起了丈夫落水死亡的过程，说到痛心处，她几度哽咽，马啸天也跟着流了泪。

什么都没再说，第二天，马啸天办了几桌酒，蒯丽丽就算是他的女人了。

刚烈的女子，若再加上心地善良，就是天下最好的女子了。她会对你忠贞不贰，会和你同甘共苦，却不求大富大贵，只求能平平安安地过日子。倘若是灾难来临，她还可以为你撑起一片天。在平常的日子中，她能相夫教子，将家中收拾得干净利落，使丈夫省不少心。

蒯丽丽和马啸天正是这样的，结婚后，夫妻俩一直恩恩爱爱。

马啸天在家里就当起了甩手掌柜，什么事儿都不用做，什么事儿也不用他烦神，一回到家，茶水已经递了上来。等他喝好茶，饭菜也已端上了桌。

他只管舒舒服服地吃着喝着，高兴时还会来两杯小酒，哼上几句小曲儿。蒯丽丽呢，这时就不断地往马啸天的碗中夹菜，她只顾看着马啸天吃，只要马啸天吃得舒服，蒯丽丽那神情比自己吃了还要满意。但马啸天身为县大队队长，常会有公务在身，不可能天天在家陪着她。

溪镇是各方势力交织的地方。在各方势力中，鬼子的势力最强，但他们的兵力有限，只能驻扎在溪镇上。偶尔出来扫荡一下，其他势力就纷纷撤到邻县，避其锋芒。若是鬼子不出来扫荡，其他势力就进驻到乡下。以县大队的实力是不可能和鬼子正面交锋的，虽然名义上他们是抗日的队伍，但他们比在当地打游击的新四军小分队的实力都要差。县大队唯一能打的就是小股土匪，因为他们有保境安民的责任。

在这里，不论是何种武装势力，都不敢和鬼子发生正面冲突，只能是打一枪换一个地方，就连驻扎的地点也是要经常换，不可能一直在一个地点驻扎。若是驻长了，一旦被鬼子知道了，鬼子立即会过来扫荡。所以各路武装都采用晚上秘密地进驻事先采好点的村子。村民们只能进，不能出，以免走露了风声，被日本人要了命。

县大队有次在某村驻扎时，哨兵发现了两个落单的鬼子，就迅速地联合了几个人，悄悄地把这两个落单的鬼子给解决了，这差点成了县大队的灭顶之灾。鬼子尾随了过来，县大队立即向溪镇方向撤退，以便从那里去河对岸的邻县。鬼子追到了溪镇，没发现县大队的踪迹，以为他们藏在了镇上。于是，放了一把冲天大火，直烧了三天三夜，将溪镇烧得满目疮痍，只剩下了半条尾街。

鬼子追到溪镇，并没有撤走，而是在那里驻扎了下来，他们深知这个地方的战略地位。这里是个水陆码头，是通往山区的交通要道，也是邻县通往涂县的重要通道。驻扎在这里，就等于掐住了各路武装的咽喉。鬼子除了在镇上修筑了碉堡，还在河上修了木桥，在河中布置了水泥机动船。时不时地就去邻县扫荡一次，搞得邻县的各路武装，只能是远远地向山区撤退。

这样一来，躲在邻县的各路武装，想渗透到涂县就困难多了。

县大队龟缩在邻县，很长时间都不敢出来。地方一小，县大队就和小股的新四军有了摩擦。但都是悄悄地进行，暗暗地较劲，不敢声张，双方比的是意志和耐力。

县大队最重要的任务就是收取捐税，这是其他武装没有的任务。县大队是国民政府的人员，收取捐税是他们分内的事。按理说，农民交皇粮的思想已经根深蒂固，几千年来，他们一直都是逆来顺受，只要自己有菜糊吃，不饿死，交皇粮就成了农民盲目和自觉的行动。

然而其他的武装驻扎在这里，也要吃喝，他们也要就地征粮。农民被一遍遍的征收，实在是没有了办法，能抗的就抗，能藏的就藏。县大队不像其他队伍，他们这是任务。为了能收上粮食来，县大队就采取了一些极端的手段，有时比土匪的手段还要过分，所以百姓们恨透了县大队。

不，其实百姓们还不知他们是县大队，一直认为他们就是土匪。

县大队还有侦察、除奸、搞破坏的任务。如为了不让鬼子顺利通过某地，县大队常晚上挖断道路，害的老百姓直骂娘。凡是哪个地方无故地死了人，或是被抢了，百姓都认为是杂牌子队伍干的。

县大队的名声如此不好，危险就比别的队伍大。因此，凡是稍大点的事，马啸天都特别谨慎，都会亲自参加，免得节外生枝。

马啸天不可能天天陪着蒯丽丽，短则几天，长则一二十天，他都会出去执行任务。蒯丽丽没有半点怨言，有的只是为他提心吊胆，担惊受怕。直到马啸天出现在她面前时，她心中的一块石头才算落了地。有时，她还要和马啸天不停地转移，躲避日军的扫荡或其他武装的追杀。

两年多的生活就在恩爱、分离、躲藏中度过了，有甜蜜，更多的则是担惊受怕。这其间，蒯丽丽怀过一次孕，可惜在日军的追杀下，过度地颠沛流离而流产了。

她难过得要命，马啸天则不断地安慰她，他们年轻着呢，不怕以后没有孩子。

蒯嬷嬷一气说了这么多，又说到了她再次流产，伤心的眼泪从她那干枯的眼中簌簌地往下直掉。宋小秋就紧张地劝她不要再往下说了，尽说些悲伤的事，对身体肯定不好。蔡嬷嬷仍是一副无所谓的样子，听得多了，悲伤的程度就下降了许多，她感情的神经末梢，也就有些麻木了。

可能是真的说累了，也可能是心中很悲伤，蒯嬷嬷竟一时没缓过神来，一脸的悲切和倦容。这可急坏了宋小秋，又是倒水，又是捶背，忙个不停。

这时的杨二龙，心中谈不上悲伤，至多也就一点点涟漪，他也认为孩子没了，还可以再生。

守寡的蒯丽丽，有了这样的归宿，也算是很幸运了，这真应了那句古话“祸兮福之所倚”。但这只是上半句，还有下半句，叫“福兮祸之所伏”。蒯嬷嬷既然有三个老公，那这第二任老公肯定也是死于非命，不然她怎会有第三任老公呢？

这样一思考，杨二龙心中立刻感觉很冰凉，这后面的故事，还要不要听下去？是走呢，还是留下来？他一时拿不定主意。

五月份的日头虽然有些长，但这时太阳也已经西斜了，估计差不多有四五点钟了。蒯嬷嬷说了这么多，神情那么沮丧，可能不会再讲下去了。

杨二龙的心情轻松了些，可心思立即又转到别的问题上去了。怪不得蒯嬷嬷要讲他祖上的故事，而且知道得那么详细，原来枪兵的头子就是她的第二任老公。爷爷受到的屈辱，是怪马啸天呢，还是只怪那两个枪兵？

心中有些七上八下的杨二龙，将目光再次投向了蒯嬷嬷。只见她这时紧紧地靠在一张躺椅上，眼睛“紧闭”，悲戚写满了脸上。这状况使人感到压抑，令人顿生同情和叹息，爷爷的事能怪她吗？

杨二龙呆呆地站在那里，不知说什么好。旁边的宋小秋，则一个劲地叹气，还时不时地用手抹一下脸，不知她是为蒯嬷嬷找到了好归宿而激动地落泪，还是为她腹中的孩子流产了而伤心地落泪。蔡嬷嬷则一言不发，还不停地扭动着脖子，看看这个，又看看那个。

大家都沉默着，气氛有些怪异，看来今天的故事到此为止了，再等上一会儿，气氛缓和一点儿，就该告辞，各自回家了。

不料，缓过了一口气的蒯嬷嬷还要继续往下讲。但这次她不讲了，而是要蔡嬷嬷帮她讲。

蔡嬷嬷不愿，但最后还是依了蒯嬷嬷，接着讲了下去。

也有可能是被憋久了，她这种性格的人，若是长时间不让她说话，只当个听众，她会觉得索然无味。也许，在蔡嬷嬷的内心当中，还巴不得要她讲呢？

这后面的故事，肯定是凶险异常了，马啸天将遭遇不测，离开人世。

能猜想到的故事，杨二龙不愿再听，但他还是要硬着头皮听下去。

二十四

马啸天接到了一个锄奸任务。在一个月黑风高的夜晚，他领着县大队的人员从邻县潜入了涂县。二十几人静悄悄地钻入了沈家垛子的一个地主家。

这是一个有抗日倾向的地主，属于县大队的眼线。

沈家垛子很高，在这水网密布、地势平坦的圩区，就显得比较突兀，远远望去，就像平地中突然长出了一座小山丘。垛子上树木森森，四周挖了很深的壕沟，周围很远都没有人家，只有一条小路和外界相通。

这样的环境，这样的可靠人家，又是深夜悄悄地进驻，马啸天认为不会走漏任何的风声，只要布好了岗哨，一定会很安全。

不知是早就走漏了风声，还是鬼子事先察觉到了，天麻麻亮，鬼子就悄悄地尾随而来。在三里外的高地上，一部分鬼子先架起了小钢炮，其余的鬼子迅速向沈家垛子逼近，堵住了沈家垛子通向外界的唯一出路。

一切就绪后，鬼子的小钢炮就响了，炮弹呼啸地向沈家垛子飞来，那炮弹像长了眼睛一样，颗颗在垛子上爆炸。马啸天立即意识到了问题的严重性，队伍的行踪被鬼子发现了，他要立即组织突围。

可这个时候，突围已经晚了，鬼子在唯一的出路上架起了机枪，二十几个人没冲出几步，就都退了回来。鬼子射出的子弹太密集了，退得慢的队员，不是死了就是伤了。硬拼肯定不行，马啸天冷静下来，要队员们四散从壕沟中泅水逃生。可话音还未落，就有一颗炮弹袭来，击中了他，马啸天当场死亡。其余的队员，见头儿没了，直恨爹妈给少生了条腿，会水的，不会水的，都纷纷跳进了壕沟，和死神赛跑。

鬼子已经冲上了垛子，在壕沟中的队员，被鬼子当成了活靶子，大部分死在了壕沟中。几个幸运的，如丧家之犬，一路狂奔到了邻县，以后再也不敢露面了。

沈家垛子这次被彻底地摧毁了，老地主被炸死了，好在有两个儿子逃了出来，其余的老老小小都死在了这次炮火之中，沈家从此一蹶不振。

奇怪的是，就在马啸天带队出发前的那个晚上，蒯丽丽夜里就做了个可怕的梦。她梦见马啸天血肉模糊地站在床前，直直地望着她，一句话不说。她被这场景惊醒了，汗水湿透了全身。怎么会做这样的梦，她不由自主地往床的另一边摸去，马啸天还在，并不是梦中的情景，她的心才稍稍安定了些。

这梦虽然是虚惊一场，但受了惊吓的蒯丽丽，就再也睡不着了，一会儿看看屋顶，一会儿又看看马啸天。但是在黑暗中，这些感觉都不够真切，她仍不放心，又去摸了摸马啸天，心里才踏实了。

马啸天依然是呼声如雷，和平时在家里没什么两样。

第二天，吃过了早饭，马啸天才告诉蒯丽丽，他要带人去涂县执行任务，几天后才能回来，要她好好照顾自己。

这是马啸天一贯的做法，他怕蒯丽丽担心，每次出门都说得迟一点，这样她担心的时间就会短一点。这一次，蒯丽丽说什么也不让他去了，夜里噩梦中的情景还历历在目，这可不是什么好兆头！

她先是求他让副队长带队去，这次就不要去了。但马啸天说，这次任务重大，自己不亲自去，怕完不成任务。见这招不行，蒯丽丽又谎称自己这几天身体不舒服，需要他照顾。可马啸天仍不为所动，反而劝起她来，过几天就回来了，到那时再好好地补偿她。最后，蒯丽丽使出了女人惯有的绝招，又是哭，又是闹，但这肯定还是无济于事，马啸天还是坚持执行任务去了。

马啸天一走，蒯丽丽心里就空了。时不时一揪一揪的，悬着的一颗心始终放不下来，她在为马啸天的安危担心。饭吃不下，觉睡不好，特别是夜晚，心里就七上八下的，怕做不好的梦。但怕什么还是就来什么，只要一合上眼，迷糊中她就做各样的噩梦。有一次，梦中的她居然听到了鸟的叫声。这叫声极其哀怨，让惊醒后的蒯丽丽紧张地喘不过气来。

她极力仔细地回味梦中的情景，稍感欣慰的是，这次的鸟叫声和原来天堂鸟的叫声有一些不同，虽然极其哀怨，但没有小孩的啼哭之声。就凭这一点，蒯丽丽一颗紧张的心稍稍放宽了点，但心中七上八下的杂念，却一直没能消除。这时候噩梦不断的她，杂念怎么可能消除？除非活生生的马啸天，突然站在她的面前。

数天后，县政府派人来了，说马啸天为国捐躯了，要给家属发一点抚恤金。蒯丽丽听到这个消息，如五雷轰顶，泣不成声。县政府来的人，安慰了她几句，公事公办的就走了。

其实，这几天，蒯丽丽的耳边已经不止一次地听到县大队遭伏击之事，据说死了不少人，但她心里一直自欺欺人，不愿承认这个事实，更不愿将这事和马啸天联系起来。

马啸天怎么可能死呢？这样一个铁骨铮铮的男人。但事实终归是事实，不承认也得承认。蒯丽丽号啕大哭，不停地狠狠揪着自己的头发，一阵儿猛扯。

被扯下的头发，散落了一地，渐渐地成了片，她不觉得疼。

她要发泄，她要破坏，游离的目光中，她看到了那一叠抚恤金，就冲了过去，一把抓起来，用力地抛了出去。

纸币纷纷扬扬地落了一地，就像出殡时，沿途抛洒的冥钱。

蒯丽丽这样撕心裂肺地哭，很快引来了不少人的围观。有人就想上前来劝慰，但门已被她锁死，根本就进不了屋。大家只能隔着门，在外面七嘴八舌地劝慰她，但这肯定是隔靴搔痒，根本起不了任何作用。

一番自虐的折腾后，蒯丽丽开始自责起来，为什么这次没有拦下他，要不然他也不会死。是她害死了他，再一想，马啸天死了，她活着还有什么意思！

"马啸天，你慢点走，等等我，我马上就来陪你了。"

蒯丽丽收住了泪，做出了一个大胆的决定，她要到沈家垛子为马啸天去收尸，将他安顿好了，她就随他一道而去。

主意已定，蒯丽丽就拖着略病似的身子，带着十二分的悲痛，本能地将金钱和一些衣服打成一个包袱，背在后背上，就从邻县往溪镇的方向赶去。

天不是太冷，是春夏交接的时段，田野中一派生机盎然，各种花儿争相开放。但这一切，对蒯丽丽来说，已没有了意义，她不可能再活着回来了。

到了溪镇，蒯丽丽向镇子上的人打听沈家垛子在什么地方，如何走？被打听的那人吃了一惊，竟还有人敢打听那个凶险的地方，真是吃了豹子胆了。

那人看了看蒯丽丽，是个年轻的女子，就压低了声音说："妹子，你怎么打听那个地方？前几天，鬼子在那里伏击了杂牌子队伍，打死了好多人，有几个被炸得缺胳膊少腿的，血肉模糊，人都认不出来了。"

蒯丽丽强忍了悲伤，继续问："大哥，那从溪镇到沈家垛子怎么走，有多少路啊？"

那人见蒯丽丽蛮倔强的，就好心地再劝了一次。

"我说啊，妹子，那个凶险的地方，我劝你还是不要去了。"

"大哥，你行行好，告诉我怎么走，就行了。"

那人见蒯丽丽不听劝，也不再搭理她了。

蒯丽丽见状，心酸起来，眼泪汪汪的，低着头不作声。

那人见蒯丽丽哭了，心中一软，就重新问起了她："妹子，看你这样，你是真的要到沈家垛子去啊。那你能不能告诉我，你为什么要到那里去？"

见有了希望，蒯丽丽就急切地说："大哥，我有一个弟弟在沈家垛子帮工。我这次来，本是去看看他的。可一到了溪镇，听说那里出了事。既然出事了，我更要去沈家垛子看看，好知道我家弟弟是否平安？"

那人见蒯丽丽说得诚恳，也说得实在，就告诉了她，从溪镇到沈家垛子有多少路，如何行走。

蒯丽丽等不及说声谢谢，转身就走。

那人也是个好心人，见蒯丽丽抬脚就走，有些不放心，在她的身后还是叽咕了句："妹子，那里凶险，你可要当心！"

这时，蒯丽丽已走出了好几步，她没有作答，怕耽误了时间，只是象征性地点了一下头，她的心早已飞到了沈家垛子那里。

好在路不是很远，只有十里路，基本上还是直路，很容易找到。

到了那里，她爬上了沈家垛子，四处一看，哪里还有人烟，房子被炸得东倒西歪，焦乎乎的一片。地上有大片已干涸的血迹，时间长了，已呈黑褐色。蒯丽丽在废墟中翻找，想找到马啸天的尸身，可她费了九牛二虎之力，找遍了沈家垛子的角角落落，哪里还有马啸天的尸身！

不单是马啸天的尸身，就连别的尸身一具也没有。

蒯丽丽绝望地一屁股坐在了地上，呜呜地哭了起来，其凄惨哀怨之声，和她梦中听到的鸟叫之声无异。这哭声，令听到的人无不动容。附近在田间劳动的农民，听到这凄惨的哭声，心儿直往下沉。有个胆儿大的，爬到了垛子上，他想看个究竟。

他循着声音望去，见一个年轻的女子伏在一根焦木上，凄凉而撕心地哭着，身子在瑟瑟发抖。这情景，实在是让人垂怜。

这人知道，那哭着的女子，肯定是有亲人在这里被鬼子炸死了。

那人有些不忍，就跑到了蒯丽丽身边，诚心地劝慰起来。

“妹子啊，不要太悲伤了，要当心自己的身子，人死不能复生，不要再哭了。”

蒯丽丽惊恐地微微抬起头，见是一位农民站在了身边。她并不感到害怕，已经是要死的人了，现在不管是谁站在了这里，即使是鬼子，她也不会害怕的。

“大哥，我男人被炸死在这里了，我是来为他收尸的。可我找遍了整个垛子，也没有发现他的尸体。你知道这些被炸死的人，尸体被搞到哪儿去了吗?”

听口音不对，农民就问：“妹子，你是哪里人？好像不是本地人嘛。”

“大哥，我是外地人。听说我男人在这里被鬼子炸死了。我生要见人，死要见尸，我不能让他暴露在光天化日之下。要是这样，我哪能心安！”

还有这样的贤德女子，千里迢迢地到此，只为给丈夫收尸！不管他男人是什么人，女人有这份心，就说明这个男人前世是积过德的。

农民对眼前这个大胆的女子，肃然地敬佩起来。

“妹子啊，这里一共死了十八人，有的是被枪子儿打死的，留了个全尸，有的是被炮弹炸死的，就缺胳膊少腿了。鬼子走后，村民们就将这些尸身抬着埋了，不能让死人露在外面啊！”

“大哥，你说这些，就一定知道这些人埋在什么地方了？”

“那是，我亲自参加了。这些死去的人，都是些年轻人，有一个大个子，被炸得分不清模样了，惨啊！”

那个大个子，蒯丽丽心中清楚，那人肯定就是马啸天。

“大哥，你能不能带我去坟上看看？”

“妹子啊，我不能陪你去，但我能指给你看，还是你自己去吧。”

循着那位农民指的方向，蒯丽丽踉踉跄跄地朝坟头奔去。

农民给蒯丽丽指路，是同情她，不陪她去，是由于炸死的这些人，是杂牌子队伍的，他们死了，他心里高兴。

蒯丽丽最后是爬着去的，那里有一块新鲜的泥土堆，只是比旁边的地方略为高一点，没有坟头，也没有标志，这就是马啸天和他的弟兄们安葬的地方。

看着如此简陋的坟头，蒯丽丽伤心欲绝。她拍打着坟头上的泥土，痛哭起来。

“马啸天，你这个死鬼，你走了，丢下我怎么活呀！”

“马啸天，你好狠心呐，生不见人，死不见尸，让我心里怎么放得下啊！”

“马啸天，你不要走得太远，我马上就要来找你了。”

……

这是一处荒地，周围并没有人家，即使有人，也不会来劝。因为死的是杂牌子队伍的人，也就是所谓的土匪，老百姓对杂牌子队伍恨透了。

蒯丽丽哭着哭着，就昏了过去。

醒来后已是黄昏，身上有阵阵寒意，整整一天，她一粒米未进。蒯丽丽艰难地爬了起来，想找一棵树吊死算了。但放眼望去，只有荒草和低矮的小杂树，连棵上吊的树都没有。

起风了，荒草在风的吹动下，发出了沙沙的声音。苍空中的一只孤鸟，正急速地向南飞去，并发出怪异和凄凉的叫声。它可能是掉了队，在向同伴发出无助的哀鸣，也极有可能是因失去了伴侣而发出的悲鸣。

蒯丽丽感到无助，上吊不行，转而一想，投河总可以吧。

打定了主意，蒯丽丽就不再哭泣。即使她想哭，也不可能再有眼泪，因为这两天来，她的眼泪哭干了。

来到水边，蒯丽丽并没有立即投河，而是先坐下来，她要想一想，还有什么事没做完。她努力地想了一番，倒真让她想到了一件重要的事。

马啸天文质彬彬，很爱干净，我蒯丽丽不能这样邋里邋遢地去见他吧。

蒯丽丽先是用手捧了点水漱了漱口，再用水洗干净了手和脸，将身上的衣服整理整理，做好这一切，蒯丽丽就平静地准备去死了。

往水中走了两步，蒯丽丽心中顿了一下，仿佛有一个声音突然在耳边响起："蒯丽丽，你不能在这里死。要是在这里死了，不会有人给你收尸，因为你是土匪的婆子，更不可能让你和马啸天合葬。"

蒯丽丽怔了一下，这话说得有理，她朝四周看了看，没人啊。可这话，又是谁说的呢？就在她疑惑、彷徨无措的时候，这个声音又出现了。

"蒯丽丽，你难道就不想到无人区，再见一次你的父母?"

蒯丽丽犹豫了起来，就停止了往深水处移动。是的，我是该到无人区，远远地看一眼父母船来的方向，然后再投河也不迟。在那里死了，就能经常看到父母，而且也不要别人收尸，很快就能追上马啸天，更不会和别的男人尸骨混杂。

蒯丽丽从水里退了回来，决定到无人区去投河。

天完全黑了下来，可月亮还没来得及升起，只有为数不多的几颗星星，泛着微弱的光芒。风似乎比傍晚时大了许多，卷起的水浪，拍打着河岸。

蒯丽丽小的时候，跟着父亲从无人区到这附近卖过鱼，还到过沈家垛子。只是，马啸天这一死，让她昏了头，一下子没想起来。现在，蒯丽丽依稀想起来了，从无人区到这里是向西走的，那从这里到无人区向东走就是了。

其实，这里离无人区很近，只有二三里路，要是本地人的话，十多分钟就到了。但对于蒯丽丽来说，就有些困难了。圩区水网密布，又是漆黑一片，只要走错了，就得绕走很多路。但这时的她，已经铁了心，不论有多大的困难，多走多少路，天亮之前，总可以走到无人区。只要到了那里，她就可以从容地去死了。

蒯丽丽摸黑向东走去，可就是这区区的二三里路，按她目前的状况，三四十分钟就足够了。可跌跌撞撞的她，走了不少冤枉路，折腾了五个小时，才到达了无人区。

好在无人区面积很大，不论怎么走，只要上了圩埂，就算到达了。

这时的无人区漆黑一片，水浪轰鸣，芦苇和其他杂草在风的作用下，发出哗哗的声响。各种夜间活动的精灵，晚上出来觅食，弄出各种古怪的声音。这种情况，不要说是蒯丽丽，就是一个男子，心中也惊骇得不得了。

无人区里夜晚出没的，除了胆大的渔民，恐怕就再没有其他人了。

蒯丽丽惊骇万分，她已不可能从容地看一眼父母船来的方向，再投河了。若是那样，她不是被冻死，就是被骇死，还不如先行了断。反正，死在这里，父母来了，还是能看到。

蒯丽丽毅然决然的“扑通”一声跳下了河。

这“扑通”一声，让杨二龙的心拎了起来，这月黑风高的，这一跳下去，还有命吗？后来，蒯丽丽肯定是得救了，不然现在也不可能听她亲口说出她的故事来。可这“扑通”一声，杨二龙当时还是将身边的蒯嬷嬷忘得干干净净，仿佛她就是个局外人。

宋小秋先是默默地流泪，当听到“扑通”一声时，就大声地哭了起来。还哭得一塌糊涂，哭得有些放肆。到此，故事不可能再讲下去了。

蒯丽丽是何人救起，怎么流落到这里，这都是杨二龙想知道的。

蒯嬷嬷任宋小秋哭，一句话都没说，即使三人离开时，她都没有说话，可能是她太悲伤了。

二十五

蒯嬷嬷的三任老公，杨二龙都知道了，只是不知，她和第三任老公是如何相识的。照蒯嬷嬷的性格，这第三任老公应该也是一个非凡的人物，至少他的人品相当高尚，不然不会打动她的心。

时间这东西就是奇怪，它能将平凡变成高贵，能将不可能的事变成可能。宋小秋和杨二龙之间的关系，也变得微妙起来。

杨二龙对宋小秋，本没有任何的非分之想，只是同事间的友情。两人年龄相当，又同带一个班级，话说得投机一些，走得近一些，这是当然的事。可现在不同了，两人之间似乎只隔了一层纸，只要一捅，肯定就破了。可两人谁都不主动，就等着对方来捅。

这样的一种状况，使得两人之间的关系有点奇奇怪怪的。特别是宋小秋，有时冷若冰霜，有时又热情似火。

宋小秋的想法要简单一些，下放到此地，不知猴年马月才能回去，甚至回去都没有了可能，这里就是她的第二故乡。杨二龙知道她的心思，为什么就不能主动一点，毕竟他是男人嘛！

而杨二龙的想法就复杂多了，她一个上海知青，不可能待在这里一辈子，说不定哪天就上调了。即使不上调走，两人都是手无缚鸡之力，端的都是泥饭碗，说不定哪天就破了。到那时，她跟着自己受罪，他于心何忍。况且他还有婚约在先，虽然他一直不承认，但在双方父母那里，在乡亲们眼里，都是事实存在。宋小秋要是主动一点，他可以将他的顾虑告诉她，要是她仍然心甘情愿，今后不论过上什么苦日子，心中的内疚总会少一点。

杨二龙多次要求父母解除婚约，每次都会遭到父母的一番责骂。解除婚约是不可能的事，除非女方先提出来，这可是个面子问题，搞不好就要出大事。

前村就有一女孩子，婚配给了一个在外当兵的男人，可三年后，当兵的那个男人写信回来，要解除婚约。这可急坏了双方的家长，男方的家长请人写信，严厉地责骂儿子并要他立即回来。女方的家长，为了面子，开始隐忍了，并对女儿隐瞒了这个事实，希望那个男子能回心转意。但事情并没按双方家长的意愿往下发展，那男子始终不回来，一次一次地写信要解除婚约，并且还将退婚信寄到了女方手里。这下，纸包不住火了，女方家长多次上门吵闹，要个说法。男方的家长多次上门赔礼道歉，但这仍不能挽回女方的脸面，最后演变到两家大打出手，男方家的一些家具被砸了，就差房子没被掀了。

即使这样，舆论仍向着女方这边，指责男方家这事做得太不地道了，这不是当年的陈世美吗？有人还怂恿女方，到部队去告他，毁了他的前程。女子还真没能咽下这口气，写信给了部队的领导。就这样，那男子也没提成干部，还提前转业了。这两家本是世交，结上儿女亲家，原本想亲上加亲，出了这档子事，两家就变成了世仇。

解除婚约，这事太难了，金花的父亲那是多么要面子的人！杨二龙只能采用拖的方法，等女方受不了了，主动提出来解除婚约。要是这样，这事就好办了。

每个大队，每月都有公社放映队，提供一场露天电影。最近播放的电影是《梁山伯与祝英台》，宋小秋和杨二龙结伴去看了。梁山伯的愚钝，祝英台的灵巧，华美的服装，优美的唱腔，都给杨二龙留下了极深的印象。

露天放映场就在大队部的旁边，除了本大队的人来观看以外，附近几个大队的人，也会凑过来观看。这种场合，基本上是年轻人的天下，有趁这个机会来谈情说爱的，有来碰机会寻找意中人的。当然，也有趁这个机会来寻衅闹事的，但更多的人还是来看电影的。

每次放映，场地上都是人山人海，有时人多得场地都容不下，有些人就到银幕的反面去看。当然，这样观看的效果要差了许多，屏幕上的字也是反的。

以后的数天中，宋小秋总会拿电影中的梁山伯说事。

“杨二龙，你傻里傻气的，和电影中的梁山伯一个样。”

宋小秋说过后，仍觉得不解气，还会用眼睛瞪上他一眼。

杨二龙不傻，他心中明白得很。

宋小秋的报告文学《相亲》，在报纸上发表了，故事的情节就取自杨二龙在前面所说过的复杂家庭的故事。

这是个喜事，又值得庆贺一番。庆贺的形式仍是老套，由宋小秋采购食品，杨二龙负责下厨，简单点说，就是吃一顿。

四人欢欢喜喜地吃过后，都对宋小秋说了一些溢美之词。杨二龙干脆喊起了“宋作家”，不过，这一喊却遭到了宋小秋的一个白眼。

奇怪的是，这次蒯嬷嬷没有说要讲故事，而是安详地坐在一边，倒是蔡嬷嬷嚷嚷着说她要讲故事。但她讲的仍是蒯嬷嬷的故事，她早已受了委托，要把蒯嬷嬷在水中没死的原因讲出来。

“蒯嬷嬷要我今天接着把她的故事讲完，她说她是个要死的人了，不想把故事带到棺材中去。小秋又会写，说不定能将她的故事写进书里。这样，人死了，故事可能还在人间流传呢。”

话说到了这份上，不听也得耐心地听了，只不过是情感上再受一次煎熬。

蔡嬷嬷就接着蒯嬷嬷的上次“扑通”一声，快人快语地说了下去。

也是蒯丽丽命不该绝，一个渔民刚在此地撒了网，过一会儿来收鱼。他刚将船停在避风的地方，就听到水面上“扑通”一声，以为网上了一条大鱼，赶紧地将船划了过来。伸手一捞，立即傻了眼，是一个披头散发的女子，就赶紧地撒了手，真是见鬼了。

渔民想立即离开这个是非之地，但还是回头看了一眼，在微弱的星光下，他发现这女子的手还在不停地挣扎，说明这个女人还没死。刚才听到

“扑通”一声，是这个女人跳进河中的声音。

渔民将船头拨转回来，将蒯丽丽捞上了船，顺手打了她三个嘴巴。这是水上人救人的规矩，避邪!

杨二龙后来想想，这不完全是迷信，可能还有一定的科学道理。你想，一个投河昏迷的人，肚子里肯定被呛了不少的水，人要想得救，就必须把肚中的水控出来。你往她脸上拍打，头就会两边剧烈地摆动，头在摆动的过程中，水就从嘴角流了出来。也就是说，这种做法，不一定是避邪，可能只是一种附会。

被打过三个嘴巴的蒯丽丽，嘴角正不断地往外冒着水。渔民觉得这个女人还有救，于是，他将蒯丽丽翻转过来，让她趴在船舷上，肚子抵住船上的隔板，让她自己向外控水。

控过了水，渔民摸了摸蒯丽丽的鼻子，有一点微弱的气息，就立即将女人带上了岸，选了处背风的地方，找了些枯枝残叶，生起了火。这样，既可以给蒯丽丽取暖，又能将她的衣服烤干。渔民还在火上烧了水，等水开了，可以喂她几口热水。

然后，他就坐在了火堆旁，等着这个女人醒来，渔网也顾不得去收了。

这个渔民就是杨瑞招，也是后来蒯嬷嬷为之哭瞎眼睛的那个男人。他是蒯嬷嬷的第三任老公，和杨二龙还是一个辈分。

其实，杨瑞招也是个命苦的人，他本不姓杨，直到他死了，也没搞清自己原来姓什么，叫什么。

他很小的时候，听他的母亲说过，他们是从广西的一个小山村跑出来逃难的。那年大旱，山涧断流，田里的庄稼颗粒无收，遍地饿殍。所有能吃的和不能吃的，都被人们吃光了。这样，村子中的人，有的被毒死了，有的被饿死了，也有的被撑死了。即使这样，人们还是不愿背井离乡，指望着老天爷开眼，下一场大雨，让他们熬过这个灾年。一旦逃荒，就意味着没有回来的路，大都会客死他乡，做了异乡的鬼。这对极其看重乡土味的村民来说，不啻是出卖了祖宗。

杨瑞招的父亲和几个姐姐就是那年相继去世的，他是老幺。母亲不想让他就这样饿死了，就带着他出来逃荒。他的母亲也没有出过远门，开始是跟着几个老乡一起往外走，可走着走着，渐渐地就走散了。母子二人白天乞讨，晚上则睡在草垛上，或是无人看管的破庙里，过的是饥寒交迫的日子，或者说是有了上顿无下顿的日子。母亲只有一个信念，就是要把杨瑞招带到江南去，她听说那里富裕，只要人勤快，不至于饿死。要是有好人家能收养他，那真是求之不得的事，肯定是上辈子积了德。

只要将杨瑞招安顿好了，她就可以放心地回家了。她可不愿意客死他乡，就算是死了，她也要和他们的父亲葬在一起。

历尽千辛万苦，饥一顿饱一顿的，母亲还真将他带到了江南。可到了江南不久，母亲却病倒了，很快，母亲就死了。

她没有看到杨瑞招被人家收养，也没有返回到广西和他们的父亲地下相见，带着深深的遗憾，丢下儿子，撒手西归了。她是死在了一个四面透风的破庙里，而且是深夜断的气。杨瑞招那时还小，母亲死了，他也不知道。等他早上醒来时，嚷着肚子饿，要母亲起来去乞讨。可他哪里能喊得醒母亲，他的母亲早已全身僵硬了。这下，小瑞招才慌了神，抱着母亲的尸身哇哇地大哭。

这破庙有些偏，已荒废了多年，很少有人到这里来。但一个娃娃惊恐的哭声，打破了清晨的宁静。诧异的人们纷纷赶了过来，发现一个脏兮兮的小孩正抱着一个妇人在大哭。不用说，这妇人已经死了。这小孩的凄惨哭声，就算是铁石心肠的人也会为之动容。有的妇人，边哭边去拉小孩，也有的妇人赶紧回家讨来点食物给小孩吃。男人们有更重要的事做，他们找来了几张破芦席，将女人一卷，抬着往乱坟岗而去。

小孩实在是饿急了，见有人给他吃的，就立即停止了号哭，抓起食物往嘴中猛塞，被噎了好几回。有人劝他慢点吃，还帮他拍拍背。可当有人用破芦席卷了他的母亲往外抬时，他就不干了，扔了手中的食物，死拉着芦席不放。

这怎么行呢，男人们粗暴地扳开他的小手，将他逐离到远一点的地方，抬起尸身就走。小孩哪里肯依，从稍远的地方爬起来就追。无奈他太小了，早就被等候的人按住了。

葬在乱坟岗中的人，都不是好死的人，大都是外来客死在此地的人。

小孩见追不上，就撒起泼来，横躺在地上，哭个不停。这哭声，确实让人心碎。但那年头，活着都不易，多一张嘴，就多了一份负担。在场的人，虽然都觉得这小孩可怜，以后将孤立无助，但都没有收养的意思。也有人问小孩，多大了，小孩就摇摇头，问叫什么名字，小孩还是摇摇头，问他是哪里人，小孩倒没有再摇头，说是广西的。

当时，人们也不知广西人说的什么话，又听不太懂，既然小孩说自己是广西人，大家就称他为“小广西佬”。小广西佬，很长时间内是他的名字。

小广西佬没有了母亲，人又小，只得捡人家丢在地下的东西吃，瘦的是皮包骨头。幸好，杨二龙村子里有一个没结过婚的老汉收养了他。

老汉养了他一段时间后，觉得小广西佬人虽小，但手脚麻利，甚得老汉的喜欢。于是，他就请族中的长老，摆上了几席，让小广西佬归了杨姓的宗，起名叫杨瑞招。

老汉年轻时帮人家做长工，中年后也没挣得一寸土地，后来就在湖边盖了个草房，在水中谋生。杨瑞招被收养后，他和老汉一样，在水中谋生，成了一个不折不扣的渔民。好在这里的水泊众多，所以在水中谋生，辛苦是辛苦了点，但不至于饿死。

老汉死后，杨瑞招就独自生活，真是一人吃饱，全家不饿，至今也没有说上媳妇。

天微微亮，蒯丽丽醒了，发现自己没有死，再看看身边还有一个男人，立即就明白了这是怎么一回事。

“大哥，你为什么要救我啊！你救了我，却是在害我啊！”

杨瑞招天生木讷，一直独来独往，见蒯丽丽这样说，却不知如何是好。

蒯丽丽见身边的男人不说话，还以为自己的话伤害到了他，心想：“人家好心救了你，你却说人家害了你。这话任谁听了，心中都不会好受。”

她只好背过头去，不再说话。她想爬起来，可浑身虚弱，身子好像不是自己的。这也难怪，整日整夜粒米未进，又跑了这么多路，哭哭啼啼地折腾来折腾去，又被水呛的死去活来，哪个能受得了？

蒯丽丽觉得自己有些过分，又转过头来，对那个男人说：“大哥，我不是怪你，是我这个人不该活在世上了。”

杨瑞招嘴动了几次，终于说了句：“好死不如赖活着。”然后，他又不作声了。

蒯丽丽就想，这人木讷，是个老实人。

“大哥，我不是不想活，而是不能活了。”

“还有不能活的人？”杨瑞招接了这一句。

人死过一次，再没有死第二次的勇气。蒯丽丽现在就是这样，她是想死，也想到了很多要死的理由。比如丈夫马啸天死了，自己无依无靠，以后的生活也没有了着落；父母这几年见都没见到，以后能不能见到也未可知。死的理由虽然很多，但此时，蒯丽丽却失去了死的勇气。

死的愿望小了，悲痛便从心间泛滥开来，蒯丽丽情不自禁地哭了起来。

杨瑞招劝了几句，蒯丽丽哭得更凶了。他索性就不再劝了，自顾自地在火上架起了瓦罐，还随手折了两根柳条。将淘过的米放入瓦罐，再将两根柳条弄弯一些，卡在罐口下一点的地方。在柳条上放了一些咸鱼，盖上盖，在火上烧起了早饭。这是荒郊野外的渔民，惯常的做饭方法，很省事。

不一会儿，冒出了饭香味、鱼香味，杨端招就将瓦罐从火上端了下来。

开饭了，杨瑞招劝蒯丽丽吃一点。起先她还不肯吃，但饥肠辘辘的她，哪能经受得了这种香味的诱惑，忍不住吃了一口。这一口吃下去，她就收不住了，风卷残云似的，狼吞虎咽，一口气吃掉了大半罐。要不是杨瑞招怕她撑着，不让她吃了，她肯定还要吃。

吃过饭后的蒯丽丽，悲伤一点点褪去，心情越来越平和。人真是奇怪，刚才还要死要活，一点点偶发的事情，可能就让她突然不想死了。

杨瑞招吃完了剩下的小半罐饭，坐在一旁，仍是默不作声。

半靠在火堆旁的蒯丽丽，食物在肚中消化的当儿，僵硬的身体一点点变得柔软起来。她坐了起来，想说点什么。但看到杨瑞招默默不言地坐在一旁，也只好打住了。

最后，还是蒯丽丽忍不住，又率先说了起来。

“大哥，你真是个好人，你叫什么名字？”蒯丽丽的声音很小，杨瑞招没有听清楚。

“你说什么？”杨瑞招粗声粗气地说。

“你叫什么名字？你救了我，我总得知道你的名字，以后报答你啊。”

“哦，我不要报答的。”

“那你叫什么名字呀。”蒯丽丽又问。

“杨瑞招。”

“你是个渔民？”

“是的。”

“我父母也是渔民。”

“你父母是渔民？那你有什么想不开的，要寻死呢？”

“寻死”这两字，又将蒯丽丽的悲戚从内心引了出来。

蒯丽丽先是一番痛哭，然后才在抽抽搭搭中，将自己的身世、丈夫马啸天的死以及自己寻死的经过，向杨瑞招说了一遍。

可能是同病相怜，杨瑞招也被蒯丽丽的悲惨经历深深地感染了，不知不觉中眼泪就顺着面颊流了下来。

稍停，杨瑞招就用他那双粗糙的大手，将自己的眼泪抹去，主动地说了起来。

“妹子，你还是想开点，不要难过了。”

蒯丽丽抹了抹眼睛，点了点头，没有再说话。

见这种情况，杨瑞招又没有话说，就坐在火堆旁，不停地用树枝拨拉灰烬。

两人都不说话，因为都有心事，蒯丽丽不知今后怎么办？要找到父母，首先要在这里安身。而杨瑞招呢，又不知如何帮助眼前这个苦命的女子。自己不善言辞，又是单身，说得不好，人家还以为他趁火打劫呢？

杨瑞招手在拨拉灰烬，心里却在着急，头上直冒汗，不知如何张口。

蒯丽丽也开不了口，人家救了自己的性命，总不能再求人家帮自己寻找父母吧。

沉默了很久，杨瑞招看了看蒯丽丽，鼓起勇气说："妹子，我不会说话，说得不对的地方，你也不要怪我。"

"大哥，你说。"

"离这儿不远，我有一间草房，我将你送到那里。一来你可以养息身体，二来你还可以在那里等你父母。"情急中，杨瑞招说话也挺流利的。

"这，不是难为你吗？"

"这倒没事，我一个人在船上过惯了，平时也不住在家里。"

"大哥，这怎么可以呢？我住在你家，你却住在船上，这不是折煞我了。不可，不可，万万不可。"

"那你有住的地方吗？"

"没有。"

"那就这样了，你放心，我不会为难你的。"

蒯丽丽也没有别的办法，她已走投无路，也只能暂时先这样了。

杨瑞招收了网，又帮蒯丽丽找来了她的包袱，便载着她去了湖边的草房。

二十六

草房是两间，不是一间，在水边的芦苇荡中，离村子有点远，孤零零的。平时，杨瑞招大都在船上，不在家中，家中就显得有些凌乱，肮脏。

杨瑞招向蒯丽丽交代了家里的情况，并说过几天送点米、油和盐来。然后就转身去了船上，他还要去无人区打鱼。

蒯丽丽就在杨瑞招家中安顿了下来。这儿很偏，村子中很少有人涉足这里。蒯丽丽在这儿住了七八天，还没见过一个人影，她感到有些孤单，也有些害怕，感觉自己像是被人丢弃在一处无人的荒郊野外一样。特别是夜晚，芦苇荡中会发出各种令人害怕的古怪声音，她尽量蜷缩成一团，用被子蒙住头，眼巴巴地盼着天亮。内心当中，她希望杨瑞招能早点回来，兴许他的到来，能减少些她内心的恐惧。

这个时候，她把杨瑞招当成了自己的救命稻草。

白天的时间，蒯丽丽就在屋子中的犄角旮旯里找事做，桌子不知擦了多少遍，泛出了亮色。锅碗瓢盆，坛坛罐罐，能洗的洗，能擦的擦，连箱子中的衣服，都被她拿出来，重洗了一遍。

没有女人的家，真的不能算个完整的家。这下，经蒯丽丽一收拾，草房中明亮了起来，连空间似乎都扩大了。

这情形，有些像传说中的“田螺姑娘”。

“田螺姑娘”的故事，其实想象得有些美好。传说，有一个孤苦伶仃的小伙子，无父无母，无依无靠，早不见日头、夜不见星星地帮人家打工。家中一直是冰冷漆黑，冷锅冷灶的。可有一天，他偶然在水边捡了个田螺，回家后就随手丢在了家中的水缸里。这下奇迹出现了，这个田螺不是一个一般的田螺，她是一个成了精的田螺，能化身为人形。她见小伙子诚实善良，就动了恻隐之心，趁小伙子外出后，幻化成人形，从水缸中走出来，帮小伙子打扫卫生，还帮他做饭。

这下，轮到小伙子吃惊了，什么人天天帮他打扫卫生，帮他做饭呢？问了周围的邻舍都直摇头，说哪会做这样的好事。小伙子就更加纳闷了，就更想知道，是谁做了这样的好事？他左思右想，终于让他想出了一个好主意。

有一天，他和平时一样，早早地就去地主家帮工了。可是，中途他折转了回来，悄悄靠近自家的门前，躲在暗处，全神贯注地观察着自己屋里的一切。时间不长，他看到一个年轻美丽的姑娘，从水缸中缓缓地走了出来，身上的衣裳并没有因水而有一点点湿润。

那姑娘竟直直地去了灶前，打扫起卫生来。这一幕，小伙子看的是真真切切，连忙飞快地跑进家，先走到水缸边，看到自己捡回的那只田螺，只剩了个空壳。

小伙子惊奇地拿着空壳看了看，就来到了灶前，向正在打扫卫生的年轻姑娘说：“请问这位姑娘，你是从什么地方来？又为什么要帮我做饭？”

姑娘怎么也没想到，小伙子会在这个时候回来，还盘问起她的来历了，竟有些不知所措。姑娘红着脸，就想立即回到水缸中去，再钻进螺壳中。可是，路却被小伙子挡住了，她回不去。

小伙子就再三地追问，姑娘被问得不知怎么说，只得说了实情，她是个田螺姑娘。后来，两人结了婚，还生了子。

就在蒯丽丽将拆洗的被单晾在外面时，现实版的“田螺姑娘”就让眼尖的村子中的人发现了。开始，人们还不在意，以为杨瑞招回来了，可细心的人还是看出了端倪，若是杨瑞招回来了，那里肯定会有停靠的渔船。现在，渔船不在，那晾被单的人，就不是杨瑞招，那是谁呢？好事的人就跑了过去，想看个究竟。

这一看不打紧，看了就十分的惊奇。很快，杨瑞招屋里藏了个漂亮的年轻女人，在村子中就传开了。很多人都争相过来，看一看这不知从哪来的女人，弄得村子中热闹了好多天。

村子中纷纷议论开了，这女人从哪里来的呢？杨瑞招又不在，她是怎么进屋的呢？想不到老实巴交的他，闷声不响的，居然暗藏了这么一个好看的女人在家，若是骗来的，祠堂族人会打断他的腿的。

当然，这一切还得等杨瑞招回来了，再行定夺。

杨瑞招的全部家当，其实不在这草房里，而是在船上。他有两只小船，四只鱼鹰，两只公的，两只母的。小的船是用来放鹰的，大一点的船就是他流动的家，吃睡和财物都在那条大船上。

当地人将这种小型的放鹰渔船，称之为“小溜子”。这倒也形象，小船两头尖尖，上翘，像极了初五六挂在天边的新月。船小，又是流线型，划起来就快。但常人是不能上去的，船太灵活了。真的上去了，紧张的你都不敢动一下，即使这样，可能还是会船翻人落水中的。

可在渔民手里，小船就被耍得活了。这就有点像刚学“溜冰”的情形，不会滑，人仰马翻；会滑，就能做出各种惊奇刺激的动作来。

两条渔船，对杨瑞招来说，至关重要，船身被他油的乌黑发亮。

一般放鱼鹰时，都会三五人结伴，这样一来，一是便于互相照应，二是为了多捕些鱼。毕竟团体的力量要远远大于个人的力量。

放鱼鹰的场面，杨二龙还是见过的。他们会事先选好一片水面，在四周放上几张渔网，接下来，就是驱使鱼鹰去捉鱼了。先将鹰的脖子系起来，这要拿捏得好，紧了，会将鱼鹰闷死；松了，鱼鹰会将捉到的鱼吞下去。一旦鱼鹰吃饱了，任你怎么驱赶，鱼鹰也不会再去捉鱼了。

系好了脖子的鱼鹰，被拎着脖子扔到了水中。接下来的场面，是很多人都愿意看的，当然，杨二龙也不例外，这可以说是鱼鹰捕鱼的一个高潮，下一个高潮就是收鱼。三四条“小溜子”，在水面上来回穿梭，渔民的嘴中不断地发出“呼、哈”的喊声。这样折腾一番后，好像就有了具体的分工，有的站在“小溜子”上，身子微微下蹲，晃动起小船，造出水浪；有的则用手中长长的竹篙，反复拍打水面。这样做的目的，只有一个，让鱼儿受到惊吓，在水中到处逃窜，给鱼鹰捉鱼创造条件。

鱼鹰不停地往水中扎猛子的时候，渔民们开始轻松下来，用竹篙的两端不停地拨拉水面，让“小溜子”慢慢地跟在鱼鹰后面。但一双眼睛仍不停地梭巡着水面，发现偷懒的鱼鹰，长长的竹篙便高悬在鱼鹰的头上，逼迫它钻入水中。再就是要及时发现，哪只鱼鹰捉到了鱼。这时，鱼鹰就不是哪家的了，而是这几条渔船共有的了，只要发现它嘴中含了鱼，谁方便，谁就用手中的竹篙，将鱼鹰挑上小船，掰开鱼鹰的嘴，将鱼儿倒入船舱，然后再将鱼鹰高高抛向水中。若是不立即这样做，嘴中有鱼儿的鱼鹰，就会在那里吞鱼，轻则它不再捉鱼，重则会被鱼卡死。

公鹰捉鱼的能力要远远高于母鹰，母鹰只能捉一些小一点的鱼。几只公鹰合作，能捉上一条几十斤的大鱼，因而渔民对公鹰格外地珍惜。因此，公鹰的价格不菲，一只好的公鹰，即使在二十世纪七十年代，都能卖上七八百元。这在当时，可是个天文数字，那时的工作人员每月也就拿个三四十元。一只公鹰的价格，将近一个人两年的工资。若是以农民的收入来比，那就更不得了了，农民辛辛苦苦、拼死累活的，一年也就挣个两百元左右。

鱼鹰捉鱼不会超过两个小时，时间长了，鱼鹰乏了力，就不肯往水下钻。这时，渔民就得收工了。鱼鹰，还是会认得主人的，它们听到坐在船上的主人敲出的梆子声，就会自动地游过来，绕着主人的小船嬉水打转。

主人再次用竹篙，将它们一个个地挑上小船，也有调皮的鱼鹰不肯上船，主人就用竹篙在它的周围乒乒乓乓地一顿猛打，溅起好高的水花。调皮的鱼鹰，受到了惊吓，就乖乖地让主人挑上了船。

上了“小溜子”的鱼鹰，被主人解除了脖子上的封锁后，会自动地跑到船舷上，站在原来的位置。它们不停地交颈欢呼，好像是在催促着主人，快快给予奖赏。

主人边将鱼儿分类，边将一些小杂鱼儿，抛向鱼鹰。这时，鱼鹰昂着头，头一顿，就将主人抛过来的小鱼接在嘴里，三下两下就吞了下去。只要它没有吃饱，就会不停地晃动脖子，不停地高声叫唤，渔民就得不停地抛鱼。直到鱼鹰的叫声小了，脖子的摆动幅度也小了，才停止给鱼鹰进食。

主人不可能让鱼鹰吃得太饱，否则，第二天它就会偷懒。

船舱里的鱼被集中到了一起，开始按早前约定的比例分成。大多数情况下，等鱼卖完后，才开始分成。渔民的经验和公鹰的质量在分成中起着重要的作用。

十天后，杨瑞招终于回来了，他是撑着“小溜子”回来的，因为这样快。他这次回来是专门给蒯丽丽送食物的，有大米、鸟肉、鱼和蔬菜。他将这些食材，往草房中一放，转身就走了，和蒯丽丽连照面也没打。

蒯丽丽紧赶慢赶，也只看到杨瑞招的一个背影。这时，小船离岸边已有一丈远了。怎么连一个照面都不打，蒯丽丽心里有些失望，她想喊住杨瑞招，却喊不出口，毕竟是孤男寡女的，已经住在了人家里，怎么还能有过分的要求！

杨瑞招回来，又走了，没有任何的停顿。这事，让村民的好奇又高涨起来，有人有意无意地往那儿跑，想搞清这对男女到底是怎么一回事？一人，有家他不回，还给别人送吃的。另一人，漂漂亮亮的，来路不明，却占着人家的房子。问不上杨瑞招，总可以问问这个女的，要是有辱族风，就要赶走这个女的，还要责罚杨瑞招。

其实，这个由头是个幌子，大家还是想知道这个漂亮的女人，是怎么流落到这里的，和杨瑞招到底是什么关系？一些光棍汉，更是跑得勤，反正她现在肯定还不是杨瑞招的老婆，兴许跑着跑着，就能抱得美人归呢！

到杨瑞招草房这里来的人，不是一个一个地来，而是三五成群地来。突然有这么多人跑过来，蒯丽丽起先很是惶恐，不知道发生什么事了。

女人们来了，总是叽叽喳喳，品头论足，男人们则要收敛得多，远远地站着，探着头，看看就走了。也可能有的男人走得并不远，他们在等待合适的机会。

总有胆大而又无所顾忌的女人，爱管别人的闲事，率先进了杨瑞招的家，连珠炮似的向蒯丽丽一番发问。到这时，蒯丽丽才知道这些人来此的目的。

蒯丽丽不再惶恐，热情地邀来的人进屋，包括一些远远围观的人，也一同邀进了屋中。

屋子中很快就挤满了人，空间立即显得狭小起来，大家都在等她快快地说出原委。蒯丽丽这时很冷静，她隐去了自己寻死的细节，而是说在无人区寻找父母，不小心落入了湖中，被杨瑞招救了起来。

父母没见到，又没处去，杨瑞招好心，就收留了她。一旦见到了自己的父母，她就会随父母回到船上去捕鱼。

这话，让有的人愤愤不平，这个女人没良心，人家救了你，还好心把房子让给你住，你倒好，一见了父母，就不咸不淡地拍拍屁股走人。这杨瑞招也太傻了，自己在外面受罪，让人家在家里享福，到头来，什么也没捞到，何苦呢？

也有人不信这个说法，这个女人细皮嫩肉的，怎么可能是船上的渔民。这个年龄的女子，早就结婚生子了，不在婆家，怎么只身一人到无人区来寻父母？这女人肯定说了谎，也许这女人是从什么大户人家逃出来的小妾。

更有阴暗的人，心中早就认定杨瑞招拐了良家妇女，藏在了家里，只是现在还没有胆量让她做自己的老婆。他毕竟是个外姓人，即使入了杨姓，根儿还是外姓人，搞得不好，会有他受的。

这个女人真是漂亮，姓什么蒯，还有这样的姓？从来没听说过，特别拗口。倒是"扬州佬"让人们记住了，只是后来，蒯丽丽的年龄大了，"扬州佬"就被"蒯嬷嬷"替代了。

那一年，蒯丽丽二十八岁，杨瑞招三十三岁。

时间长了，人们渐渐地接受了这样一个事实。她不是杨瑞招拐来的，而是他从水中捞来的。就有人感叹，他真是走了狗屎运了，在水中竟捞了这么个漂亮的媳妇。

在人们的心中，蒯丽丽已经被当成杨瑞招的媳妇了。

有的男人心中生出了嫉妒，嘴中骂骂咧咧地说："这小子，娶媳妇不办酒，以后生了小孩不让你入宗。"

更有人牙痒痒地说："凭什么？他杨瑞招这么好运！"

杨瑞招隔三岔五就回来一次，仍是撑着"小溜子"回来，将生活用品往地上一放，"嘿嘿"地干笑几声，就跨上"小溜子"走了。

有一次，杨瑞招回来时，还是被人堵住了，人们就开起了他的玩笑。

"杨瑞招，这么急吼吼地回来，是不是不放心家里漂亮的老婆？"

杨瑞招脸红到脖子根，瓮声瓮气地说："不要瞎说，我哪来的老婆？"

"真不是个东西，将一个漂亮女人藏在家里，还说没老婆。"

这话，让杨瑞招窘迫起来，嗫嚅了半天，才挤出了一句话。

“真不是我的老婆，人家落了难，暂住在这里，她在等她的父母。”

“不是你老婆，你把她留在你家里干吗？”

“有没有将人家怎么了？”

“哪天办酒，请我们喝一顿？”

那人一连问了三个问题，杨瑞招招架不住，就闭了嘴，转身要走。

“说清楚，有没有？”那人有些过分，拦在了杨瑞招的前面，不让他走。

杨瑞招无法脱身，只好又答上一句，说：“没有这些事，她在这里，我都没回家过过夜。”

他没在家过过夜，这一点村子中的人都信，很多人都看到他，撑着“小溜子”疾驶而去。

没在家过过夜，这事在村子中又传开了。有人开始同情起杨瑞招来，说他真傻，这么漂亮的女人连摸都没摸一下，还将房子让给人家住了，傻到底了。

也有人议论蒯丽丽，说这个“扬州佬”心高，根本就没有看上杨瑞招，只是哄他高兴。杨瑞招这个不争气的，被人家卖了，还帮着数钱。

有嘴快的女人，还当面说蒯丽丽：“你不愿嫁给杨瑞招，就不要骗他了。”

这让蒯丽丽哭笑不得，她是死过一次的人，早已心灰意冷，哪还有什么想法？现在是自己没有去路，只得暂住在这里等父母的消息。

但蒯丽丽对杨瑞招还是充满了感激之情，心中愧疚得很，特别是看到他撑船离开的背影，心里很不是滋味，她深深地陷入自责中，不能自拔。

二十七

这样自责的次数多了，蒯丽丽就有了心事，她想等杨瑞招下次回来后，自己就离开。可好几个“下次”后，她都没有说出口。一是杨瑞招没有给她说的机会，二是她也不知如何开口，自己又往哪儿去呢。

这样可愁坏了蒯丽丽，不知道自己该怎么办？杨瑞招仍隔三岔五地将食物送回来，他好像掐算好了时间似的，每当蒯丽丽的食物将要吃完时，他就撑着“小溜子”回来了，然后将食物一放，“嘿嘿”干笑两声，就扬长而去，没有任何多余的表示。

这不是明摆着可怜她吗？拿什么报答他呢？下次等他回来后，无论如何也要离开，不能再连累人家了。

杨瑞招待在无人区，还有一个目的，那就是帮蒯丽丽寻找她的父母，他怕错过了机会。

蒯丽丽告诉过他，她的父亲叫蒯木水。只要有路过的外地渔民，杨瑞招都要打听一番，可大家都说不认识这个人，也没有见到过。

今年的水不大，加之兵荒马乱，已近秋天了。杨瑞招估计，扬州的渔民不会转场来这里捕鱼了。

杨瑞招想把这个判断告诉蒯丽丽，可又怕她伤心，心里也是左右为难。

送食物的时间到了，杨瑞招一路上鼓足了勇气，这次一定要将这件事说清了，免得她时时地牵挂。

杨瑞招上了岸，将手中提着的米呀，还有其他什么的，往地上一放，转身就往船上走去。蒯丽丽以为他又要走，心里感到十分的失落，她没有勇气喊住他，莫名地流出了眼泪。

就在蒯丽丽暗自流泪的当儿，杨瑞招却返了回来，手里提的是野藕和鸡头米，这是他特意去野外掏来给蒯丽丽吃的。

杨瑞招“嘿嘿”笑了两声，站在那里不动，这可是破天荒第一次。

蒯丽丽看了看杨瑞招，知道他有话说。

为了鼓励木讷的杨瑞招尽快将话说出来，蒯丽丽擦了擦眼睛，笑眯眯地看着他。那意思明摆着，就是要他快说。

杨瑞招望了望蒯丽丽，低下了头，然后才说：“今年水不大，又到秋天了，加之世道不太平，估计你的父母不会来这里了。你打算怎么办？

蒯丽丽早就想到了，父母今年不会来了。但从杨瑞招嘴里说出父母不会来了，她心里感到十分的落空，悲伤从心里立即扩散开来。自己住在这里的理由是等父母，今年父母不来了，这个理由就不存在了，她怎么还好意思住在这里。即使能住在这里，也不能保证明年就能见到父母。她怎么办？她能怎么办？离开了这里，她无处安身；不离开，她已没有了留下的理由。

不知不觉中，蒯丽丽哭了起来。杨瑞招有些无措，是不是自己刚才说的话，让她伤心了。于是，他瓮声瓮气地劝了一句。

“今年见不到，明年总能见到，不要太难过。”

“明年见，这么多天，我住哪儿啊！我又怎么生活啊！”蒯丽丽真的有些急，大声地哭了起来。

“你还住在这里啊！又没有人赶你走。”

“这哪行啊！我和你无亲无故，怎么能长期住在你这里。现在冬天要来了，你总不能长期住在船上吧。”

这倒是个问题，若是在船上过冬，会被冻死的。若回家过冬，一个屋檐下住着一对孤男寡女，人家会怎么看，这倒使杨瑞招犯了难。

两人解决不了的难事，让族长一下子就给解决了。

族长，德高望重，在族中可是说一不二，他领着祠堂中的几个长老，管理着本族内的大小事务。说得夸张一点，他们对族中的人员都有生杀予夺之大权。

他早就听说了杨瑞招的这点事，但碍于找不到他，又不好去和女人对质，就一直拖到了今日。他们之间若是有什么伤风败俗的事，绝对不会轻饶了他。

这不，刚一听说杨瑞招回来了，立即差了人去传唤他。若不是杨瑞招有话要对蒯丽丽说，这传唤他的事也就落了空。

宗族的管理，按现在的话来说，就是本族村民的自治组织，但权威绝对比自治组织强大的多。祠堂里有很多族规，对本姓的村民有很强的约束作用，若是冒犯了长老，破坏了族规，轻则抓到祠堂中痛打一顿，重则要了你的性命。村民要是偷鸡摸狗，欺男霸女，对老人不孝，或是丢了长老的脸面，那真是活得不耐烦了。

宗族的威权到底有多大，举一个例子，就能窥见一斑了。

早年间，村子中有位大力士，不说有力拨山兮的本领，但也有好几百斤的蛮力，几个年轻力壮的小伙都近不了他的身。但他屡犯族规，又不听劝阻，长老们就动了杀机。他们将大力士灌得烂醉，然后反绑了双手，为了稳妥，又在其背上加了扇沉重的石磨，将他浸入了水中活活地淹死了。

死后的大力士，被村民捞了上来，孤零零地就被葬在了村前，他是入不了祖坟的。因为他被割了宗，宗谱上查不到他的名字了，后来渐渐地人们就以“狠人”来称呼他。

刚开始，“狠人”这个称呼还没有多少感情色彩，只是一个名称而已。但随着时间的推移，就转变成了一个贬义词，在当地泛指一些不讲理之人。

杨二龙小的时候，听到过村里人吵架时，有人就说：“你哪里是狠人。”话外之意，你即使是“狠人”，也有办法让你过不去。

杨瑞招被“请”到了族长面前，族长劈头就问：“杨瑞招，你是怎么一回事，将一个漂亮的女人藏在家里，又不和她同房，你安的什么心？”

“我没安什么心，人家遭了难，住在这里等父母，没等来，我总不能将人家赶走吧。”

“你是不是让那个女人骗了，若是骗了，我不会饶了她。”

“不是，她没有骗我，刚才还说要走，只是她没有地方去，为此她还哭了。爷爷，你知道我心软，而且我小时候也受过难。”

“谅她也不敢，你小子就没有想和她结婚的念头？”

“不瞒爷爷说，我是想过，可她是那么一个漂亮的女人。现在人家遭了难，又没有说过要嫁给我，我总不能乘人之危吧。”

“这事你听爷爷的，趁早和那女人结婚，以免夜长梦多。若是那女人不愿意，让她趁早滚蛋，不要坏了我们杨家的门风。”族长不容杨瑞招多说。

说到败坏杨家门风，杨瑞招也不敢多说了，搞得不好，族长就会用族规来处置他。

“回去，叫那女的来见我。”

杨瑞招匆匆赶了回去，找来了蒯丽丽。

族长示意杨瑞招退下，他要单独和蒯丽丽说。

“你叫什么名字，哪里人氏？”族长这是明知故问，他是要给蒯丽丽一个下马威。

“我叫蒯丽丽，扬州人氏。”蒯丽丽小心地说。

“怎么会流落至此？”

“这说来话长，我还是拣短的说吧。我在这里等父母。”

“父母找到了吗？”

“还没有。”蒯丽丽的声音更小了。

“杨瑞招怎么样？”族长的话锋一转。

“他是我的救命恩人。”

“是你的救命恩人，你如何报答？”

“我身无分文，现在还没能力报答。”

“他是你的恩人，你现在没能力报答，那就嫁给杨瑞招吧。”

“这……”

“这什么，人不知报恩，猪狗都不如。”

“他没有说过这个意思。”蒯丽丽的声音更小了，几乎小到连她自己都听不见。

族长虽然没听到蒯丽丽说什么，但他也是个善于察言观色之人，见蒯丽丽脸红红的，立即明白了一切。

“这样，我做主，你们明天就把这事办了。”

容不得蒯丽丽多想，族长亲自订下了这门亲事。

第二天，由族长主婚，将杨瑞招和蒯丽丽推进了一个屋檐下。

婚后的生活，杨瑞招白天去打鱼，晚上回来。有时要结伴去捕鱼，去远的地方，但少则七八天，多则十几天就要回家一次。

杨瑞招很是心疼这个媳妇，毕竟她的身体还在恢复当中。来年，蒯丽丽和杨瑞招一道上了船，夫妻俩一直是恩恩爱爱。

蒯丽丽善良，杨瑞招老实，两人都有着苦难的经历，不寻常的相识过程，怎可能不相爱？

无人区的面积很大，杨瑞招捕鱼的时候，蒯丽丽就去采一些野菜，比如野茭白、野蒿子、马齿苋等。春天一到，那雪白的莼菜、野藕肠子，都是营养丰富、非常好吃的食材。

蒯丽丽很能干，烧的菜又好吃，常有渔民过来搭伙，她从不嫌麻烦，因而她的人缘很好。

鱼鹰要不了几年，就要被淘汰，所以放鱼鹰的渔民，把培育小鱼鹰当作一件重要的事。每年的春天，母鱼鹰会产下几枚卵，用母鸡帮着孵化。破壳后的小鱼鹰，要有人精心的伺候，一天要喂好几遍食。

蒯丽丽做起这些事来，真是得心应手，这省了杨瑞招很多心。那杨瑞招呢？就用腾出来的时间，去捕鱼，去卖鱼。

长大后的小鱼鹰试水后，有的被留了下来，有的被卖了。

鱼鹰蛋真是个宝，谁家小孩火气大，吃个鱼鹰蛋就降了火。只是鱼鹰蛋有些贵，一般人家可舍不得吃。

渔民有时还能捉到水上的一种鸟，将它腌制，晒干，是治疗拉肚子的一种良药。只要用上一小块，蒸水喝了，立马止泻，比药都有效。

蒯丽丽还乐于助人，只要人家有求，她都会尽力帮忙。有时，她还将腌好的鱼干送给村子中的人。很多人家都吃过她的鱼干，有的还不止吃了一次，因而村子中没有人不说这两口子好的。

第二年夏天，蒯丽丽还是没有见到自己的父母，看来今世恐怕再也见不到父母了。她心中有点郁闷，想想自己当初的冲动，连见父母一面都不能做到，但她也没有过多的后悔。

冬天，两人将原来的两间草房扒了，造了三间草房，柱子和梁都相当结实，还造了三间下房，有厨房、茅房和浴房。同时，置办了新家具，生活过得有滋有味。

蒯丽丽三十一岁那年，怀孕了，生下一个白白胖胖的儿子。

杨瑞招乐得合不拢嘴，两人都觉得后半生有了依靠。

二十八

故事这么长，蔡嬷嬷不得不中途停下来几次，喝了几口水。蒯嬷嬷有时也会插上几句，但一直都很平静。

蒯嬷嬷尘封已久的故事，终于在两位嬷嬷的讲述下，陆续地敞露在杨二龙和宋小秋面前。原先心中的那份顾虑，那份小心，现在都不存在了。

她的悲惨人生，让两人唏嘘不已。她的善良，她的刚烈，她的悲伤，无一不震撼人心。没有人能够指责她嫁了三个老公，除非他铁石心肠，或者道貌岸然。故事中的几起几落，有使人欣慰的地方，但更多的还是让人荡气回肠。

每次讲故事说到伤心处，宋小秋就哭得稀里哗啦，杨二龙也不忍心再听下去。

蒯嬷嬷确实让人同情，理应受到尊重，哪有什么晦气可言！可传统就像幽灵一样到处游荡，它似乎无声无息，又无影无踪。然而它却无处不在，无时不有，无孔不入，只要它的触觉抓住了什么，或者是附着了什么，便会毫不犹豫地且顽强地表现出来。一些本来不相连的又不便解释清楚的事，就常常被附上了迷信的色彩。

一旦附上了迷信的色彩，不管事情发生的是正常的，还是非正常的，人们都会有了强烈的感情色彩，会自觉不自觉地接受它的制约和支配。蒯嬷嬷嫁了三个老公，都离奇地死了，这不仅仅是“克夫”能解释的了，简直就是个“扫帚星”了。她挨上谁，谁就会跟着倒霉，这不是晦气是什么？

随着下放的知青越来越多，知青的政策也发生了一些变化，不再是只下放而不上调了。有的知青被推荐上了工农兵大学，有的被招工回城了，也有的搞了个假病历，赖在城里不来了。

凭手上的老茧就能上大学，这给杨二龙留下了极其深刻的印象。

宋小秋没有其他关系，既不能招工回城，也没有资格上大学，她父亲的问题还没有解决，她只能老老实实地待在这里。为此，她有些失望，也有点蔫，表现得有些无所适从。

一九七七年国家恢复了中断十年的高考，这对很多青年人来说是个天大的喜讯。但考大学毕竟要有真才实学，这么多年了，学业大都荒废了，很多人望而却步。

虽然恢复了高考，但政策还是有限制，不是什么人都能报名参加的，首先要通过政审。宋小秋高考报了名，但政审就没有通过。

高考政审没通过，反而激发了她的斗志。她利用春节回家探亲的机会，集齐了整套的高中文科教材和一些复习资料。这还不算，她还帮杨二龙集齐了一套高中理科教材和一些复习资料。

杨二龙本没有参加高考的想法，他深知自己的基础太差了。即使想考，他也考不上。

他认为他的宿命是，自己的身子中早已注入了农民的基因，再怎么努力都不可能改变这种命运，也不可能挣脱土地对他的束缚。

宋小秋却不这样认为，个人虽然很渺小，但通过自己的努力是有可能改变自己的命运的。现在有这个机会就应当努力一下，即使不能成功，也不至于将来后悔。她还以朱皇帝的故事来开导杨二龙，说朱皇帝在乞讨时，不可能想到今后会做皇帝。他开始的梦想，可能是通过自己的努力，填饱自己的肚皮。但随着他的努力，地位的上升，他的视野越发的宽广。最后，不是从一个穷的连饭都没得吃的农民，坐上了君临天下的皇帝吗！

这个道理，杨二龙懂，但这个比喻跟他相差太大了。他没有这个野心，也没有这个能力，他的愿望就是有点尊严地活着就行了。

可不管怎样，杨二龙还是接受了宋小秋的意见，接过她带来的理科教材，开始了艰难的学习。为此，宋小秋高兴得一蹦三尺高，就像已经考取了大学似的。

真的捧起了书本，杨二龙还是感到非常艰难。他几次想打退堂鼓，可都被宋小秋粗暴地压了下去。

农村的夏季，是个蚊虫和苍蝇肆虐的季节，而且酷暑难当。那时，没有电风扇，白天降温的方式就是待在水中，小孩们通常这样干。晚上，则是家家户户搬出凉床，一字儿地摆在靠水的地方。酷热时，竟有几里路之长。

但对于蚊子，就没有更好的方法了，那时，商店里已有了一种“蚊子油”，涂在身上，能避免蚊子的叮咬。但农村穷，哪个舍得用？当然，蚊香倒是早已有了，可杨二龙还从来没有在村子中，看到哪家用过蚊香。

农村人皮实，蚊子叮过后，挠一挠，也就过去了，没有人把蚊子当回事。要是累狠了，倒头就睡，哪管蚊子不蚊子的。可看书就不同了，蚊子的叮咬，挠着挠着，就让人分心了。

杨二龙不敢晚上看书，热不说，蚊子的叮咬，让他不能安心。宋小秋则不同了，她有蚊香，只要抗住了热，她就能安心看书了。

中午的时候，杨二龙还是会看一会儿书的，他选择在办公室里看。这里比家里要强多了，光线好不说，还安静，学生们都回家吃午饭去了，老师们则抓紧时间午休。

宋小秋放弃了中午小睡一下的习惯，最先也是在办公室里看，后来，她觉得这里不妥，就到蒯嬷嬷那里去学习。文科的东西要记忆，那就需要背诵。发出声音来背诵东西，不但记得快，而且记得牢。

蒯嬷嬷那里没有人，想用多大的声音背诵，就可以用多大的声音背诵，既不干扰别人，也不被别人干扰，是个理想的背诵地点。

宋小秋就邀杨二龙一起去，他不假思索地就答应了下来。因杨二龙不想丢人现眼，不愿更多的人知道他要参加高考，以免到时名落孙山，让人耻笑。

杨二龙去了那里，只是趴在桌子上，写呀算呀。而宋小秋呢，则在屋外叽里呱啦地背诵。蒯嬷嬷则睡在躺椅上，闭着眼睛，不说一句话，好像是睡着了。蔡嬷嬷中午来过几次，说不上一句话，觉得寡味，以后就很少来了。

有时，宋小秋也会坐下来，她也要考数学，也要做题演算。两人分坐在八仙桌两边，各看各的书。这个时候，蒯嬷嬷就不再是躺在椅子上了，而是拿着个大蒲扇，一会儿帮宋小秋扇几下，然后调个手，再帮杨二龙扇几下，忙个不停。

这是怎样的一个画面啊！三个不同家庭的人，在这个屋里，却好像一家人似的，融洽，温馨，这让杨二龙充满了遐想。宋小秋是什么想法，可能和杨二龙差不多，也有可能她什么也没想，只想着能考上大学。

经过了几个月的奋战，离高考的日子越来越近了。

二十九

高考的场地设在县城，交通不便，没有直达的公共汽车。应届的学生由学校租条船送去，饮食和住宿都有学校统一管理。

宋小秋和杨二龙这样的高考生，相对于应届生来说就是散户，一切都要亲力亲为。他们提前一天，跑了二十里路到邻近的公社，坐了小火轮才到了县城。

这是杨二龙第一次到县城，置身在其中，他有些找不到北了。紧紧地跟着宋小秋，生怕一不留神，就被她落下了。

后来，在外行走了一些时日，见过了一些世面，杨二龙常为这一幕感到羞愧。其实，那时的县城并不大，呈井字型，有一条三国时代开凿的城河，将县城紧紧围住。

居民家的房子大都是低矮的平房，由于拥挤显得光线暗淡。不多的三四层高的楼房，夹杂其间，就特别的显眼了。

别看这座县城破旧，可它的历史挺长，秦朝时就在这里设郡，明、清两朝在这里设府，有许多的人文古迹，山川秀丽，人才辈出。当然，这些都是杨二龙后来听别人说的。

县城大一点的旅社并不多，但革命的色彩挺浓，东方红旅社、五一旅社、光明旅社，都是些响亮的名字。最繁华的地方是叫一条什么巷的街，处在井字的上一横上。

街不宽，也不长，人却是很多。这里有一家大型的百货商店，刻字社、钟表店、皮匠店、理发店、邮局、银行、文化馆、照相馆，都环绕其周围。过去的县衙也在这条街上，现在做了政府机关。房子虽然有些破旧了，但建筑还是很有气派，往里一看，仍觉得森严。乡下人来了，一定会到这里转一转，城里人就更不用说了，没事就在这里打转。

杨二龙第一次进县城，好奇心驱使他拉着宋小秋就往人多的地方挤。挤着挤着，就挤到了这个叫什么巷的街上来了。望着这来来往往的人流，一家挨一家的商店，他有些应接不暇，似乎已忘了这次到县城是来干什么的了。

等杨二龙的兴奋劲过了一些，宋小秋才说："杨二龙，你到县城来是干什么的?"这一问，让他如梦初醒，他是来参加高考的，不是来逛街的，脸上就有了些愧色。

很快，两人就颠了个样，不是杨二龙拉着宋小秋走了，而是宋小秋拉着他走。必须尽快找到旅社，将自己安顿好，不然明天怎么参加高考?

旅社并不好找，大一点的公家旅社都已经客满。宋小秋就拉着杨二龙到小巷中找由街道办的小旅社，不知跑了多少路，终于在一个很偏的地方，找到了一家小旅社。这次杨二龙不需要介绍信了，他有准考证。

小旅社很小，光线也很暗，是一所民宅改的，由于低矮，又不通风，特别的闷热。两人草草地安顿了一下行李，不得不又跑了出来，想找个阴凉处凉快凉快。可街上哪有什么阴凉处，一棵树都没有，水泥路面被太阳晒得贼热，能看到腾腾的热气往上直蹿。

宋小秋回了旅社，拿出几本书，就带着杨二龙往城外跑。出城没多远，就看见几棵树冠很大的树。两人直奔了那里，找来几块石头，就坐了下来。

坐下后的宋小秋，翻开带来的书看了起来。但她没忘了杨二龙，丢给他一本语文复习资料。有一丝微微的风，吹得树叶直打战，多多少少也吹走了他们身上的燥热。平静下来，心无旁骛地看会儿书，渐渐地身上就不感到很热了。

两人在街上吃过了晚饭，又在街上溜达了一番，很晚才回到了那家小旅社。

回到旅社，洗过澡后，衣服要清洗出来，否则明天就没有换洗的，杨二龙只带了一身换洗的衣服。宋小秋要帮杨二龙洗，杨二龙不让，宋小秋一把夺了过去。

“杨二龙，我就不能帮你一下!”可能是由于激动，宋小秋的声音陡然提高了许多，一改过去的那种低声细语。

看到宋小秋一副凶巴巴的样子，杨二龙只好作罢，随她去做了。

两人不在一个考点，杨二龙有些担心明天不能按时到达考场。宋小秋则说他多虑了，明天早点出门，先送他进考点，然后她独自一人去她的考点，不会误了事。

第一场考政治，这一科既不是他的强项，也不是他的弱项，时事政治、哲学、政治经济学、科学社会主义，有些内容他记得，有些则连蒙带猜，反正是写完了。考完后，他身上都湿透了，手臂、脸上，凡是露在外面的地方，都有豆大的汗珠，亮晶晶的，不用碰，就纷纷地向下滚落。

交了卷，杨二龙就待在了考点的门前，这是他和宋小秋说好了的，她会从那边的考点过来接他，一同回旅社。

两人见面像是商量好了似的，谁都不问对方考得怎么样，就是从脸上看也看不出个所以然来。

他们去街边的餐店吃了午饭，想回到旅社休息一会儿。可是天太热，只打了个盹，杨二龙就被热醒了，后面就再也睡不着了。宋小秋比他要沉着多了，待在房间里没有出来，但不知她是在睡觉还是抓紧时间看书。

下午考语文，这是他的弱项，最怵这一门课。拼音一点不会，就是成语他也记不得几个，作文常常写跑题，还干瘪得很。就这个毛病，宋小秋批评过他好多次。

他不是不想改，只是他的基础太差。就是现在，在外漂泊了这么多年，仍还是家乡的一口土话，跟离开家乡前比，变化实在是太小。

也可以这样说，杨二龙这人有些固执，不会变通，认死理，不圆滑。事实证明，这种性格可没让他少吃苦头。他的一生没有什么作为，这也与他的性格不无关系。俗话说得好：“江山易改，禀性难移。”

下午，他们仍是一同先去了杨二龙所在的考点，然后宋小秋再去她的考点。

语文卷子发下来，杨二龙没急于做，而是粗粗地看了一遍，有把握的题不多，模棱两可的也不多，一点不知晓的倒是不少。

临到写作文时，他傻了眼，这次不是写作文，而是缩写作文，这可是他从来没有经历过的事情。

他急得抓耳挠腮，努力地缩写，终因水平不够，没能缩到规定的字数内。反正做不好了，就提前交了卷。

可能是用脑过度，也可能是疲劳所致，杨二龙晚上就睡得很沉，第二天醒来，他像是被人从水中捞出来似的，身上的衣服没一寸是干的，身下的席子上汪了很多的汗渍。

第二天考数学和物理，宋小秋还是要先送杨二龙，可他怎么也不同意，路都已经认得了，还要她送什么？宋小秋就没有再坚持，两人在旅社门口就分了手。

数理化对杨二龙来说，相对要好一些，估计拿分就靠这三科了。但物理卷子中有一道分数很高的题，他是会做的，不知什么原因，他却做错了，这让他后悔不已。

最后一天考化学，只考半天。要是紧赶慢赶的话，还可以坐小火轮回去，但这要一点不能耽搁。小火轮一天只有一班，错过了，就得等第二天。

宋小秋决定当天不回去，在县城再住一天，这样时间就从容了许多，不需要火急火燎的了。

下午，宋小秋带杨二龙逛街，几乎走遍了县城的大街小巷。她还告诉杨二龙到城里辨认方位的方法。不要看马路边的房子，也不要看公家的高楼大厦，要看大部分的民居，居民的房子的大门总是向南的，这样容易采光。

晚上，两人还到和平电影院看了场电影。

又过了一夜，上午有大把的时间，宋小秋想看看县城的古迹。大城市出身的人，眼光就是不一样。她在街上问了几位老者，老者都直摇头，哪里还有什么古迹。但也有位老者说，真要看的话，县城附近还有两座古塔，有些年头了。老者很健谈，说县城周围本有三座古塔，呈三足鼎立之势，现在倒了一座，就剩下这两座了。

两座古塔并不在一处，一座在山头上，另一座在江河交界处，都离县城不远，却隔河相望。出了城西，就能远远地看到一座古塔耸立在山头上。再望西南的方向一看，另一座古塔就会映入你的眼帘。

宋小秋决定去看看，杨二龙不是很想去，这有了年代的古塔有什么看头。但是他拗不过宋小秋，只得随了她，一同去看古塔。

后来听说，位于山上的古塔年代最为久远，当然现存之塔肯定不是原塔了。现塔5层8面，高23米，中空，塔身上尖下阔，逐层收减。

从第一层的半圆形拱门钻了进去，二层以上各有两个券门，塔内结构为直筒式，正方形交错45度角旋至塔顶，顶端用青砖砌成莲花形塔刹。

杨二龙对这些不感兴趣，就催宋小秋从塔顶上下来。她好像极不情愿，这里看看，那里摸摸，慢吞吞地，搞得头上和手上都是灰尘。

出了塔身，宋小秋又绕着塔身转了几圈，极目远眺了数次，才肯下山。

回到了县城，他们随便吃了碗面条，又买了点水果，匆匆地赶往码头，搭小火轮回家去了。考试已经结束了，余下的事就不是他们所能操心的了。

考试期间，宋小秋就像个姐姐一样，处处照顾着他，杨二龙心存感激。

三十

上了小火轮，宋小秋很平静，她可能还沉浸在怀古当中，一时还没能走出来。

她心里肯定不急，一定会考上大学。杨二龙也不急，他肯定考不上大学。可纳闷的是，直到现在，宋小秋一次都没问过他考得怎样？难道她内心当中，杨二龙考不上是秃子头上的虱子，明摆在那里？

从县城坐小火轮到达邻近的公社，已是下午的两三点钟了，太阳有些毒辣，两人决定避一避暑，毕竟还有二十里路，要用腿去丈量。

街道上很冷清，几乎看不到行走的人。可能是天气热，乡下人又在农忙，不是有句俗话嘛，“乡里不做颠，街上不冒烟”。这话的意思，就是乡下人不做颠到街上买东西，街上的人都要被饿死。

宋小秋仍是不怎么说话，这不可能是怀古了。就是怀古，这么长的时间也早该过去了，倒好像有心事似的。杨二龙不便问，也闭了嘴，任时间在这无聊中慢慢地度过。

她有心事很正常。宋小秋可能是天天盼望着离开这个地方，回到上海，那是她熟悉的生活环境。可真的一旦要离开了，心中难免有了些许的惆怅。毕竟在这里生活了几年，对这里的一草一木，接触过的人，都会有一些感情。

无论怎么说，这都是她人生经历中的一部分，苦也好，甜也罢，都磨灭不了。

过了五点，太阳也累了，一副精疲力尽的样子。像受了太阳感染似的，空气中的温度，也不往上蹿了，而是往下跌。在这个时候，两人又去了街上，找了家包子店，吃了两个包子，喝了碗水，抬脚就往家走了。

宋小秋突然兴奋起来，一改先前的沉默，就像一个碎嘴的妇女，在一旁喋喋不休。杨二龙不可能插上嘴，就只能当一个听众了。

她先说她小时候的快乐和志向，父母的疼爱，家庭的和谐，后又说下放以来家庭的变故，精神上的苦闷，内心的无奈。说着说着，最后竟说到了杨二龙身上。

宋小秋对杨二龙说了许多溢美之词，说他善良，说他聪明。这两年，多亏了他的帮助和理解，常使她从苦闷中解放出来。特别是他对她有时的任性表现出的宽容，会使她终生难忘。说的激动时，宋小秋会紧紧地抓住他的手，搞得杨二龙真有些不知所措。

她还告诉了杨二龙一个喜讯，她父亲的问题解决了，已从江西的五七干校回到了上海，还是在原来的大学教书。对这样的喜讯，杨二龙也为她高兴，当即就向她表示了祝贺。这个时候，杨二龙才明白宋小秋的政审后来为什么能通过了。

大学恢复了招生，百废待兴，重视知识，重视人才，已成了全社会的共识。一些先前被处分的知识分子，纷纷回到了原来的单位，担负起了培养人才的重任。

这二十里路，在宋小秋的一路叙述中，不知不觉地就走完了，既不觉得累，也不觉得热。可临近了村子，宋小秋的情绪却低落了下来，默默地跟在杨二龙的后面，一句话也不说了。

是她说多了，还是说累了，或者她没话说了。杨二龙没在意，就催宋小秋快点走，已七点多了，天已经黑了。

可宋小秋却越走越慢，杨二龙到了村口，扭头一看，她还离得老远，就不得不站在村口等她。

她本是要到知青点的，中途临时起意，要将她买的那份水果送给蒯嬷嬷。这几日，她肯定是日日牵挂。

等宋小秋走近了，却低着头，杨二龙借着微弱的光发现她眼睛红红的。这是怎么一回事，刚才还艳阳高照，怎么这一会儿，就阴云密布了呢？女人真让人有点搞不懂，他并没有说什么？她怎么就哭了？

“宋小秋，你怎么了？”杨二龙关切地问。

“没什么？”

“没什么？你怎么哭了？”

“谁哭了？”

“你的眼睛告诉我，你哭了。”

宋小秋不说话，头却垂得更低了。

“告诉我，为什么吧？”

“我突然想到了蒯嬷嬷，又想到了我姐姐，心里就难过起来。”

“蒯嬷嬷怎么了？”杨二龙先问起了第一个疑惑。

“她倒是没什么，只是我这一走，她又会寂寞了。”

“这是没办法的事，人总要往高处走，也总是会分离。你走了，不是还有我吗？我会经常去看她。”

“那敢情好，你说话可要算数！”

“那当然，男子汉说话肯定算数。”

“你要是走了呢？”宋小秋又问。

“我走不了，我就是土中刨食的命。”

这话让宋小秋再次沉默下来，两人默默地往前走了几步。杨二龙猛然想起，她不是还说了她姐姐吗？她姐姐又怎么了？不管她高兴还是不高兴，还是要问问。

“你姐姐怎么了？”

宋小秋哽咽了下，说：“她自杀了。”

“为什么要自杀？”

“由于我父亲的关系，她回不了城，心中沮丧，一时想不开，就自杀了。”

“多么可惜啊，这么年轻的生命。”

“我姐实在是不值得，若是她不自杀，她今年也可能回城了。”

怪不得宋小秋最近一直郁郁寡欢，原来是她的姐姐自杀了，这让她承受了多大的心理压力。她姐姐肯定不是现在才自杀的，应该有些时日了，不然在高考前的这段时间里，她也不会心情反常。

宋小秋叹了口气，接着又说：“一想到我姐姐，再想到蒯嬷嬷，我心里就难过，生活实在是有些苦难。”

“不要想那么多了，过去的就过去了，活着的还要好好活，你说对不对？”

宋小秋点了点头，算是同意了杨二龙的观点。

她姐姐自杀的消息还是让杨二龙感到震惊，自杀需要多大的勇气啊！尤其是如花一样的年龄，若不是被逼到了绝路，又怎么会自杀呢？

杨二龙在那里自顾自地乱想，竟忘了朝前走。宋小秋见状，也停了下来，扑闪了几下大眼睛，立即猜出了他的心思，问："杨二龙，你是不是想知道我姐姐自杀的原因？"

被宋小秋猜出了心思，杨二龙有些窘迫，赶忙说："我……我……我这样想，是不是有些卑鄙？"

他是个不会说谎之人，宋小秋一问，就道出了实情。

杨二龙怕宋小秋会生气，睁大了眼睛，注视着她的脸，看她会不会恼怒，责骂起他来。

宋小秋倒不是很恼，轻叹了口气，说："我家的情况，你都知道了，我姐姐自杀的原因，让你知道，也不是不行。只是我说出来，我可能会哭得更厉害。"

"那就不说了吧，免得又勾出了你的悲伤。"

"还是说了吧，免得你胡思乱想。"

这话让杨二龙有些尴尬，这不是逼人家讲吗？

一九七七年后，知青回城的人数开始增加，宋小秋的姐姐也想着尽快回城，那里实在是太艰苦了。可她的条件肯定是不符合回城的条件的，就凭她的父亲还在改造这一条，就使她难上加难。

那时，有一句非常流行的口号，叫"有条件要上，没有条件创造条件也要上"。宋小秋的姐姐就想亲身践行一下这个口号。她先找了连长，向他陈述了要回城的理由。母亲一人在家，身体不好，需要人照顾。

连长是知道她家情况的，对她很同情，可是决定权不在他那里，至多，他不刁难就是了。建议她去找场部的知青办，只要那里同意了，他肯定会签字同意。

知青办主任是个瘦瘪的小老头，其貌不扬，却很色。一双贼溜溜的眼睛，专门打女知青的主意。可他家中有位悍妇，对他看得很紧，要不然他早就出事了。

宋小秋的姐姐找到了知青办主任，向他陈述了同样的理由。那主任听了，先是皱紧了眉头，玩起了深沉，可一双贼溜溜的眼睛实在是不安分，眼光在她姐姐的脸上乱窜，还不停地咂着嘴，说："这事不好办，这事不好办啊！"

这人实在是长得猥琐，然而他却能居高临下，摆一副高高在上的样子。宋小秋的姐姐呢，则低着头，脸红红的，有些巴结相。知青办主任看到这一幕，心中一阵狂喜，有权好啊，不然这样一个如花似玉的上海姑娘，怎会服服帖帖而又低声下气地听他训呢？

后来，宋小秋的姐姐在知青办主任的威逼利诱和欺骗下失了身，还怀孕了。偏偏这个时候，这事让那悍妇知道了，要打烂她的嘴，还扬言要挖了她身上的某个器官。

怀孕，对那个时代的未婚女性来说，是个顶要命的事。打不了胎不说，而承受的痛苦和屈辱是不能用言语来形容的，走在路上会被人骂"破鞋"，甚至还有人望其脸上吐口水。即使你夹着尾巴做人了，也会时不时地受到别人的羞辱。有的人就是受不了这样的精神折磨，寻了短见。

宋小秋的姐姐知道自己怀孕了，无异于天塌了一般，使她陷入了绝望和无助中。她找到知青办主任，要他尽快想办法让她回城，好遮掩这种见不得人的丑事。

可她哪里还能寻得到那主任，他仿佛人间蒸发了一般。宋小秋的姐姐这时才如梦初醒，可已经晚了，她的双脚早已踏进了鬼门关。

这下，她彻底地绝望了，回城回不了，屈辱还隐藏在她的肚子中，随时都可能使她身败名裂。在这孤立无助的绝境中，这样的一个弱女子毅然决然地选择了轻生。

宋小秋说到这里，情不自禁地伏在了杨二龙的肩头，哭了起来。

"这太便宜了那知青办主任，应该将那人千刀万剐！"杨二龙气愤地说。

"他也没什么好下场，被开除了公职，还坐了牢，妻子也因这事离他而去。这多亏了我姐姐的那本日记，不然这段冤情就石沉大海了，那人准会逍遥法外。"

"这叫善有善报，恶有恶报，不是不报，只是时候未到，时辰一到，立即就报。"

宋小秋哭过一阵儿后，情绪缓和了不少。这时，杨二龙觉得不妥，她伏在他的肩头，还哭出了声，若是让村子里的人看到了，听到了，这还得了？他不好推开她，只是婉转地说，天气不早了，我们去看看蒯嬷嬷吧。

到了蒯嬷嬷家门前，真是太奇怪了，她还没睡。不但没睡，她连门都没关，正倚着门框"望"着门外，难道她又"听"出了宋小秋今天必定要来？

"见"到了宋小秋，蒯嬷嬷欢天喜地地紧紧地抓住她的手不放，一副好像多年不见的样子，问这问那，一刻都没有停嘴。

宋小秋一一都做了回答，临别前，将事先买好的水果送给了她。

三十一

杨二龙是代课教师，学校放了假，又正值农忙。第二天，他就去参加了队上的劳动。好在他已经做了代课教师，队上的人也不计较他干多少，只关注他是否出工，态度怎样？

反正他干活不行，队上只安排一些较轻松的活给他干。

最初，他是天天出工，所做的活计无非是晒晒稻、拖拖草、放放水，但有时也会让他到棉田中去喷洒农药，这是他干的最重的体力活了。

喷洒农药，这活说重不重，说轻不轻，整天背着一个三四十斤的铁罐子，左手不停地上下摇动手柄，不断地往铁罐子中加压，否则压力不够，药液就喷洒不出来。右手呢，则紧握着一根橡胶管和铁管相连的长长管子，管子的头部带有喷头，药液就是从喷头源源不断地喷出来。

中途休息的时候，杨二龙常有些胡思乱想，他倒不是想高考的结果，而是想到了金花，这真是破天荒的事。金花今年没上他家的门，肯定是生他的气了。既没说退婚，也没听说她又许了人家。两家的大人，似乎也生疏了些，来往还来往，但已没有原来的亲切。

要是金花许了人家，他的心理负担就会轻了许多。既然自己没有这个意思，可不能耽误了人家，她可是无辜的。

杨二龙到现在为止，还想不出一个很好的方法来解决这个问题。假设高考他侥幸碰上了，再来解决这个问题，人家不骂他陈世美才怪呢？这真是个棘手的问题。

看来杨二龙也不是对高考的结果一点都不关心，只是他的底气不足，不敢存有太大的希望罢了。

宋小秋的心情相对来说要轻松一些，但也不是一点阴影没有。这一年，国家加大了知青回城的力度，大批知青都回了城。即使没有回城的，也赖在了城中的家里，不到知青点来了。

农田中几乎看不到知青参加劳动的身影了。宋小秋所在的知青点，除了她以外，还有一个当赤脚医生的知青在。

她本想边参加队上的劳动，边等高考的结果，可这样的状况，她心里有些纠结，是在这里等呢，还是先回上海待几日再说？最后，她选择了回上海，过些日子再来。

十多天后，宋小秋就赶了回来，她怕错过了高考发榜的时间。其实，她心里知道，没有二十多天，高考是发不了榜的。可她就是回来了，不知她心里是不是有其他的想法。

当赤脚医生的知青已经回城了，知青点就剩她一个人，她有些害怕，干脆就搬到了蒯嬷嬷那里，和她一起住了。

这个时候，知青的管理已相当的松懈，几乎到了放任不管的程度。

住在蒯嬷嬷这里，她不可能再到原来插队的那个生产队去参加劳动。白天，她看看小说；晚上，则找杨二龙陪她聊天。

这可苦了杨二龙，白天要干农活，晚上要陪她聊天。

二十多天过去了，高考成绩终于发榜了。

那天，杨二龙正在棉田里喷药，他原来高中的一个老师匆匆地到棉田里找到了他。说他考上了，同时还带来了宋小秋的高考成绩。

老师喜形于色，说他早就看好杨二龙，他果然没有看走眼。考上了就是人才啊。后来，他话锋一转，说学校学生今年考得并不好，应届生被剃了光头，若不是他和宋小秋在那里报名，撑了一下门面，学校的颜面真的扫尽了。

这只能说是初选上了，现在还不能说考上了。但要说是人才，老师就是给他戴高帽子了。

杨二龙是从田间被老师喊回来的，他的铁罐中还有半罐药液没打完。他本想将罐子中的药液打完后，再和老师一道走。可日头太毒辣了，让老师在太阳的暴晒下等，他又觉得过意不去，只好从背上放下铁罐，和喷药的技术员打个招呼，就领老师去了蒯嬷嬷那里，他想尽快地将这个好消息告诉宋小秋。

将老师领到了那里，还没进家，杨二龙就扯着嗓子喊了起来："宋小秋，宋小秋，快来！快来！老师给你送喜信来了，你考上了！考上了！恭喜！恭喜！"

宋小秋听到这喊声后，几乎是蹿了出来，跟在后面的蒯嬷嬷，也是一改平时的四平八稳，快步地跟了出来。

老师快步地迎了上去，和宋小秋握手的同时嘴里连说："你就是宋小秋啊，恭喜，恭喜，你考得实在太好了。"

三人簇拥着老师进了家，宋小秋忙着搬凳子和倒水。杨二龙则由于满身的药水味，待老师坐下后，打过招呼，先回家洗澡换衣服去了。

杨二龙这一走，宋小秋就认为他没考好，连问都没敢问老师一下。

蒯嬷嬷笑得合不拢嘴，她的"女儿"考上了，而且考得不错，她能不高兴？

老师这么老远地走来，又是个大热天，总得请他吃顿饭吧。父母还在田头，还不知道这事，杨二龙就决定在蒯嬷嬷家请他。先在家中抓了只小鸡，赶到了那里。

蒯嬷嬷看不见，宋小秋不敢杀，杨二龙还是和老师联手才将鸡杀了。稍后，他又赶到了大队的副业队，买了些豆腐和干子。刚好有渔船回来，他又买了几条鲫鱼，一并带了回来。

老师是语文教师，和宋小秋对上了味，杨二龙回来的时候，他俩正在谈典故。从现场的气氛来看，两人谈得很投机，也很热烈。

宋小秋要杨二龙歇一歇，她动身去大队的商店买了包花生米和两瓶酒，还买了一两茶叶。

给老师泡了茶，让老师自己加水，由蒯嬷嬷陪着。还是按过去的惯例，杨二龙掌勺，宋小秋打下手，便开始生火做饭了。

老师喝过茶后，觉得一人坐在那里无趣，就跑到了厨房来说话。蒯嬷嬷还是坐在那里，像一尊菩萨一样，一直没说话。也许她在考虑，宋小秋离开这里的事了。

宋小秋考的分数很高，杨二龙考得也不是很赖，分数处在本科和大专之间。上本科差几分，比专科的分数线高出不少。数理化考得还行，政治和语文就有点差强人意了。

老师是端着茶杯过来的，一走近，就开门见山地说："杨二龙，这瞎眼婆婆是你什么人？"还没等杨二龙开口，老师又说："你出去念书了，她怎么办？"

他把这儿当成杨二龙的家了，这不能怪老师，杨二龙没介绍，又是在这里生火做饭，难怪他会这样想。

杨二龙朝老师摆了摆手，示意他不要说，蒯嬷嬷耳朵灵，让她听到了，心里会难过的。这时，宋小秋倒激动起来了，立即就说："杨二龙，你真坏，自己考上了，还恭喜我。害得我怕你难受，到现在我都没敢向老师打听。"

说了还不解恨，宋小秋还故意拿脸子给他看。

杨二龙嘿嘿地笑了两声，既算是自我解嘲，也算是赔个不是吧。

宋小秋坚持要将蔡嬷嬷请来一起吃，杨二龙只得遵命。

除了杨二龙，四人酒都喝得有点多，尤其是老师，舌头都稍稍有些硬了。在他还没有喝多的时候，杨二龙附在他耳边小声地说了他误会的事。老师听了，只轻描淡写地说了句，这真是个佳话。可老师喝高了后，话就多了，意思也复杂了。他夸起了宋小秋，人不但长得漂亮，还很聪明，人品更是没得说，和杨二龙很般配。

这话，让杨二龙不知如何是好，想立即制止老师，可又不敢造次，急的在那里抓耳挠腮。更可气的是两位嬷嬷，还附和着老师的话。这酒喝的，都有些胡言乱语了。杨二龙只好采用打岔的方式，将这个话题引到了别的上面。

老师是骑自行车来的，现在喝多了，不能骑了，怎么办？留老师在这里宿一夜，可老师死活不干，还充硬气地说："这点酒算什么，再喝一杯，照样能骑车回家。"

将老师的自行车推到了路上，杨二龙本准备就这样推上一段路，等他的酒醒了点，再把自行车交给他，可老师却坚持自己骑上去。

杨二龙拗不过老师，只好将自行车交到了他手里。可他骑上后，车把好像不听他的使唤，扭来扭去。杨二龙不放心，宋小秋也不放心，两人就跟在自行车后面，小跑了起来。

都说"好事不出门，坏事传千里"，这话也未必全对。杨二龙考上了，这消息就像插上了翅膀一样，很快就传遍了全大队，甚至远在邻近公社的亲戚，第二天都赶了过来，探听虚实。

当然，最高兴的还是杨二龙的父母，父亲是喜在心里，脸上还算能保持平静。母亲则不同了，不用看她的脸，听她说话的声音就知道了。

她是有理由高兴的，杨二龙考上了，她身上的担子立即就轻了。

老大已结了婚，分出去独过了。

杨二龙的二哥，现在分到了一块宅基地，准备建房结婚。现在已备齐了料，农闲的时候就开始建房，春节前完婚。

这真是祖上积了德，杨二龙走了，这一切就不需要她再操心了，甚至以后娶媳妇，她都不需要过多地考虑了。即使是金花，她也不会劳神了，房子公家会分给他的。

这以后，杨二龙就不用参加生产队的集体劳动了。但这还不是彻底告别，单干后的头两年，他还帮父母干过农活。

离体检还有几天时间，杨二龙就不参加队上的集体劳动了，宋小秋要他陪着在附近转转。这么热的天，司空见惯的景观，杨二龙哪里都不想去，可她就是要去。

两人去了附近的龙华村和“楚王城”，后来还去了无人区，又到邻县赶了个庙会。这样东逛西逛的就到了体检的日子了。

在游玩的这些日子当中，宋小秋常表现出淡淡的忧伤来，杨二龙可不想知道这其中的原因。他俩本来就不在一个层次，出生就有了鸿沟，以后的工作就更不用说了。一个在大城市，前途无量；另一个在农村，仅稍稍体面地糊口。

现在，杨二龙对宋小秋完全没了非分之想。他心里想的，就是宋小秋早点儿回上海，不要在他的面前晃来晃去。这样，他的心就平静了。

三十二

高考入了围，就得参加体检，这是录取前的一项重要程序。身体不好，或者有瑕疵，就有可能不被录取。所以，有些人分数很高，却与大学无缘。

杨二龙很清醒，不能高兴得太早，运气不好，也有可能录取不了。

体检的那天，两人天未亮就上了路，只有这样，才能赶上一天才只有一班的小火轮。这次进城，杨二龙和上次大不一样了，不再是畏畏缩缩，对县城的每一处都好像似曾相识，一点也没有陌生感了。就是令他最头疼的方位，也不在话下了。

体检在县人民医院进行，五官、内科，身高、体重、血压，都一一查过。杨二龙到这个时候才知道他的两只眼睛视力不一样，为此，他还疑惑了多次，怎么一个人的两只眼睛会不一样，是不是医生搞错了。

杨二龙还没到大医院去过，即使生过病，也只是在村卫生所里打几针，吃几粒药。这样的大医院，他还是有些好奇，体检过后，就一人将医院的角角落落看了个遍，急的是宋小秋，到处找他。

晚上是回不去的，两人在县城游荡了会儿，还是到电影院中消磨了过多的时间。体检过后，接着就是要填报志愿了。宋小秋分数高，能填报的学校多，还都是重点大学。杨二龙属于专科层次，志愿就不太好填，省内的专科，除了师范外，好像就没有其他学校了。不得已，他只得填报了几所师范专科学校。第一志愿是离家最近的一所师范专科学校。

填志愿必须到报名的学校去填。然后，再由学校派专门的人将填好的志愿送到县招生办公室。剩下的事，就是考生焦急地等待了。录取通知书也是先发到报名点，再通知考生去领。

宋小秋填报的几乎都是上海的大学，第一志愿就是他父亲任教的那所大学。故土难离，也是人的本性之一嘛。若不是奔出去，生活能过得好一点，谁都不愿远离故乡。

填好了志愿，这里就没有宋小秋什么事了，她该回去了。即使录取通知书来了，大不了杨二龙帮她用挂号信邮寄给她就是了。

杨二龙准备为宋小秋饯行，要母亲做几个菜。宋小秋不肯，她要请学校所有的老师，感谢这几年来他们对她的关心。如果有必要，她还想请大队的领导一起来用餐。

这就不能在蒯嬷嬷那里操办了，人一多，那地方就小了。这下老喜就派上了用场，他很乐于助人，买菜、烧菜，都是他一个人的事了，连杨二龙想帮忙都插不上手，更别说宋小秋了。

开饭时，宋小秋要带蒯嬷嬷一道去，可她不去。说她最怕人多，清静惯了，一下子见这么多人，吵都要吵死了。

宋小秋觉得过意不去，在那里僵持了一段时间。还是蒯嬷嬷解了围，说女儿的心意已经领了，只要她回来的时候带点饭菜给她，就等于她去吃了。

劝不了蒯嬷嬷，宋小秋眼睛红红的一个人来到了学校。

菜很多，蔬菜都是老喜在学校菜园里种的，鱼、肉和一些配料是在街市上买的，鸡是在村里农户家买的。至于烟呀、酒呀、糖果呀，都是在大队商店买的。

在一个教室里，用学生的课桌临时摆成了两张饭桌。拼起来的桌子有些高低不平，也相当的简陋，但气氛相当的喜庆。大队的领导，学校的领导和老师们都来了。

端杯喝酒之前，还是有序曲的，大队的领导说了不少的溢美之词。当然，这许多的溢美之词都是说宋小秋的，对杨二龙只是点缀了几句。大家附和着，盼领导早点说完，早动筷喝酒吃肉。面对着这丰盛的菜肴，肚子里的馋虫早就爬到嗓子眼了。

几杯酒下了肚，原先假装的斯文早已荡然无存了。

老喜可能是喝多了，有些管不住嘴，直嚷嚷地站起来说："我早就看出来了，这两人就是一对金童玉女，很般配的。其实，老早我就问过杨二龙，被他一口否定了。现在好了，两人都考上了，已没了身份上的差别，该结成一对了。"

这话好像很有威力，刚才还闹哄哄的酒桌上立即安静了下来，大家都用醉眼直直地看着杨二龙，然后又转向宋小秋。

这样像针刺的眼光，扫来扫去的，杨二龙感到很窘，就急忙辩白说："没这回事，真没这回事，老喜肯定是喝多了，在胡说。"

老喜脑子正兴奋着呢，说他胡说，他哪里能接受得了，声音陡然提高了说："我哪里是胡说？我是什么人，见过的世面多了，这点事情还能瞒过我的眼睛？不要不知足了，难道宋小秋配不上你？"

"这哪跟哪啊！不是宋小秋配不上杨二龙，而是杨二龙根本就配不上宋小秋。"杨二龙本想再次辩白的，但看到老喜一副不服的样子，就将这话咽了回去。省省事吧，老喜酒醒了，说话就不会这样了。

宋小秋拉了拉杨二龙的衣角，然后就自己走了出去。她出去可能是为了避一避这种尴尬，等气氛缓和下来。果然，不一会儿，她就回来了，端起酒杯，劝大家再喝。

这一喝，就有些昏天黑地了，几个人被放倒在地。

第二天，宋小秋昏沉沉地睡了一天，她可能是昨天酒沾多了，头昏脑涨。蒯嬷嬷急得不得了，起先以为她是病了，让人找了杨二龙来。

杨二龙探了探宋小秋的脸，没发热，就告诉蒯嬷嬷，她没事，可能是昨天酒喝多了。转身去大队的商店，买了点红糖，冲水给宋小秋喝了。

蒯嬷嬷则是又气又恼，她不明就里，就乱骂了一通。说什么，宋小秋好心请你们喝酒，你们还不知好歹，硬将她的女儿灌醉了。

这话也只有杨二龙能听到，别人谁都听不到，等于是没说。

客请过了，宋小秋的酒也醒了，就该回去了吧。可第二天，她还没有回去的意思，杨二龙急了，就劝她早点儿回去，她的录取通知书，他会及时邮寄的。

宋小秋白了他一眼，没好气地说："你是要赶我回去？我在这里，碍你事了？"

杨二龙被这一呛，噎的有些说不出话来。宋小秋可能是于心不忍，绷紧的脸上挤出了一丝笑意，跟着语气也缓和了下来。"我还想和两位嬷嬷一起吃个饭，然后再说回家的事。"接着，她又补充了句，"我还想再吃一次你烧的鱼呢？那个味，我可是终生难忘。你现在就钓点鱼儿来烧烧，怎样？"

这要求并不高，杨二龙也能满足。他回家拿上钓竿，就在蒯嬷嬷那儿的芦苇荡里垂钓，宋小秋还是和原来一样，跟屁虫似的做点服务工作。

这已经是秋天了，鱼儿肥，虾儿壮，没多长时间，杨二龙就钓了几斤鱼。这还不算，他还回到了村上，向别人借来几把虾罾，伴了些粗糠，作为饵料，他想再搞些虾子上来，多做一个菜。

虾罾很简陋，一块四四方方的纱布，用两根交叉的竹片将四角固定起来。竹片交叉的地方，用绳子扎紧，并在这里缚上一根约六七尺长的竹竿，以方便从岸上提起虾罾。这还不够，为了防止虾罾上浮，在交叉的这个地方，还要坠一块重物，一般都把小半块残砖系在那里。

将几把虾罾撒上糠，分别放入水中，十分钟后，就可以起罾了。不知是宋小秋没见过，还是有别的原因，虾罾起水后，里面活蹦乱跳的虾子，确实让她高兴得不得了。

虾子有大有小，宋小秋迫不及待地用手去抓，由于不得要领，手被虾的尖角刺得啊啊乱叫。杨二龙告诉她怎样抓虾，由于带水的虾有些滑，她还是没能抓住。

宋小秋始终不得要领，要到手的虾子都被她又送回了水中。这好像并没有影响到她的心情，跟在杨二龙身后，跑上跑下的，忙得还很起劲。

请两位嬷嬷吃饭，就不需要再去买菜了，有鱼和虾就足够了。鱼可以红烧，也可以做汤，虾子和青椒爆炒，更是一道美味。

这是一餐真正的告别饭，谢天谢地，宋小秋答应明天回去了。但条件是杨二龙必须送她上小火轮。

蒯嬷嬷的情绪不高，失魂落魄的样子。蔡嬷嬷情绪倒好，一有机会就说个不停。可天下哪有不散的宴席，这里不是宋小秋的久留之地，她有她的生活和舞台。

这次，宋小秋不是到县城坐火车回去，而是从附近一个较大的城市回去。那里车站大，火车的班次也多，坐车也就相对容易些。

杨二龙见不得生死离别，见蒯嬷嬷这样，他早早地就回去了。宋小秋和蒯嬷嬷今夜再怎么折腾，他眼不见，心里就不烦了。

第二天天一亮，杨二龙就赶到了蒯嬷嬷那里。宋小秋要走了，也许有些事情还需要他帮忙。可他到了那里，没什么需要他帮忙了。

宋小秋只带走她穿的衣服，其余的东西都送给了蒯嬷嬷。不要小看了这些生活用品，在那个物资匮乏的年代是弥足珍贵的。不是劳动力强的人家，还不一定能置办的起呢。

告别的场面，实在让人辛酸。蒯嬷嬷久久地拉着宋小秋的手不放，生怕一放手，她就飞走了。干瘪的眼中，泪花儿不断地涌了出来，鼻腔也好似被什么东西堵了，只发出一片“喃喃”之声。

宋小秋也好不到哪里去，鼻子一阵阵发酸，眼泪哗哗直流，嘴里不停地喊着“干娘，干娘”。

这种场合，杨二龙注定是不说话的。他只是饱含热泪，默默地退到一旁。

不能再纠缠了，时间久了，就坐不上今天的小火轮了。杨二龙走上去，拉开蒯嬷嬷的手，拉起宋小秋就要走。

宋小秋强忍了心中的悲痛，回过头对蒯嬷嬷说：“干娘，不要难过，我会回来看您的，您要好好保重身体。我回去后，还会给您织毛衣、毛裤，还会给您寄您喜欢吃的糖果。”

“我老了，活不了几天了。我……”蒯嬷嬷由于悲伤，话说不下去了。

后面的意思，虽然没说出来，但明摆着是“快死了”的意思。宋小秋不想这话说出来，摔开了杨二龙的手，快步回到蒯嬷嬷身边捂住了她的嘴，不让她说出来。

蒯嬷嬷的嘴又瘪了几下，但说不出话来，声音只是在喉咙里作响，可眼泪就像断了线的珠子直往下掉。突然间，她从怀中掏出了一个手绢，里面好像还包着东西。

她要将这东西，送给宋小秋做个纪念。

宋小秋死活不肯要，蒯嬷嬷坚决要给。杨二龙怕这样拉来拉去的，耽搁了时间，就代宋小秋收下了。

杨二龙小心地打开手绢，发现里面包着的是一副金耳环和一枚金戒指。

两人又抱头痛哭了一番，一时难分难舍。这可急坏了杨二龙，再这么下去，真的坐不上小火轮了。这时，蔡嬷嬷也赶了过来，她是来送别的。

蔡嬷嬷劝开了蒯嬷嬷，宋小秋抹着泪，跟在杨二龙的后面走了。

按照事先的安排，杨二龙只要将宋小秋送到溪镇上了小火轮就回来。可到了溪镇，汽笛响起来的时候，宋小秋却临时改变了主意，要杨二龙送她上了火车再回来。

杨二龙只得遵从，毕竟这一别，以后就很难再见上面了。

三十三

上了小火轮，坐在了船舱里，开始两人谁都不说话，毕竟这一别，就可能是生离死别。内中的忧伤只有自己知道，要想治愈它，也许只有时间了。

还是宋小秋率先打破了这种沉默。“杨二龙，你今后有什么打算?”

“我还能有什么打算？录取看来不成问题了。两年后，再回到乡下做个教师，最好还是回到原来的那个学校，教书、娶妻、生子，最后终老于此。不像你，城里人，可是前途无量啊！”

“你就这点志气！你就不能想想到城市里去发展，干出一番事业来，你可比我聪明多了。”

“说实话，我还从来没有这样想过。”

“你不是急着想回来，娶那个叫金花的姑娘吧?”

这个事情，她是怎么知道的？杨二龙从来都没和她说起过，女人真是心细。

“这已不可能了，我对她真的没感觉。这样做是有点对不起她，她没有错。但我思来想去，我好像也没错。”

“那你还有什么打算?”

“没有什么打算，一切随缘吧。况且我的身上早就烙上了农村的印记，已没有了多少可回旋的余地。”

“你想不想以后到城市去发展，比方说上海，你是很有潜质的。”

“没有想过，也不可能想。人的欲望是一点一点滋生的，不能太高。不要说上海，就是附近的小城市，也离我有些遥远，现在我没有这个想法。人是一步一步往前走的，也就是走一步算一步。”

“要是我帮你呢？”

“你帮不了我，我既没有雄心，也不是那块料。”

“你有没有想过我？”说这话时，宋小秋低下了头，有点害羞的样子。

“想过，你到了上海，假以时日，会有大作为的。”

“我不是说的这些。”

“那你说的是哪些？”

“真笨，不理你了。”

宋小秋有点生闷气，两人再次陷入了沉默。

那个年代，青年人很少有勇气敢于直面对方表露情感。杨二龙是深爱着宋小秋的，但两人的巨大差异，使他将这份爱深深地藏在了心中，不让这感情流露出一点点痕迹。他深信，这个时候的宋小秋，也是爱着自己的，可她也不可能直白地表露出来，只能是委婉地表达。

杨二龙揣着明白装糊涂，他是不可能点破的。

看着宋小秋这样的表情，杨二龙心里不好受，索性起身去甲板上，让风吹散他心中淤结的痛楚吧。

杨二龙背靠着栏杆，任风肆意地往身上吹，装出一副若无其事的样子，内心却剧烈地翻腾。他这时的心情就像小火轮尾部的水，被螺旋桨搅得翻滚、旋转。但被搅动翻滚的水，打不了几个旋儿，在不远的地方就会平静下来。

宋小秋和他相识、交往的镜头，一一地在眼前闪过。这些回忆，让他伤感不已，但一想到宋小秋今后的生活和工作，他的心就渐趋平静了。

不知什么时候，宋小秋也来到了甲板上，就站在他的身后。两人都不说话，趴在栏杆上，看向后移动的圩埂，看湖面上来往的各种船只，看清澈的湖水被小火轮犁开后，形成的扇形水波……

小火轮在沿途的每一个公社都要依靠，每一次停靠都有上船下船的人，都会引起一点点的骚动。看着这上上下下的人流，杨二龙苦笑了一下，自己的这一生终点在哪里呢？

终于到达了目的地，下了小火轮，出了轮船码头。这里是城市的边缘，离火车站还有很远的路。

杨二龙填报的志愿首选的学校就在这个城市。他很可能还要再来，这次就当先熟悉环境吧。

公交车就在出码头的不远处，从轮船上下来的人，一窝蜂地挤进了公交车。

车子中挤满了人，连站脚的地方都困难，杨二龙只有一只脚落了地，另一只脚只能放在着地的那只脚上。宋小秋不知被挤到了什么地方，连她的影儿，他都没看到。

售票员可能是司空见惯，练得一张嘴语速极快。"买票，买票。"她那放票据的小盒子，不停地拉开又合上。

杨二龙将精力集中在这个盒子的开和合上了，不然，他不知用什么方法来转移这难受的站姿。

在这趟车上，杨二龙的钱被偷了。好在他事先有所准备，将钱放在两个不同的地方，被偷的是零花钱，不然，他只能跑着回去了。当然，若真是有这情况，宋小秋也不会不管他的。

拎在杨二龙手中的宋小秋的包，被小偷用刀划了一个很小的口子。可能是太拥挤，小偷打不开，才没有得逞，这也算是不幸中的万幸了。

下了车，杨二龙长长地喘了一口气。宋小秋也一副狼狈相，正不停地用手在捋被挤的凌乱的头发。

他没有告诉宋小秋他的钱被小偷偷了。两人去了候车室，一问才知，去上海的火车要到夜里十二点，有一趟去上海的火车刚刚离开。

宋小秋有些失望，但并不沮丧，正好杨二龙可以继续陪她。

杨二龙无所谓，反正他今天回不去了，明天下午的小火轮才能载他回去。

寄存了行李，买好了车票，宋小秋决定带杨二龙到城里转转。

县城和城市不能相比，城市的楼又高又多，街道也宽了许多，有很多各式各样的车子，川流不息，交叉路口还安装了红绿灯。

有了在县城待过的经历，杨二龙这次一点都不慌张，跟在宋小秋的后面跑，新奇的东西多看上两眼，不感兴趣的掉头就走。

这座城市，当时只有两条主街道，最长的街道，一头连着一所著名的大学，另一头则是长江边的一个码头。一条小河穿城而过后汇入长江。小河的南面，是县政府所在地，小河的北面则是市政府所在地，也是当时的行署所在地。

在长江的大堤上，耸立着一座高高的古塔，塔身看上去有些倾斜，也有些残缺。这里视野开阔，附近有一座老旧的天主教堂。

这里是闹中取静，半依闹市半偎江，不远处就是著名的十里长街，不论是在过去还是现在，都是这座城市的商业精华所在。宋小秋到了这里就不想走了，她要在这里观景。

这时已是下午五点多了，江面上来来往往的船只，有巨大的客轮、长长的拖轮、小小的渔船，一派繁忙的景象。

宋小秋看得很专注，直到天完全黑了下来，她才肯离去。

在路边的小店中吃了晚饭，他们赶回到火车站，已经近九点了。旅社肯定是不能住了，再有几个小时，宋小秋就要上车了。杨二龙心想，澡是洗不成了，熬过这一晚算了。

跑了这么多路，杨二龙有些犯困。候车室的人并不多，好多长椅都空着，他顺势就倒在长椅上睡起了觉。宋小秋不敢睡，怕睡过了头，错过了火车，就坐在杨二龙的旁边，闭着眼假寐。

蒙眬中，杨二龙觉得有人将他的头抬了一下，然后在他的头下面放了个类似枕头的东西。他那时太困了，管它是什么，继续睡。

不知睡了多长时间，杨二龙觉得脸上有股温润的气息，如蜻蜓点水般从他脸上掠过。他迅速地睁开眼，却发现宋小秋正俯下头呆呆地看着他。

这下，杨二龙明白了，这湿润的气息来自宋小秋。只是他一时还不能肯定，这气息是来自她的鼻腔还是口腔。

被杨二龙无意中逮了个正着，宋小秋慌忙地将头转了过去。

杨二龙完全清醒了，他的头不是枕在什么枕头上，而是枕在了宋小秋的腿上。这使他有些不自在，就一个翻身坐了起来。

“真的不好意思，将你的腿当作枕头用了。”杨二龙说。

“没事的，是我主动将腿给你当枕头的。头屈在那里，肯定难受。”

还没来得及等杨二龙再次道谢，车站的喇叭里传出了女播音员的声音：“各位旅客，各位旅客，去上海的火车马上就要进站了，请前往上海方向的旅客，提前做好准备，检票上车。”

这声音重复了三遍，在候车室的每个角落都能听到。

宋小秋站起来，取出了寄存的行李。她迅速地打开包，从包里拿出了一本笔记本，要送给杨二龙。

笔记本被她用画报的纸包了起来，但不是太严实，两头还露在了外面。

宋小秋再三叮嘱杨二龙，现在不能拆开，回家后再看。杨二龙心想，这里面肯定有什么秘密，不然她为什么搞得这样神秘。

这个笔记本杨二龙见过，那是她体检的时候买的。当时，他还不知道，这个笔记本是买来送给他的。

杨二龙什么也没准备，就从脖子上摘下了一尊小小的玉佛，这是他平时一直随身佩戴的，现在就送给她作个纪念。宋小秋愉快地接受了这个礼物。

玉片当时没人稀罕，很多人家的钥匙坠都是块小玉片。杨二龙的这块小玉佛，原来也是家中的钥匙坠，他觉得和这尊佛很投缘，就拿来带在脖子上，已有很多年了。

过了检票口，杨二龙事先是买了站台票的，就一路护送宋小秋上了火车。

宋小秋恋恋不舍地上了车，她并没有立即坐下来，而是脸紧紧地贴在车窗的玻璃上，眼睛一眨不眨地看着站在送客线外的杨二龙。

杨二龙本想等宋小秋走了再接着睡。可宋小秋这一走，他心里顿感空虚，睡意一下子就没了。宋小秋趴在玻璃上的那双眼睛，久久地在他的脑海中浮现。

他仍躺在长椅上，假装睡觉，可心里却在哭泣。这几年发生的一切，仿佛做了一场梦。宋小秋回上海了，他稀里糊涂地考上了大学，成了真正意义上的非农户口……想多了，脑子就生疼，近天亮的时候，他迷迷糊糊地竟然再次睡着了。若不是车站工作人员在打扫卫生时喊醒了他，这一觉还真不知要睡到什么时候。

去水龙头嗽了下口，杨二龙就寻着昨天来的路，到了小火轮码头。

他只买了两个包子就上了小火轮。这时，他感到十分的孤寂，来时是有说有笑的两个人，现在他是一人孤零零地回。也不知宋小秋在路上的情况怎样？现在是不是回到了家？

他不想遵守承诺了，就在小火轮上将宋小秋送的笔记本打开了。

扉页上是宋小秋娟秀的笔迹，上面写道：

二龙，感谢你这几年的陪伴和照顾，你的宽容、善良、善解人意，在我的心里早已打下了结实的桩。我希望，这次的分别只是暂时的分离。不久的将来，我们会永远不分离。不管今后困难如何，变化怎样。我的二龙，保重身体，积极上进。

落款人：小秋。

笔记本里夹着一条崭新的手帕和一张宋小秋的玉照。

看着这一切，杨二龙的眼里有点湿润，这个小秋……你让我说什么好呢？

杨二龙认为自己的处境、身份，不可能给她带来任何的幸福，只会给她带去无限的烦恼。其实，在宋小秋有了回城的机会后，他就暗暗地下了决心，决不能捅破这层纸，即使宋小秋捅破了这层纸，他也会装聋作哑。

为了宋小秋今后的幸福，他只能选择当逃兵。

回到家，杨二龙将笔记本锁进了抽屉，他美美地睡了一个长觉。

这一觉醒来，杨二龙心中释然了许多。他曾经在一本小说中看到过这样一句话：“少女的心，秋天的云，说变就变。”宋小秋现在对他有这种感情，实在是正常。她孤零零地一个人在此地，又和他相处了几年，产生这样的感情是免不了的。但现在她回了上海，灯火通明的大城市，要不了多长时间，就可能将他忘得一干二净。

三十四

第二天，杨二龙去看了蒯嬷嬷。她好像有些不对劲，像大病初愈，一副懒洋洋的样子，憔悴全写在了脸上。

杨二龙问她是否病了，她摇摇头表示没有。那她这种状况只有一种解释了，那就是宋小秋走了，她又陷入了孤寂之中。

她经历了太多的生死离别，老了，遇到了宋小秋，还以母女相待，一颗刚刚活泛起来的心，瞬间又被推入了孤独之中，她能不悲痛吗？

杨二龙劝慰了一番说，宋小秋是个守信的人，她说过来看你，就一定会来看你的。你就等着她给你寄糖果吧，她孝顺着呢。

高考的录取工作是按层次进行的，先重点，后普通，再就是专科，最后是中专。很快，宋小秋的录取通知书下来了，是上海的一所著名大学，也就是她父亲任教的那所大学。

信息仍是那位语文老师送来的，但他没带来通知书。杨二龙就搭了老师的自行车去了学校，帮宋小秋领了通知书后直接到了邮局，用挂号信的方式将通知书寄了过去。

后来，杨二龙也终于等来了他的录取通知书，是一所师范专科学校，就在他宋小秋坐火车离开的那座城市。

宋小秋来了信，说了些感谢的话，并要求他有空去看看蒯嬷嬷。随同信件一起来的，还有一个小包裹，里面是送给蒯嬷嬷的糖果，还有一百元的汇款，这是给杨二龙上学用的。

一百元在那时可是大数目，这礼物有些重。杨二龙想立即汇回去还给她，可宋小秋信中说得很坚决，若是汇回去了，朋友没得做。

那现在不汇了，以后再汇吧。这一百元算是借她的，等毕业工作了，再还给她。杨二龙就靠这一百元钱完成了两年的师范学习。

读师范学校，是免费的，还发生活费。后来，听老师说，世界上好多国家都有这个政策，师范教育是免费的，所以很多穷人家的孩子都选择上师范学校。

两年的学习，虽然有些短暂，却让杨二龙大开了眼界，对自己也有了重新的认识。他的学习成绩很好，逻辑思维能力尤其棒，别人理解不了的，他早已轻松地领悟了。学校的图书馆和阅览室成了他去得最多的地方。历史、地理、天文、哲学、文学，他无一不喜爱，几乎到了如饥似渴的程度。

“腹有诗书气自华”，学得多了，谈吐和自信跟着也就上来了。他渐渐地就萌生出了考研究生的想法，最好是考上海的研究生，这样离宋小秋就近了。

但那时国家有规定，专科生不能立即考研，必须工作两年后，经所在单位同意后才能报考。杨二龙的英语底子薄，中学几乎没学过，即使学过的那点简单东西，也早已还给了老师。

他必须补齐这块短板，否则别的科目再好，也没有用。杨二龙买了好几种英语书籍，先从基础开始自学，背单词，学语法，费了很大的劲，仍是朦朦胧胧。两年的等待期太长了，但他可以从容地将英语这门课摸透。

宋小秋每月寄一封信，很准时。信很长，看得多了，杨二龙总结出了她写信的规律，先是和风细雨的问候，接下来是自己的近况，最后是有点怨气的责怪。

杨二龙的信，写得很短，若是有蒯嬷嬷的消息，就说上几句，没有的话，不咸不淡地说一下自己的近况。

这样的态度，宋小秋有些不愿意了，信越写越长，怨气越来越多，仿佛是指着杨二龙的鼻子在骂。

她早就想回来看一看，可她也有难处，始终脱不开身。她的父亲由于在五七干校干过繁重的体力劳动，身体跨了，经常生病。她的母亲由于失去了一个女儿，精神受了刺激，身体一直不好。

宋小秋又要完成学业，又要照顾双亲，过得很不轻松。特别是杨二龙这种不温不火的态度，使她很是恼火，恨不得立即赶过来，当面狠狠地责骂他一顿。

可杨二龙不这样想，过去的就让它过去好了。他不想让在上海的宋小秋为他分了心。逃兵也好，怨恨也罢，一切都是为了她好。

她属于城市，杨二龙属于农村。

到了假期，杨二龙必定要到蒯嬷嬷那里看一看。

蒯嬷嬷总是要先问上一句："小秋怎么样？"

杨二龙摇摇头，表示不知道。他不是不知道，而是不想说。

"二龙啊，你啊？你啊？"

蒯嬷嬷很是不满，有点恨铁不成钢的味道。过了这不满的坎，她才会摸索着走进房间，拿出宋小秋寄来的糖果招待他。有一次，她还拿出了宋小秋寄给她的毛衣。

蒯嬷嬷一边摸索毛衣，一边嘴里喃喃地说："真是个好姑娘啊！"

看着这毛衣，杨二龙就感叹起来，宋小秋还真是信守承诺、说到尽量做到，就是有些痴情。他呢？他怕伤害了别人，宁肯自己受些委屈，受些罪，也绝不会让别人为自己做出牺牲。不然，也不会是这样的结局。有时，他心理也很苦，但必须是一个字——忍！

杨二龙毕业后，被分配到了一所山村中学。虽然还是在本县，却和家在两个不同的方向，他的家在县东南，而分配的学校却在县西北，要穿过整个县界。

他是想分回原来任教的那个小学，但组织上要分配他到新学校。他觉得无所谓，反正到哪里都是一样，都是过渡的。两年后，他就要考研了。

金花这时已重新许了人家，长久压在杨二龙心头的一块大石头终于落了地。

刚开始教书的时候，杨二龙觉得还好。他教过书，驾轻就熟，学生很喜欢。可教了不久，竟渐渐地不自在起来。一个月四十几块钱，除了这点钱外，什么都没有了。

他必须努力学习，考上研究生，拿更多的工资。

人真是无法说清，做代课教师时，想成为正式教师。可当了正式教师，欲望又升了一步，真是欲壑难填。

宋小秋知道他分配在哪里，还知道他有考研的志向，就给他寄了好几本英语资料。就凭这点，杨二龙也要好好拼一下。

还宋小秋的那一百元，计划了好多次，可就是凑不齐。刚到外地工作，又是才拿薪水，用钱的地方多。这里一下，那里一下，直到第二年，才凑齐了那一百元。

正是这凑齐的一百元，促使宋小秋心急如焚地回来了一次。

专科生说是要两年后才能考研，但报名确是要提前的，春节前就要报名。杨二龙兴冲冲地去找了校长，原以为这是个简单的小事，在申请书上签上字就完了。可他哪里会想到，校长不但不同意，而且连商量的余地都没有。

这无异于往杨二龙的头上泼了一盆冷水，两年的计划，两年的奋斗，瞬间就泡了汤。他心里很是不甘，和校长争吵了数次，可结果还是一样，就是不同意。

高考是恢复几年了，但培养一名教师需要一个过程，教育还处在百废待兴的阶段。学校的教师普遍奇缺，偏僻的山村学校尤其严重。每年分来的大学生，如“唐僧肉”般珍贵。在校长的心目中，杨二龙早已成了学校的财产，还是珍贵的财产，他岂能轻易地让给别人。

杨二龙稀里糊涂地来了这个学校，要是稍稍用一下脑子，他也不会被分配到这里。回老家教书，可是再正当不过的理由了。

这稀里糊涂的一来，他就惨了，走不了了。这怎么办?

他有些蔫，也有些无奈，感觉眼前是一片虚空。考上海的研究生，这个梦可能破灭了，想和宋小秋靠近一点，更是不可能了。

杨二龙想到，离开这里，这谈何容易，校长的这门把得太严了，连一条缝儿都没有。总不能就这样束手就范吧，同事的一个举动提醒了他。

同事在市报上发表了一篇不长的文章，得了五元的稿费。他也可以像这个同事一样，写点儿文章发表一下，赚点儿外快。

那年头，作家很吃香，若是发表了一个“豆腐块”，别人对他也会刮目相看的。若是能发表个小说，稿费就能抵得上杨二龙好几个月的工资，甚至一年的工资。

杨二龙不想好好当老师，做起了作家梦。这是个大胆而又不切实际的想法，他的语文一直很差，高考的成绩就是最好的证明。虽然跟在宋小秋后面，绞尽脑汁地写过，后来还看过不少的小说，但这个想法，对他来说，仍是不切实际的。

可人一旦跨出了这步，几头牛都拉不回来。

他整天写呀，抄呀，跑邮局呀，课也不好好上了，校长说他不务正业。

校长说得没错，杨二龙这时确实不像个教师。上课的铃响了，他还在那里搞什么构思，在纸上写写画画经常迟到。有时在课堂上，想到了什么，或是灵感来了，就停下课，掏出笔，记下来。待写好，又不知讲到哪里了，常引得学生哄堂大笑。

杨二龙写了很多，寄出后，基本上都是泥牛入海无消息。他没有灰心，继续他的作家梦，终于有一次，他发表了一篇比“豆腐块”长一点的文章。

可就是这不太长的文章，稿费还不少，抵得上他半个月的工资了。杨二龙欣喜若狂，这以后若是成功了，就不愁没钱用了。当然，他是个非常低调的人，不可能在别人面前轻狂，他只在卧室中张狂。

高考恢复后几年，国家的工作重心转到了经济建设上来。在毗邻香港的地方，成立了一个经济特区。全国各地的很多年轻人，纷纷涌入到了特区，去实现自己的人生梦想。

这些人都有些赌徒心理，都是敢于第一个吃螃蟹的人。

后来，杨二龙觉得这个教师当不下去了，他不能误人子弟。

期末考试结束后，他回了趟老家，收拾了一些简单的行李就去了南方，还暗暗地发了誓，不混出个人样就不回来了。

可是，杨二龙没有成为富翁，也没能实现作家梦，差点沦为乞丐。他睡过厕所，拉过小车，扫过马路，在工厂里做过工人。穷困潦倒的时候，还到民办学校里干过他的老本行。可他那一口永远改不了的乡音，没教多少时日就被学校解雇了。

他可以说是一事无成，后来在几个朋友的帮助下开了间小小的书店，勉强糊口。老婆倒是很贤惠，从没有因他的贫穷而指责过他。

这以后，他就和宋小秋就断了联系。她的事，杨二龙还是后来才知道的。她往杨二龙原来的学校写过信，没回信，又往他的老家写信，还是没回信。这下，她着急了，几年前给杨二龙的钱，他都还了，是不是以后，他就不理她了？

这一急，宋小秋就匆匆地赶了过来。

写到学校的信，还是杨二龙的母亲去找他时带回来的。她将宋小秋写来的信连同那个笔记本，用一个塑料袋包裹起来。多年后，母亲将这个包裹交给他时，他读过信后，悔恨不已。

母亲还从学校里领到了他一年的工资，以后，他就被学校除名了。

三十五

蒯嬷嬷的身体已大不如从前，比原来更瘦了，走路也有些颤巍巍起来。杨二龙假期回去，看到了这一幕，心揪了起来。她在这个村子中，无亲无故，要是再恶化下去的话，谁来照顾她？哪天死了，都可能没有人能及时发现。

杨二龙临去上班前，就求母亲有空的时候去看看蒯嬷嬷，帮她做一些小事。

母亲这次再没说什么晦气之类的话，爽快地答应了杨二龙的这一要求。但惨剧还是在不久后发生了。据母亲后来回忆说，某天夜里，蒯嬷嬷听到了天堂鸟的叫声，她爬了起来，整理了一下自己的头发，穿上了早已准备好的寿衣。她从容地将自己的草屋点燃后，就投身湖中，找她的老伴杨瑞招和儿子去了。

这一把火将草屋烧得只剩下一点灰烬。村子中有人发现了火光，大声地喊着去救火，可已经迟了，赶去时，屋顶已经落了架。

火是救不了啦，有人就匆匆地找来了大木棍，合力将屋子推倒。这样火势小了，就去火中找蒯嬷嬷。可哪里能找到，直到第二天，才在水中找到了穿戴整整齐齐的蒯嬷嬷。人们才由此推断，火就是她自己放的，她早就做好了死的准备。

蒯嬷嬷死后不久，蔡嬷嬷也生病去世了。

杨二龙不知道蒯嬷嬷死了，更不知道她是投湖自尽的。他那时在学校里教书，离家这么远，没人会特意去告诉他。

宋小秋匆匆赶来的时候，杨二龙已去了南方，两人并没碰面。她在路上设想了很多种理由，她是来看望两位嬷嬷的，不是来看你杨二龙的，你拽什么拽？最近连信都不回了，就那么几行字，都懒得回！这次见了他，要狠狠地责骂他一顿，还要骂上一句："连封信都不敢回，懦夫！"

可就在她心里咬牙切齿地骂杨二龙的时候，她心中"咯噔"了一下，是不是有什么别的原因，所以他不回信了？谈了女朋友？和金花结婚了？她万万想不到，杨二龙竟不辞而别，只身去了南方。

宋小秋的脑子中有些乱，杂七杂八地想了许多。最后安慰起自己来，等见到了杨二龙，看他怎么说，要是理由很充分，就原谅他。

原谅归原谅，但还是要罚他，先要他赔不是，待差不多了，心情好了，就一道去看两位嬷嬷。再就是去知青点，去原来任教的学校，还要他去钓鱼，还要亲手做给她吃，否则，就有他的好受！

谁叫你这么长时间不理我呢？谁叫你伤我的心呢？

宋小秋设想了种种可能，可现实比她想象得还要糟糕。

她先去了杨二龙家，向他的母亲打听他在什么地方。刚开始，杨二龙的母亲对她客客气气的，可她一打听杨二龙的去向，杨二龙母亲的脸色立马就变了。

宋小秋一开始，还以为杨二龙的母亲对她还有成见。其实，杨二龙的母亲对她早就没有成见了，还常夸她是个有良心的姑娘。

这段时间，只要有人在杨二龙母亲的面前提起杨二龙，她都气不打一处来。

这下，宋小秋傻了眼，她找不到杨二龙了。几年来，心中受的所有委屈，一下子涌了出来，她大哭了起来。

母亲安慰起宋小秋，不值得为他哭，他就是个扶不上墙的烂泥。我就没哭过，心中只有气，只有恨！

宋小秋哭过后，心中好受了些，又在母亲的反复劝说下，终于安静了下来。

安静下来的宋小秋，不久，就向母亲打听起蒯嬷嬷来。杨二龙见不到了，干娘总要见一面吧，这是我向她承诺过了的。

母亲迟疑了一下后，还是向宋小秋说出了实情，蒯嬷嬷已经死了，而且是投湖自尽的。

刚刚抹去眼泪的宋小秋，听到了这消息，眼泪刷刷地又流了出来。

宋小秋哭着说要到蒯嬷嬷那里看一看，母亲就劝她不要去了。说那里什么都没有了，连墙基都可能看不到了，去那里还有什么用？

但宋小秋坚持要去，母亲拗不过她，就陪她去了。母亲是怕她一个人去了那里，感到害怕。

那里确实什么都没有了，原来房子所在的地方已经被茂盛的芦苇所替代。蒯嬷嬷死后，这里连人的脚印都没留下过一个。

宋小秋走了过去，母亲紧紧地跟在她后面，但宋小秋要她先回去，她要一个人在这里待上一会儿。

母亲哪里放心的下，要宋小秋和她一道回去。“姑娘，来了就行了，你的心意也到了，蒯嬷嬷要是泉下有知，也不会怪你的。我原来真的错怪你了，你真是个有情有义的好姑娘，我们还是回去吧。”

出了这么多变故，宋小秋想一个人静一静，理一理头绪，她的心里有些乱。

“阿姨，您还是先回去吧，我没事的，过一会儿，我再去找您。”

母亲见宋小秋这样说，还是很犹豫，她不敢立即就走开，站在一边，直直地看着她。

宋小秋明白母亲的意思，连忙说：“阿姨，没事的，我只是想单独待一会儿，您还是先回去吧。”

母亲不得不走了，可还是不放心，就叮嘱宋小秋快点回去。

宋小秋点点头，算是应允了母亲的要求。

一个人的宋小秋，没有了任何顾忌，大声地哭了起来。哭着，哭着，她跌坐在了一块被火烧过的石头上。

杨二龙找不到了，是她把他弄丢了。为什么自己不早点来，非要等他先说！也许他这次出走，就是为了她。为什么她就这么糊涂，不先说出来？

蒯嬷嬷也没了，她答应过来看她的，为什么没有早点来？

宋小秋悔恨交加，一番折腾后，累了就头趴在膝上，闭眼休息一会儿。

蒙眬中，宋小秋仿佛看到了蒯嬷嬷。她从水底升了出来，变成了一只鸟，径直地飞到了一棵树上。不叫，也不动，只是呆呆地看着她。

宋小秋有点害怕，蒯嬷嬷怎么变成了鸟？难道这就是她说的天堂鸟？

可这只鸟，既不叫，也不动，眼光和善，肯定不是害人的天堂鸟了。

宋小秋稍微宽了心，想走近那只鸟，可无论她怎么努力，就是靠近不了。

她万分地焦急，怎么蒯嬷嬷不理我了呢？是不是生气了？可就在这时，她被一阵猛烈的摇晃摇醒了。

原来，杨二龙的母亲久不见宋小秋回来，又匆匆地赶了回来。

带着深深的失望、糟糕的心情，宋小秋回到了上海。不久，她竟生起了病，发起了高烧，口中含糊不清的一会儿说："杨二龙，你到底在哪里？"一会儿又说："蒯嬷嬷，我对不起您。"

父母搞不清宋小秋说的意思，急的是老泪纵横，惶恐了又惶恐，生怕宝贝女儿有个什么闪失？

她的病最终还是好了，但很长一段时间提不起精神来。

杨二龙去了南方后，宋小秋还陆续地给他写了多年的信，她的内心当中可能还盼着有某种奇迹发生。她的忧伤，她的悔恨，她的生活，无一不写在了那沾满泪水的粉红色信笺上。

她的生活过得一直不太顺。工作时间不长，她的父母就相继离世了，孤零零地留下她一个人。她结婚很晚，但很快又离婚了，以后就一直单身。有没有孩子，她的信上没说，也许多年以后，她又重新结了婚。

杨二龙是发表过几篇小说，但都是在地方刊物上发表的，没有什么影响。

宋小秋后来成了著名作家，这不是她信中说的，而是杨二龙看小说时发现的。她以龙秋子作为别名发表的小说《河水弯弯》成了当时的畅销书。

杨二龙一看到这书名《河水弯弯》，就有些莫名地激动，立即就买了一本。开始，他并不知道这小说就是宋小秋写的，但看着看着，书中的故事，主人公的生活背景，都似曾相识。猛然间，他想到了宋小秋，这小说是她写的肯定无疑了。

宋小秋还真是煞费苦心，怎么别名就叫了个"龙秋子"。这痴情的女子，怎么就不能忘了他呢？

书中有一小段关于天堂鸟的描述，让杨二龙久久不能忘怀。

"天堂鸟不再发出那种凄惨的哭叫声，也不再让人毛骨悚然。它只是夜晚出来，静静地站在枝头，默默地看着人间的喜乐和悲苦。"

这短短的一小段话，让杨二龙湿润了眼睛。记忆深处的许许多多，一一地闪现在了眼前。家乡的芦苇、湖中的野藕、低矮的草房、平畴的圩田、阡陌如绣的水系、年迈的父母、儿时的伙伴、奔跑的小秋、沉静的蒯嬷嬷、爱开玩笑的老喜，勾出了他满满的思乡情绪。他必须回去了，而且一刻都不愿停留。

杨二龙起先也不是不想回去，只是出来闯荡久后，混得实在是不尽人意，没脸回去。

捧着宋小秋写的信，杨二龙心中的酸甜苦辣一起涌了上来，泪水迅速地模糊了双眼。

杨二龙潜意识中还有一份奢望，那就是冥冥之中他们还会相逢。那时，杨二龙会当面向宋小秋深深地鞠上一躬，拼尽全身之力道一声：“对不起!”

后　记

四年前，由于工作相对轻闲了些，就突发奇想，何不趁临近退休前的这几年尝试写写小说。我这个人，除了工作外，好像没有其他业余爱好。要说有不同于别人的地方，搜肠刮肚，思来想去，可能就是比别人耐得住寂寞。

但真要写小说，谈何容易，端坐在电脑前，半天都打不出一个字来。可能是因为我是位理工男，而且还是位资深的理工男，本人从事物理教学三十多年了。这三十多年中，除了物理教学和撰写教学论文外，与文学几乎不打交道。但幻想是一粒种子，一旦被埋入心中，就会蠢蠢欲动，一不小心，就会生根、发芽、成长。到了这时，幻想就成了梦想，有了追求下去的可能。

一年后，竟堆砌了十万字之多，这使我感到非常惊讶！

这是小说吗？符合小说的写作要求吗？我心里实在没底，既羞于开口，也不敢示人，处在极度的矛盾之中。恍恍惚惚中过了月余，实在受不了这种煎熬，就悄悄地找了单位的一位同事帮忙看了一下，同事一口气看完，然后十分肯定地说，这就是小说，而且文笔还不错。这话使紧张了数日的我，心情平静了下来。写的文章得到了肯定，信心就自然地增强了。

这事到此仍没结束，他主动将我引荐给了当地两位写小说之人。这两人，一位是县作家协会主席，另一位是市文联副主席，他俩都肯定了这部小说，但也提出了不少的修改建议。

这就是将要出版的小说《天堂鸟》，也是我的处女作，几易其稿，字数也由最初的十多万字，增加到了二十多万字。这以后，我还陆续地写了七篇短篇小说，数十篇散文。这些文章，大都没有示人，还静静地待在我的电脑中。

写作的初衷，就是为了退休后不寂寞，有事可干，实在无意于发表和出版。但随着两本物理教学专著的出版，又萌生了出版这本小说的欲望，这实在是始料不及的。既然出版此书，就要写篇后记，但如何写呢？终归在文学上没有很大的成就，不要说本身语言贫乏，就是语言再丰富，也不可能写出一朵花来。那写什么呢？冥思苦想一番后，就决定写一写自己的短暂写作过程，写一写自己的写作初衷，写一写自己的出版想法。

小说中的人物，蒯嬷嬷、汪宗海、马啸天、杨瑞招、杨二龙、宋小秋等这些善良而又不向生活所屈服的人，一个个生动的形象常浮现在眼前，又在不经意间潜入了大脑，搅得人有些寝食难安。把这些人物公之于众，让世人去领略、去揣摩人生的酸甜苦辣，不是更好吗？个人的生活轨迹，始终与社会的变革息息相关。个人的命运、前途、生活，也无不打上了社会的烙印。

在创作过程中，肯定有苦也有乐，但愿这本小说的出版能使年龄上的“老者”、文学上“青椒”的我，能平静地对待今后的写作，让寂寞、孤独、平静的书斋生活成为生活中的常态。

这本小说的面世，需要感激的人很多。感谢我的同事陈春金，没有他的鼓励，这部小说可能就半途而废了。感谢县作家协会的主席陶立群先生、市文联副主席陈章永先生，他俩的中肯建议让我受益匪浅。感谢翟晓萍、翟红梅两位女士，为本书出版的前期工作倾注了不少的心血。

这里我还要特别感谢安徽师范大学博士生导师方维保先生，他在繁忙中，甚至在身体不适的情况下，仍抽出时间为我的拙作写序与审稿，并进行了修改，这使我感慨万千。

谨就本书的出版而言，再次对提供过帮助的所有朋友，表示衷心的感谢！

陈庆军

2018年5月